suhrkamp taschenbuch 4180

D1189172

Zwei Schwestern, unterwegs im heutigen Bulgarien. Auf der ersten Hälfte der Reise waren sie Teil eines prächtigen Limousinenkonvois, der die Leichen von 19 Exilbulgaren – in den Vierzigern von Sofia nach Stuttgart ausgewandert – in ihre alte Heimat überführte. Darunter der frühverstorbene Vater der Schwestern. Jetzt sind sie Touristinnen, chauffiert vom langmütigen Rumen Apostoloff. Er möchte den beiden die Schätze seines Landes zeigen, aber für seine Vermittlungsversuche zwischen Sofia und Stuttgart zeigen die Schwestern wenig Sinn.

»Ein sagenhaft guter, vor Kampfeslust funkelnder Roman, bis in den letzten Buchstaben aufgeladen mit ketzerischer Energie.« *Meike Fessmann*

»Sibylle Lewitscharoffs erzkomische Abrechnung mit der Heimat ihres Vaters ist politisch unkorrekt, macht mit ihrer klangvollen Sprache aber einfach Spaß.« *Brigitte*

Sibylle Lewitscharoff, 1954 in Stuttgart geboren, lebt in Berlin. Für *Pong* erhielt sie 1998 den Ingeborg-Bachmann-Preis. Zuletzt erschienen die Romane *Montgomery* (2003) und *Consummatus* (2007). 2007 wurde sie mit dem Preis der Literaturhäuser ausgezeichnet, 2008 mit dem Marie-Luise-Kaschnitz-Preis und 2009 (für ihren Roman *Apostoloff*) mit dem Preis der Leipziger Buchmesse.

Sibylle Lewitscharoff
Apostoloff

Roman

Suhrkamp

Umschlagillustration: Sibylle Lewitscharoff

suhrkamp taschenbuch 4180
Erste Auflage 2010
© Suhrkamp Verlag Frankfurt am Main 2009
Suhrkamp Taschenbuch Verlag
Alle Rechte vorbehalten, insbesondere das
der Übersetzung, des öffentlichen Vortrags sowie der Übertragung
durch Rundfunk und Fernsehen, auch einzelner Teile.
Kein Teil des Werkes darf in irgendeiner Form
(durch Fotografie, Mikrofilm oder andere Verfahren)
ohne schriftliche Genehmigung des Verlages reproduziert
oder unter Verwendung elektronischer Systeme
verarbeitet, vervielfältigt oder verbreitet werden.
Druck: CPI - Ebner & Spiegel, Ulm
Printed in Germany
Umschlag: Göllner, Michels, Zegarzewski
ISBN 978-3-518-46180-8

1 2 3 4 5 6 – 15 14 13 12 11 10

Apostoloff

Lulin Danailoff gewidmet

Unterwegs mit Rumen

Wir, sage ich zu meiner Schwester, sind noch gut davongekommen. Meine Schwester sitzt vorne auf dem Beifahrersitz und schweigt. Nur ein winziges Neigen des Kopfes Richtung Fenster deutet an, daß sie verstanden hat. Sie ist an meine Eröffnungen gewöhnt und weiß, was gemeint ist.

Weg und fort und Ende, sage ich. Ein Vater, der ein Ende macht, bevor er die ganze Familie zermürbt, ist eher zu loben als zu verdammen.

Machen, da spielt doch der hellichte Tag mit hinein? Da will doch etwas angestaunt werden, wenn's fertig ist? Gemach, Gemächt, gemacht. Gemacht wird jetzt eine Boxbewegung auf die Kopfstütze zu, aber alles bleibt an der Luft, schneller als gehoben liegt die Hand wieder auf dem Knie. Dumm? Ja, dumm ist so manches, was ich tu, aber noch kein vernünftig Kraut dagegen gewachsen. Meine Schwester hört und sieht mich im Moment nicht, weil sie Rumen anlächelt und weil der Lärm des Wagens die feineren Geräusche schluckt.

Manchmal spreche ich zu meiner Schwester wie in den Wind. Sie kennt die Anläufe von meiner Seite, in denen unser Vater selten gut, meistens schlecht wegkommt. Von der Mutter schweigen wir eisern. Das Bezaubernde an meiner Schwester ist: sie nimmt mich nicht ernst und verzeiht alles. Sie ist eine vorbildliche ältere Schwester, die der jüngeren mit Engelsgeduld begegnet. Obwohl wir inzwischen mittleren Alters sind, denkt meine um zwei knappe Jährchen ältere Schwester, sie habe es mit einem unschuldigen Kind zu tun, über dessen Marotten man ein bißchen die Stirn runzelt, im guten Glauben, sie würden sich noch auswachsen.

Rumen Apostoloff ist nicht an uns gewöhnt, sein Haar steht bis zu den Spitzen in Hab-Acht-Stellung. Über meine Reden erschrickt er, meine Schwester himmelt er an. Sein Gehör ist exzellent, er versteht fast immer, was wir sagen, nur wenn wir absichtlich in breiteres Schwäbisch fallen, kommt sein detektivischer Sprachsinn mit den weichen, verschliffenen Lauten nicht zurecht.

Rumen ist unser Hermes, er trägt die Sprachen hin und her, fährt und findet im Fahren den Weg, einer jener verzweifelten bulgarischen Fahrer, die kein Auge dafür haben, was am wegflitzenden Straßenrand alles krepiert. Als uns ergebener Nervösling fährt er durch sein verzweifeltes Land, das bei Nacht noch viel verzweifelter ist.

Wir, sage ich zu meiner Schwester, können uns nicht beschweren. Wir wurden ernährt, wurden nicht geschlagen und haben lange Ausbildungen finanziert bekommen, zu guter Letzt reichte es sogar zu einem bescheidenen Erbe. Was will man mehr.

Die freudlose Vernunft meiner Sätze widert mich an, was dazu führt, daß ich eine Weile den Mund halte. Meine Schwester schweigt ohnehin viel, und Rumen wagt es nicht, sich in eine Rede zu mengen, die auf Fortsetzung angelegt ist.

Wir rollen auf der gut ausgebauten Straße nach Veliko Tarnovo dahin. Sofia haben wir gerade hinter uns gelassen, auf der linken Seite zeigen sich marode Industrieanlagen, von denen rötlichgelbe Rauchfahnen in den Himmel wehen. Die ganze linke Seite ist in einen rötlichgelben Schleier gehüllt, dessen Partikel im Sonnenlicht giftig glitzern. Es stinkt. Eine lange Reihe Lastwagen befindet sich vor uns. Rumen Apostoloff rückt den Oberkörper in seinem Sitz zurecht und packt das Steuer mit Entschlossenheit, vor sich das harte Geschäft des Überholens, auf der Rückbank eine Frau, die er nicht leiden kann.

Die Windrose des Vaterhasses verwirbelt so manches Fünkchen Vaterliebe, sage ich unhörbar zu meiner Schwester, während wir die roten Staubwolken des Metallurgie-kombinats von Kremikovski, einstmals *ein Kind bulgarisch-sowjetischer Freundschaft*, hinter uns lassen.

Wir sind Kinder der deutsch-bulgarischen Freundschaft, einer ebenso zweifelhaften, wie es die bulgarisch-sowjetische war. Eine Freundschaft aus Lügen, Eisen und Blech, von der nicht viel mehr blieb als verschrottete Panzer und längst verweste Haufen von Leichen. Unter einem Separathäufchen, als Spät-, nicht als Kriegsleiche, ist unser Vater verwest.

Zeige er sich doch, der Vater, wenn er kann!

Nichts da. Noch ist die Zeit nicht reif, mit zartem Hämmern das Bild des Vaters auszuklopfen. Kristo, sein durchdringend symbolischer Name. Kein elastischer, gutmütiger Name, der einem Knaben hilft, sich in der Welt umzutun. Was für ein eiserner Kranz von Bedeutungen auf diesem Kreuznamen lastet. Dieser Vater-Kristo, damals natürlich noch nicht Vater, sondern bloß Sohn, soll das Schreiben zwar rasch erlernt, bei seinem Namen soll es jedoch gedauert haben, bis er ihn ohne Zögern hat hinschreiben können. Als Erwachsener, Arzt dann, hatte er eine versudelte Schrift, für jeden Apotheker, der seine Rezepte entziffern mußte, eine Zumutung. Der Namenszug war völlig unleserlich. Ja, auch bei unserem Vater bildete der Name den Kern der Persönlichkeit. Eine völlig versudelte Persönlichkeit, sage ich zu meiner Schwester und glaube zu hören, wie sie seufzt – meines Geredes wegen, der unbegreiflichen Launen, denen es folgt.

Eine Persönlichkeit ohne Stimme und Gewicht, zumindest für seine Töchter, falls er in deren Köpfen überhaupt vorkommt, sage ich triumphierend. Dochdoch, er kommt vor. Zeigt sich huschhusch nach Belieben, dieses Aas von einem Vater!

Es sind die nachts begonnenen und tagsüber ausgeschmückten Träume, in denen unser Vater regelmäßig wiederkehrt.

Da meine Schwester beharrlich schweigt, Rumen nur stöhnt und mit der Faust aufs Lenkrad schlägt, wenn, wie er glaubt, ein ausgemachter Schwachkopf ihn am freien Fahren hindert, spreche ich jetzt für meine Schwester mit – obwohl sie für gewöhnlich leugnet, daß Väter in Träumen erscheinen, unser versudelter Vater sogar mit einiger Hartnäckigkeit.

Neulich, in der Nacht, bevor wir nach Sofia flogen, saß er bei mir im Zimmer. Seine Präsenz war so wenig merkwürdig, wie zum Beispiel in einer Erzählung von Murakami, in der es heißt: *Als Katagiri in seine Wohnung kam, wartete dort ein riesenhafter Frosch auf ihn.*

Auf mich wartete keine riesenhafte Amphibie, sondern bloß der Vater. Er benahm sich diskreter als Murakamis Frosch, schwieg. Wozu die Stimmbänder strapazieren, zwischen uns gibt es nichts zu bereden. Langsam stand er auf und ging durch die Wand. Während er schon verschwunden war, schleppte das Ende seines Stricks noch am Boden, bis es allmählich ebenfalls verschwand. Mein Vater hat seinen Strick meistens dabei, das ist ganz und gar nichts Neues.

Unser Rumen ist ein hektischer Fahrer. Immer wieder reißt er mich aus meinen Gedanken. Wenn er überholt, fragt man sich unwillkürlich, schafft er's, oder schafft er's nicht. Gerade hat er einen Lastzug hinter sich gelassen, beladen mit Baumstämmen, an deren längstem ein roter Wimpel flattert. Wir sind noch mal davongekommen.

Rumen Apostoloff möchte uns die Schätze Bulgariens zeigen. Meine Schwester und ich wissen es besser: solche Schätze existieren nur in den bulgarischen Hirnen. Wir sind überzeugt, Bulgarien ist ein grauenhaftes Land – nein, weniger dramatisch: ein albernes und schlimmes. Seine Gegenden? Meer, Wald, Gebirge, Auen? Unseretwegen mag es da verborgene Reize geben. Wir sind aber keine Ornithologen und wollen auch nicht auf Bärenjagd gehen. Auf malerische Rhodopenschluchten geben wir nichts,

Hammerschläge in Rhodopentälern erschüttern uns nicht, Glockengeläut lädt uns nicht zum Kirchgang ein. Rosenfelder sind für uns Rosenfelder und sonst wenig, Rosenfelder bringen unsere Herzen nicht in Wallung. Bloß weil man auf eine blutrote Fläche zeigt, benehmen wir uns nicht wie Frischverliebte und erfahren auch keine Extrablutzufuhr. Nüchtern bleiben ist eine Kunst. Eisern wird sie von uns praktiziert, sobald wir bulgarische Luft wittern, gar die ersten vorsichtigen Schritte auf bulgarischem Boden tun.

Und sonst? Sind die bulgarischen Chöre etwa nichts? *Le Mystère des voix bulgares*, wie es immer so nobel heißt? Hört sich das nicht an wie hoch droben in den Äther hineingesungen und vom Berg herabtönend? Kommen wir nicht ins Grübeln, wenn wir an Orpheus denken, der in den Rhodopen so rein und bezaubernd sang und dazu die berühmte Leier schlug, daß Steine und Bäume sich um ihn her scharten, alles Wild die Hörner senkte, Hirschen und Rehen die Beine einknickten vor Entzücken, Fell an Fell, Fell an Kleid von Gejagten und Jägern sich aufs weiche Moos lagerte und Frieden herrschte und Lauterkeit unter allen Wesen, die Ohren haben und in deren Brust ein Herz schlägt, weil alles nur noch ein Lauschen war, ein sonderbares Lauschen, ein Lauschexzeß mit fühlenden Steinherzen und auffangsamen Steinohren, wie ihn nicht einmal die Bibel kennt.

Tja, sagen wir, mag wohl sein, aber ihr habt eure Ur-Ur-Urgroßmütter vergessen, diese geifernden Mänaden, diese Lärmkanaillen, rachsüchtig, blutwütig, böse. So lange bliesen die auf ihren Hörnern und schrieen und schlugen Krach, bis Orpheus' Gesang nicht mehr verfing und sie den Sänger schlachten konnten. Auf der Mariza schwammen alsbald die marmorweißen Körperstücke, schwamm das immerfort singende Haupt des Orpheus vorbei an Buchenwäldchen und Weidengehölzen, vorbei an Haselsträuchern und Pappeln, es schwamm und schwamm das schöne Haupt meerzu und fort. Fort aus diesem Malefizland, damals noch Thrakien geheißen. Kein Schatz an geistigem Behagen, der sich da in euren Rhodopen versteckt. Nicht Orpheus ist's, der aus euren Chören tönt, Mänaden sind's, jedenfalls die späten Abkömmlinge davon. Und damit wäre das Rätsel gelöst, warum in den bulgarischen Chören die Kehlköpfe so unnatürlich gequetscht werden.

Er sang so schön, unser Frauenarzt, seufzt der Chor der Vaterverehrerinnen, lauter ehemalige Patientinnen, die ihren exotischen Orpheus am Fenster, am Schreibtisch, mit dem Fingernagel an eine Kanüle klopfend, übers ärztliche Besteck gebeugt oder sonstwo haben singen hören wollen. Bis er schließlich sein eignes Totenliedchen sang, ein allmählich in Röcheln übergehendes Sterbe-kr-kr, das von der einst überaus melodiösen Vaterstimme noch ein wenig ausgeziert wurde, solange das bißchen Luft im Hals für Zierat eben reichte.

Sein Haupt aber, o dieses Vaterhaupt, war von der Fülle der Schwärze bereits bedeckt und in den Tod geschlungen.

Weiter im Text, sage ich, weiter und fort im bulgarischen Unglück, das dieses Aas von einem Vater auf Häupter und Herzen seiner Töchter geladen hat. Gottlob geschieht es nicht wie üblich laut, sondern so leise, daß Rumen mich unmöglich hören kann, auch wenn ich nicht weiß, ob er es nicht doch könnte, weil sein sicherheitsdienstliches Gehör so geschärft ist, daß es Laute vernimmt, die sich noch gar nicht an der Luft befinden, sondern als kitzlige Gebilde auf der Zunge.

Rumen, armer Rumen, haben wir schon von der bulgarischen Keramik gesprochen, die du uns so gerne zeigst? Dem Pfauenaugendekor, dem Fließmuster auf all den braunen Krügen, Näpfen, Tellern, Aschenbechern, Kaffeetäßchen, seinerzeit beliebte Mitbringsel für DDR-Urlauber, heute eher von Engländern geschätzt? Uns kommen Teller, Tassen, Becher dick vor. Eine unangenehm wulstige Kinderkeramik. Außerdem empfiehlt sich das Zeug nicht als

Eßgeschirr; das eingebrannte Kobaltblau dringt durch die Glasur und ist giftig.

Und was ist mit der Schwarzmeerküste? Schwarzmeerküste, das klingt doch nach Meeresrauschen, Möwen, Dünen, nach Strandcafés, dümpelnden Bötchen, klickenden Jachtmasten, und etwas weiter weg, schon nicht mehr in Bulgarien, nach Ovid? Ach was. Verbaut, verpatzt, verdreckt. Das aschgraue Meer – leergefischt. Das bulgarische Essen? Ein in schlechtem Öl ersoffener Matsch. Der Fisch ein verkokelter Witzfisch. Bulgarische Kunst im zwanzigsten Jahrhundert? Abscheulich, und zwar ohne jede Ausnahme. Die Architektur, sofern nicht Klöster, Moscheen oder Handelshäuser aus dem neunzehnten Jahrhundert? Ein Verbrechen!

Meine Schwester schüttelt den Kopf. Nicht zum Widerspruch – sie hat mich ja nicht gehört –, nur wegen einer Mücke, die in ihr Haar geflogen ist und sich darin verfangen hat.

Wie immer kommt ihr Einwand zur rechten Zeit.

Oh, ich weiß! Weiß es im geheimen besser, kann mich aber nicht zügeln. Das Wort Bulgarien genügt, ein Reizwort, es erzeugt einen Anfall, und der schwemmt in der Sekunde alle Vernunft fort. Vaterhaß und Landhaß sind verquickt und werden auf vertrotzte Weise am Köcheln gehalten. Bulgarien? Vater? Ein Schnappmechanismus. Da helfen auch einzelne zartsinnige Bulgaren nicht, die uns durchaus schon begegnet sind und denen ich wiederum, kaum daß ich sie erblickte, mit einer fast irrsinnigen Euphorie entgegenflog. Solche Menschen rechnet der kindische Buchhalter in mir aber nicht den Bulgaren zu. Sie siedeln auf volksfreiem Gebiet, wo alle meine Lieblinge siedeln.

Was immer uns Rumen zeigt, meine Schwester quittiert es mit einem lieblichen Lächeln. Ich kenne dieses Lächeln genau. Meine Schwester setzt es auf, wenn sie im tiefsten Inneren angeödet ist. Es ist ein die Welt ihrer Lieblichkeit versicherndes Lächeln, das kommentarlos bleibt und keinerlei Anteil nimmt. Die trockene, in Zucker erstarrte Version ihres Lächelns. Insgeheim ist auch sie froh, wenn sie wieder mal feststellen kann, wie stumpfsinnig Bulgarien ist. Das weiß ich genau, obwohl meine Schwester viel zu höflich, viel zu vorsichtig ist, um ihrer Abneigung freien Lauf zu lassen. Das lächerliche Land beweist: uns ist kein wertvoller Vater weggestorben, sondern bloß ein alberner Bulgare. Wir haben keinen Verlust erlitten, sondern im Gegenteil Glück gehabt, denn die Zeit war zu knapp, als daß er uns mit seinem bulgarischen Hokuspokus hätte infizieren können. Der einzige Unterschied: meine Schwester verschließt diese Gedanken in sich und lächelt, lächelt immerzu, während ich Rumen auf die Palme bringe, indem ich wortreich das bulgarische Unglück zerpflücke.

Wir haben Bulgarien schon satt, bevor wir es richtig kennengelernt haben. Traurig, aber wahr, die bulgarische Sprache dünkt uns die abscheulichste von der Welt. So eine weichliche, plump vorwärtsplatzende Sprache, labiale Knaller, die nicht zünden wollen. Keinerlei Schärfe in den Konsonanten. Um Rumen zu ärgern, greife ich gern zu dem Trick, die benachbarten Rumänen zu loben. Wie angenehm Rumänisch in den Ohren klingt! Wie dunkelschwer und weltverloren. Jaja, es gereichte den Rumänen zum Vorteil, daß sich ihre slawische Art nach den romanischen Sprachen verzehrte. Und wie gut sie aussehen! Jawohl, sie sehen manchmal aus wie großgewachsene Römer. Und was für eine wunderbare schwarzmagische Literatur sie besitzen! Logisch, sie hatten Ovid zu Gast, sie hatten bedeutende Dissidenten und waren nicht samt und sonders solche sowjetischen Kriechlinge, wie die Bulgaren es waren. Die wenigen, die es nicht waren, hat man im Steinbruch von Lowetsch oder im Lager Belene erledigt.

Sobald er das Wort Rumänien aus meinem Mund hört, verzieht Rumen das Gesicht, als habe er Zahnschmerzen. Ich glaube, Nacht für Nacht mordet er mich im Traum, schnappt sich meine Schwester und verschleppt sie hinter einen bulgarischen Hügel.

Ein paarmal hab' ich's zu weit getrieben. Rumen hat inzwischen gelernt, wie man mich in Schach hält. Lobe ich die Rumänen, wird er scharf. Was, die Rumänen zivilisiert? Ha, kontert Rumen, ihr Lieblingssport war es, Juden in Schweineställe zu sperren und sie bei lebendigem Leib zu verbrennen. Und die bereuen nichts, gar nichts, deine herrlichen Rumänen, schreit er, und seine Stimme zittert vor Groll und Empörung.

Inzwischen dämmert es, und die Fahrbahn wird leer. Wir rollen durch eine schwach besiedelte Gegend. Leben da überhaupt Menschen? fragen wir uns, nachdem wir eine Viertelstunde durch hügeliges Land gefahren sind, und keine einzige Siedlung weit und breit. Nur die Esel- und Pferdekarren der Zigeuner, die hin und wieder am Straßenrand entlangtrotten, erzählen davon, daß irgendwo hinter den Hügeln Leute wohnen müssen, in irgendwie zusammengeworfenen Siedlungen mit schäbigen Läden, die notdürftig aus Brettern zusammengenagelt sind, falls es hinter den Hügeln überhaupt Läden gibt. Nichts, was das Fernweh anreizen, die Mär vom balkanischen Abenteuer beleben könnte. Arme Klepper, denen sich das Elend mit hartem Stift durchs Fell zeichnet, laufen nach der Peitsche, ihre Stirnen geschmückt mit roten Bommeln.

Diese lastende Dämmerung ist ein Vorposten der bulgarischen Nacht. Nachts schlafen die bulgarischen Berge wie große schwarze Tiere, und nur hie und da, weit entfernt, dringen Lichtpunkte aus morschen Häusern. Weil er weniger mit Lastwagen zu kämpfen hat, hängt Rumen jetzt lässig in seinem Sitz, eine brennende Zigarette im Mundwinkel.

Heute bin ich in besserer Stimmung, das Herumgefahrenwerden bekommt mir. Auch nehme ich gern mit der Rückbank vorlieb, weil ich mein Gift lieber von hinten einstreue. Außerdem würde es Rumen noch mehr ärgern, wenn ich neben ihm säße. Da er ein schlechter Autofahrer ist, könnte uns das ernstlich gefährden.

Bitte mich zu entbehren

Bitte mich zu entbehren, sagt der Vater. Eine schäumende Vaterwoge überspült das Wageninnere, im Gemüt ein gewaltiger Hopser, der das Autodach wegfliegen läßt, so daß wir momentweis unter dem blanken Himmel dahinfahren.

Bitte mich zu entbehren hat er noch nie gesagt, so höflich ist er uns noch nie abhanden gekommen. Der aschfahle Himmel bezeugt: er ist weg. Dubios bleibt, was für ein Vater das gerade gewesen sein soll. An seine Stimme kann ich mich nicht erinnern, meine Schwester ebensowenig, wir scheitern, wenn wir die Stimme unseres Vaters beschreiben sollen. Was für ein Deutsch er gesprochen hat? Ein gutes? Ein klares? Mit österreichischem Akzent, weil er es in Wien verfeinert hat? Sprach er von der Grammatik her einwandfrei? War sein Wortschatz groß oder eher mickrig? Wir wissen es nicht, obwohl wir es doch wissen müßten, denn ich war elf und meine Schwester dreizehn.

Ob er losplatzte beim Reden oder zögernd anfing, wir wissen es nicht. Ob er in Schleifen, gleichsam hinterrücks sich versichernd, sprach, wir wissen es nicht. Ob sich die Rede ruckend vorwärtsbewegte, ob glatt, ob schnell, ob lahm – keine Ahnung. Hatte er die Unart vieler Ausländer, das Sprechtempo zu beschleunigen, wenn er nicht mehr Herr über die Grammatik war? Und seine Stimme? Hoch, piepsig, kehlig, oder kam sie aus tiefer Brust? Der Chor der Schwärmerinnen, der uns früher umgab, will uns weismachen, unser Vater habe ein wunderbares, so wunderwunderbares Deutsch gesprochen, daß es ein Gedicht gewesen sei, ihm zu lauschen. Vor allem habe er so wunderbar gesungen, daß es wiederum nicht auszuhalten gewesen sei.

Wir haben uns angewöhnt, zu schweigen, wenn wir so etwas zu hören bekommen. Einer der seltenen Fälle, da meine Schwester auf ihr berühmtes Lächeln verzichtet. Gottlob, der Chor der Vaterschwärmerinnen hat sich inzwischen merklich gelichtet, es sind kaum noch welche am Leben, die ihn persönlich kannten. Jetzt ist es an uns, klarzustellen, wer unser Vater war. Als wir noch klein waren und mit fliegenden Rattenzöpfen durch den Garten sprangen, wurden wir von wildfremden Frauen beobachtet, die zu dem Schluß kamen, wir seien irgendwie kümmerlicher geraten als jener sagenhafte Orpheus, kaum wert, seine Töchter genannt zu werden. Jetzt fragt es aus uns zurück: ist dieser Kümmerling überhaupt wert, als unser Vater gelten zu dürfen?

Halten wir fest, daß unser Vater ein typischer Bulgare war. Ein typischer Bulgare ist stark behaart, hat perfekte weiße Zähne, ißt Knoblauch und wird steinalt. Im Falle unseres Vaters war das Haupthaar schwarz und dicht. Knoblauch aß er allerdings kaum. Der typische Bulgare behält sein Haupthaar auch im Alter, weiß wird es spät. Unser Vater hat aber die Altersprobe nicht bestanden, deshalb wissen wir diesbezüglich nichts Genaues. Nur, daß im Moment, da sein Freund einen letzten Blick auf ihn warf und ihm über den Kopf strich, die Haare büschelweise in der Hand zurückblieben.

Wo noch Haare? An den Möbeln hängen geblieben? Gab es Vatermöbel? Muttermöbel?

Auf hochflorigen Teppichböden schliefen die Möbel in scheuer Widersetzlichkeit. Blauer Teppich im Schlafzimmer der Eltern. Schleiflackmöbel. Eierschalenfarbener Teppich im Wohnzimmer. Unser Vater hatte das kleine rote Sofa im Balkonzimmer für sich gepachtet. Wenn er auf diesem Sofa saß, fühlte er sich sicher und kam anscheinend ohne Gemütsbewegung aus. Im Grunde beanspruchte er wenig umbauten Raum für sich. Nur Raum, groß genug, ihn mit seiner Traurigkeit zu füllen. Manchmal aber ging er gereizt im Balkonzimmer umher und bleckte die weißen Zähne. Im Innersten war er gewiß verkorkst. Kein Wunder, daß wenige Jahre nach seinem Tod eine auf dem Balkonzimmertisch in der Sonne liegende Batterie explodierte und ihre scheußlich riechende Chemie auf das rote Sofa ergoß.

Mit den Menschen, von denen er umgeben war, hielt er nur flüchtig Verbindung. Einmal jemanden scharf ansehen, ihn sich einprägen, das genügte, alles weitere durfte dann wieder unscharf werden. Er hatte immer ein Häubchen Schwermut auf dem Kopf. Sein inneres Dunkel hielt er für unvergleichlich. Und die Familie unterstützte ihn darin, oh, es grübelten die Familiensatelliten um die Wette über das unbegreifliche Dunkel einer bulgarischen Vater- und Mannesseele, von der die uns beklemmende wiederum ein besonders ungeheuerliches Exemplar war. Es leuchtete dies Dunkel in geniehafter Verworrenheit und Feinsinnigkeit. Warum bloß sah sich niemand den stumpfen Gesichtsausdruck des Mannes an und zog den Schluß, daß man's – nein, nicht mit einem Künstlerwrack – mit einem verkommenen Arztwrack zu tun hatte?

Er wurde im Lauf der Jahre nicht abweisend und verdrießlich wie die meisten Väter unserer Schulkameradinnen. Wenn er seine ausgeleierte Weste aus dem Schrank holte, wußten wir, was kam. Es verlosch die Welt um ihn her, für zwei Monate, immer im Frühjahr, und wir waren dazu verdammt, mit ihr zu verlöschen. Geschleich um seine verschlossene Kammer, schüchternes Gepoch, zaghafte Frage, ob er etwas essen wolle, und keine Antwort. Öffnete man die Tür einen Spalt, schwoll etwas so Muffiges daraus hervor, daß man sie schnell wieder zumachte. Er lag auf seinem Sofa wie verwest.

Wir hofften, unsere Mutter, dieser sportliche Mensch, Skifahrerin, Bergsteigerin, Besitzerin eines Eispickels, würde die Tür aufreißen und ihrem Leichenmann ein paar schallende Ohrfeigen verpassen, ihn entweder damit wekken oder endgültig auf den Friedhof schicken oder ihm wenigstens die schreckliche Weste mit dem Mottenloch am Bauch abzwingen und sie verbrennen. Nichts dergleichen geschah. Wir hörten damit auf, an unsere Mutter sinnlose Hoffnungen zu verschwenden.

Muttermöbel gab es nicht. Was soll eine mit allen Fasern auf ihren Mann ausgerichtete Frau auch mit eigenen Möbeln anfangen. Wohl wahr, sie bestimmte, welche Möbel von welcher hochgeschätzten Firma ins Haus kamen, der Firma Schildknecht etwa, die in den sechziger Jahren vom Nimbus des Edlen, gut Verarbeiteten zehrte, bestimmte es aber immer nur für ihn, um ihn aufzuheitern, niemals für sich selbst.

Schleiflack! Hundert Gründe, an einer Schleiflackbücherwand sich den Kopf einzurennen! Schleiflackbücherwände, in denen Werke von Uwe Johnson, Max Frisch, James Baldwin und Albert Camus wie die lieben Soldaten aufgereiht stehen, rufen den Verwüstungstrieb auf den Plan. Eine Axt her! Eine Säge her! Seiten zerrupfen! Meine Schwester, diese unentwegte Traumwandlerin, geht allerdings an Schleiflackbücherwänden vorüber, als wären sie das Natürlichste von der Welt, selbst wenn darin auch noch verschließbare Elemente eingepaßt sind, Türchen mit Waffelmuster, Türchen mit Messingschlüsselchen, hinter denen der Cognac und dessen Schwenker, der Whiskey und dessen schwere Gläser ihr diskretes Leben führen.

Hätten unsere Eltern die Bücher von echten Trinkern zur Brust genommen – Lowry! Faulkner! Cheever! –, hätten sie vielleicht einen Bogen um die Firma Schildknecht und ihren Schleiflack gemacht. Doch nein, wo nach Unglück gesucht wird, da stellt sich's auch prompt ein.

Unser Vater blieb in puncto Alkohol maßvoll. Als Kämpfer der Nacht brauchte er ihn nicht, er hörte aus Möbeln auch so heraus, was Menschen für gewöhnlich nicht hören, roch deren Verzweiflung. Die nächtlichen Drohungen waren am Tag zwar verklungen, in seinem Kopf aber hatte er ein Hörbeet herangezüchtet, von Sensorien bewachsen, die noch die feinsten und fernsten Schwingungen solcher Drohungen vernehmen konnten.

Wenn von feinem und feinstem Hören die Rede ist, denkt man da nicht unwillkürlich an Engel?

Ich bin versucht, den geschätzten Mitfahrern einen Vortrag in Sachen Engel zu halten. Wär's im Gehäus des kleinen Daihatsu nicht so barbarisch laut, würde ich ihnen von den Engeln erzählen, die Gottes Thron am nächsten stehen. Ihr Gehör sei unfehlbar, wird behauptet. Auch in erlauchter Engelrunde, nicht nur um den singenden, die Leier schlagenden Orpheus, findet exzessives Lauschen statt. Gott meldet sich mal unwahrscheinlich leis, leiser als eine frisch geborene Amöbe (wir erraten's nicht in hunderttausend Menschenjahren), mal so laut, als wäre da oben Vatertag ausgebrochen (laut dann, trommelfellzerfetzend laut für Menschlein aller Couleur).

Engel sind Wahrhalter, denke ich mit eigensinniger Kraft gegen den Daihatsu an, von den in Luftzügen schwebenden, driftenden, flatternden Wörtern müssen sie noch die winzigsten darein verfitzten Botschaftskörner vernehmen. Wer so intensiv hört, bis ins Innerste der Stille hinein, versteht vielleicht im eigentlichen Sinne nicht. Nehmen wir einmal an, Gott sage *spezifisch*. Da darf es in einem Engelhirn nicht allzulang rappeln, bis es alle möglichen Varianten von Spezi und Fisch samt den in der Bibel auftauchenden Fischvorkömmnissen überprüft hat und zu dem Schluß gekommen ist, daß Fische als Hering, Sardine, Thunfisch quasi nur im Nebenher, als fröhlicher Begleitschwarm durch die das Wörtlein tragende Luftmenge schwimmen.

Ein herzlich dummes Beispiel, ich weiß (und kassiere es sofort wieder ein. Vernachlässigt werden darf zwar das Problem vom wörtlich Wörtlichhören, aber nicht das Problem vom fehlenden Beweis, daß Gott klipp und klar Deutsch spricht. Oder Latein oder Griechisch oder Hebräisch. Ausgeschlossen werden kann aber Bulgarisch. Bulgarisch auf keinen Fall!).

Hehe, Schwester, bitte nicht so trübe. Ich denke an Engel, und du legst den Kopf auf die Seite und schläfst mir weg, nur weil es Abend und die Autobahn leer wird.

Sendboten, Schwester! Abendverkehr, Geflatter am Himmel. Signifikantenschwemme!

Sendboten sind dazu da, das göttliche Kauderwelsch auseinanderzunehmen. Sammeln, Sortieren, Begutachten, Gruppieren, Verbinden. Hören eben, was sonst. Die darin wie in Bernstein eingesiegelten Aufträge sind weiterzuleiten an alles, was Ohren hat. Selbst wenn sich im Hohen Willen ein Schwanken bemerkbar machen, der Hohe Wille gleichsam an sich selbst verzagen sollte. Ein Fehlhören darf nicht unterkommen. Die Botschaften müssen korrekt empfangen und korrekt überbracht werden.

In unserem Vater war die Leitung nach draußen verstopft. Er hörte ja nur in sich hinein für seine reichsunmittelbaren Zwecke. Aus welcher Gegend kam, was er hörte, danach wollen wir lieber nicht allzu genau fragen. Aus dem Darm, denke ich. Vom Herzen her, denkt meine Schwester, dieses romantische Miststück.

War die Praxis leer, war keiner mehr da, der sorglos um ihn herumlärmte, zeigte das Hörbeet, wozu es fähig war.

In seinem Hirn gab es Löcher, da hinein sprang eine finstere Phantasie. Hauchdünne Blätter aus Nichts begannen in seinem Kopf zu rauschen.

Gestern erst, Schwester, wach auf! Die Blättchen!

Gestern haben wir die hauchdünne Blätterkrone einer thrakischen Prinzessin im Museum von Sofia bewundert. Gewirkt aus Gold, fingernageldünn. Wechselweise haben wir uns die Freude daran rund um die Vitrine in Lidschlägen zugeblitzt. In unserer Erinnerung bleibt Gold Gold, es wird nur in immer zartere, phantastischere Blätter dünngezogen. Und so bleibt munter, immer munter, und richtet keinen Schaden an, was vom Kopfwunder

der unbekannten Prinzessin in unsere Hirne gesprungen ist.

Wir sind nicht die Kinder unseres Vaters. Der Beweis? Unser Vater hätte solche Blätter paar Sekunden angestarrt, und im Handumdrehen hätten sie sich zu einem bedrohlichen Gespinst entwickelt. Nur scheinbar menschlichen Händen entwachsen, wären sie ihm zu Teufelswerk ausgewuchert. Insgeheim hätten die Blätter alsbald in seinem Kopf gerauscht oder, noch schlimmer, begonnen, sich um sein Haupt zu winden, es finster zu bekränzen. Lautlos wohlgemerkt. Blätterwinden und Blätterwickeln als immaterielle Machenschaft, erfunden – von wem? wieso? –, um einen einmetersiebenundsiebzig großen Bulgaren zu quälen.

Als ob das Zarte in etwas Sperriges, Klobiges sich verwandelte, sobald es Eingang in den Vaterkopf fand. Mit Wortschwallen, innerlichen nur, niemals lauten, kämpfte er dagegen an. Ohne Erfolg. Schon gar nicht konnten die in die Kampfzone geschickten Wörter dem Zweck dienen, die zutiefst lächerliche, ihm von einem unbekannten Feind angewunderte Dornenkrone vom Haupt zu streifen.

ANGEWUNDERT! hätte der Senatspräsident Daniel Paul Schreber geschrien, das Wort hinausgedonnert und damit seinen Feinden gezeigt, daß er noch ein Mann ist.

Unser Vater sagte in solchen Fällen nichts. Keinen Pieps, nicht mal auf bulgarisch. Steckte in unserem Vater vielleicht ein Mädchen?

Wuselwusel, in seinem Kopf waren Ausbesserungsarbeiten im Gange. Wie rasant darin gearbeitet wurde, konnte man an den Rauchfahnen erkennen, die über den Schädelnähten aufstiegen, trotz der vielen Haare, die diese Nähte bedeckten. Jaja, neinnein, das ging her, das ging hin und nahm kein Ende.

Sein Haupt, wie gesagt, war von der Fülle der Schwärze bedeckt und ins Jenseits geschlungen.

Proponieren wir kühn, daß wir nicht von diesem Vater

sind. Von der uns anbehaupteten Mutter auch nicht. Hundertprozentig nein. Erschlaffen des Denkvermögens allerdings, wenn wir uns nach einem in Frage kommenden Vater, nach einer in Frage kommenden Mutter umsehen. Zeus vielleicht? Eine unbefleckte Empfängnis? Neinnein, nicht der Frau – des Mannes! Infantil sei das, hören wir Spötter sagen, erbärmlich infantil. Wohl wahr, ein nicht richtiger Vater, eine nicht richtige Mutter sind die Garanten für dauerhaften Infantilismus. Man beachte aber die Energien, die unsere damals noch winzigen Beinchen antrieben, dem Irrgarten zu entkommen, worin So-là-là-Eltern, die sich für echte ausgaben, uns gefangenhielten.

Die Kindheit hat nichts an sich von einem Schatz, der zu bewahren wäre, wie immer behauptet wird. Im Herzen das pure Unvermögen, den puren Starrsinn im Kopf, so lallen die greisen Kindheitsbewahrer daher. Das Kindsein möglichst rasch hinter uns bringen wollten wir. Laufen lernen, so schnell wie möglich. Lesen, so schnell wie möglich. Rausrennen aus der Kindheit, uns rauslesen aus dem verlogenen Diminutiv, und nie mehr dahin zurück. Überhaupt je Kind gewesen zu sein ist uns heute peinlich. Jedes Jahr, mit welchem wir dem Alter entgegeneilen, ist uns kostbar, da es uns weiter von Kindelei, Kinderei, Kindschaft, kurz, von jener Idiotie trennt, die überall so hoch im Kurs steht.

Das Liebesstreben meiner Schwester begann mit fünf. Ihre Handflächen ans Gitter des Gartentores gepreßt, die Fingerchen darein gekrallt, schaute sie ihrem Liebsten zu. In unserer Straße waren Bauarbeiten im Gange. Nein, sie verliebte sich nicht in einen jener kleinen, zähen Italiener, die damals die schweren Boschhämmer ins Feld führten, sondern in einen Deutschen. Gäbe es ein ebenso prachtvolles Wort wie *Blondine* für einen Mann, er hätte solchen Ehrennamen verdient gehabt – *Der Blonde* oder *Blondmann* klingt wenig verlockend. Muskulöser Körper, Sonnenhaar, flirrendes Gold ums Haupt, wie's die heldenschwärmenden

Griechen so liebten, da stand der Mann in der Grube, und von seiner Schaufel flogen die Erdbatzen.

Indem sie sich gerade in diesen Schaufelwerfer verliebte, bewies meine Schwester früh einen Instinkt für die Macht. Er war kein gewöhnlicher Bauarbeiter, sondern der künftige Chef der Firma Epple, ihr erstgeborener Sohn, der in der Wurmlingerstraße seine Lehrzeit absolvierte.

Meine Schwester störte sich auch nicht an den verschiedenen Altersmengen, die da in liebenden Chemiewölkchen durch unsere Straße trieben. Daß zwischen fünf und fünfundzwanzig ein Unterschied sei, behaupten nur die Geschlechtspedanten. Keine Ahnung haben sie vom fliegenden Zeitritt der Liebe. Meine Schwester bezog (in flotter Vorwegnahme, sie kannte Homer damals noch nicht) den Spruch des griechischen Erzählvaters *sie dünket mich nicht sterblicher Menschen Tochter sein, sondern Gottes* auf sich, und damit war alles möglich und alles erlaubt.

Nur ich störte sie. Aus Eifersucht? Meine sonst so geduldige Schwester fackelte nicht lang und biß mich vom Tor weg.

Fleisch!

Große einsame Kabeltrommeln am Weg. Viel Stille im Hinterland. Rumen ist vergnügt, klopft zu einer nur ihm bekannten Melodie ans Lenkrad. Um seinen Wirbel stehen die Haare jetzt lustig. In zwanzig Minuten etwa sind wir in Veliko Tarnovo. Keine Spur mehr davon, daß sich in diesem Wagen irgendwer über irgendwen ärgert.

Aber da kommt noch ein Hindernis. Blaulicht überall, eine Absperrung. Ein Kühltransporter mit einem Gewimmel von Polizisten drum herum. Wir werden vorbeigewunken, erkennen nicht, was los ist. Nach einem Unfall sieht es jedenfalls nicht aus.

Das große, häßliche Ding am Abendhimmel, langgezogen wie verschmierter Dreck, ist doch nicht etwa unser Vater? Rotrand am Horizont, darüber sich aufbauendes, immer dichter nachrückendes Blaudunkel, und direkt über uns dieser ausgewalzte Dreck. Warum hier derartig ausgiebig vom Vater die Rede ist, und gleich so übertrieben niederträchtig? Jahrelang haben wir nicht mehr von ihm gesprochen, jahrelang hat er uns, wenn überhaupt, allenfalls im geheimen belästigt – ein verblichener Held aus einer verschwommenen Geschichte. Und kaum mehr was da von ihm. Nicht mal ein Schädel. Die menschliche Materie, in der er einst umherging, besteht nur noch aus zerworfenen Krümeln.

Stimmt doch, Schwester – ein Häufchen Granulat aus schockgefrorenen, auseinandergerüttelten Schädel- und Beinkrümeln, etwa so viel an Menge, wie bequem in ein Weckglas zu füllen wäre. Natürlich bleibt von meiner Schwester die Bestätigung, oder was man dafür nehmen könnte, wieder mal aus. Ihre zusammengefaltete Jacke am Fenster mit dem darauf gesunkenen Kopf sagt mir, daß sie am Wegdämmern ist, einfach die Schlafhäute über die Augen gezogen hat – weil so viel freie Autobahn vor uns liegt, nichts als von wenigen, ausnahmsweise friedlich gestimmten Lenkern befahrene, geradewegs in den Abendhimmel führende Autobahn.

Jetzt ist aber eine Erklärung fällig: welcher Dämon treibt uns, die wir das Land des Vaters wortstark verabscheuen, längs und quer darin herumzufahren wie brave, pietätvolle Christinnen? Geld, Geld, Geld. Siebzigtausend Euro, fünfunddreißigtausend pro Kopf, um genau zu sein. Und eine wahnwitzige Idee dahinter, nicht unseren Hirnen entsprungen, sondern dem unglaublichen eines Achtundachtzigjährigen. Als unser Vater noch am Leben war, war der ihm kein Freund gewesen, nur ein Kumpan in der Not, einer von den neunzehn Notnägeln in der allgemeinen Landeseinsamkeit der Stuttgarter Emigranten.

Für diese blumen- und dornenreiche Geschichte müssen wir einen Schlenker machen, zurück ins Jahr 45, etwas davor und kurz danach. Zwanzig Bulgaren, darunter ein Pope und nur eine einzige Frau, waren ins Schwabenland gekommen, nach Stuttgart. Die Männer schnappten sich die erstbeste Blondine, deren sie habhaft werden konnten, und setzten sich fest. Ihre sozialen Herkünfte, politischen Motive, die Kriegserlebnisse waren grundverschieden, verschieden auch der Grad an Faszination oder Widerwille, den sie gegenüber den deutschen Mordbrüdern an den Tag gelegt hatten. Immerhin, man war ja während zweier Weltkriege mit den Deutschen verbündet gewesen, und zum Dank hatten die Deutschen sich Mühe gegeben, bei den Bulgaren nicht auf ein slawisches Mindervolk zu erkennen, sondern in ihnen ein höheres, arisch versetztes Hybridvolk zu sehen, den Russen weit überlegen. Was sie aber nicht davon abhielt, bei unserem Vater Schädelvermessungen vorzunehmen, als er in Tübingen Medizin studierte.

Zur halben Ehrenrettung unseres ansonsten nicht zu rettenden Vaters sei erwähnt, daß er es nach dem Krieg mit Willy Brandt hielt, als dieser noch höhnisch Frahm genannt wurde. Er galt deshalb unter den meist inmitten der CDU angesiedelten Bulgaren als Linker, wiewohl als ein Feind Stalins. Meine Schwester und ich, Pessimistinnen von der unnachgiebigen Sorte, glauben an die Blütenreinheit unseres Vaters nicht, glauben in Ermangelung eindeutiger Beweise an gar nichts, weder an Gutes noch an Schlechtes, und überlassen den Richtspruch der Hohen Gewalt, die auch uns einmal zu wissen geben wird, wer wir sind und was wir sind. Wobei meine Schwester sich Hoffnungen auf ein mildes Urteil machen darf, ich mich auf ein härteres gefaßt machen muß, soviel ist jetzt schon klar.

Was war mit dem bulgarischen Kumpel unseres Vaters, dem heute Achtundachtzigjährigen, nicht Freund, nicht Feind? Für einen undurchsichtigen Gesellen wurde er gehalten, für einen Mann mit politischen Beziehungen nach allen Seiten. Ein Photo in unserem Besitz zeigt ihn mit vier auf dem Boden lümmelnden, locker aneinandergelehnten Burschen, einer von ihnen unser Vater, rechts außen, nicht ganz dazugehörend, Tabakoff. Das Gesicht ein Gesicht, das man sofort wieder vergißt. Schön daran vielleicht die Locken, die ihm über die rechte Stirnseite fielen, die aber, sobald sein Geschäft gedieh, nicht mehr an ihm gesehen wurden. Wir kennen Tabakoff nur mit kurzgeschorenem Dachshaar.

Unzweifelhaft besaß er einen genialen Geldsinn, der ihm eingab, sich mit dem sowjetophilen Regime in Bulgarien zu verfädeln und einen schwunghaften Export-Import-Handel aufzuziehen. Womit da genau gehandelt wurde, wissen wir nicht. Sonnenblumenkerne allein können es nicht gewesen sein. Mit Sonnenblumenkernen und Schafskäse ist kein Vermögen zu erwirtschaften, das allmählich die Millionenzahl überstieg und heute die Milliardengrenze überschritten hat.

Trotzdem kann Alexander Iwailo Tabakoff nicht für einen glücklichen Mann gelten. Er mag es in jungen Jahren gewesen sein, als er sich in die für ihn bestimmte Blondine verliebte – ein Prachtexemplar, das er da zu fassen kriegte! Von sprudeligem Charme, das kräftige Haar zu Dauerwellen gedreht, klackernde, rasselnde Goldglieder mit Glücksanhängern um den Arm, ein Mund, den alle bulgarischen Männer zu küssen begehrten, wiewohl eine penibel antrainierte Damenhaftigkeit solche Begehrlichkeiten schmollend zurückwies.

Als Kinder waren wir von ihr begeistert, drückten uns immer in ihrer Nähe herum, schmeichelten ihr. Die Frau roch gut; neben ihr kam alles, was lebte, zu seinem Recht. Sie besaß eine Leibesgenerosität, die wir an unserer Mutter vermißten.

Alexander Iwailo Tabakoff heiratete eine Frau mit hollywoodesken Qualitäten, eine Kreuzung aus der Monroe und Vera Brühne, allerdings mit einem erzschwäbischen Zungenschlag behaftet, für Eingeweihte kenntlich als einer aus dem Stuttgarter Osten. Diese Herkunft und dicke Fesseln, unter denen sie ein Leben lang litt, verhinderten, daß Lilo Wehrle in Hollywood ihr Glück machte. Statt dessen heiratete sie einen vielversprechenden Bulgaren und gebar ihm einen Sohn. An diesen Sohn erinnern wir uns kaum. Nur, daß er mit sechs Jahren an einer Hirnhautentzündung starb. Böse Zungen behaupteten, er sei aus Ermattung gestorben, weil das rasend in ihn verliebte, rasend ehrgeizige Elternpaar ihm die Lebensgeister ausgesaugt habe. Der folgende Wurf war jedenfalls ein unglücklicher und machte den Schaden nicht wett: eine Tochter.

Eine echte Hiobsgeburt! Ihr einziger Erdenzweck schien darin zu bestehen, die Eltern zu quälen. Faul, verlogen, mißmutig, von oberflächlicher Hübschheit, entwickelte sich das launische Kind zu einem üblen Teenager, später zu einer ordinären Frau, von der nach vier gescheiterten Ehen nicht viel blieb als ein wilder Haufen Haß, Rachsucht, Gier und wiederum ein Sohn, den sie den Eltern als Lockmittel präsentierte, um ihn dann aber schnell wieder fortzuschaffen oder schlicht Geld zu verlangen, begehrten die Eltern ihren Enkel zu sehen. Was für eine schaurige Rechnung da beglichen werden mußte, wir wissen es nicht und wollen es auch gar nicht wissen.

Die einst so leibgeniale Mutter landete mit sechzig im Grab. Der Vater sah keinen Ausweg, als auf Tochter und Enkel ganz zu verzichten, und zog sich verbittert nach Florida zurück. Wie er dort lebte, ob einsam, ob in Gesellschaft fröhlicher Amerikanerinnen, blieb unbekannt. Jedenfalls tauchte er vor ungefähr anderthalb Jahren wieder in Stuttgart auf, mit einem Plan im Kopf, einem von der Sorte, den man nachts entwickelt und am Tag wieder vergißt. Kein Mensch traute ihm zu, daß er ihn je würde zur Ausführung bringen können.

Da sind wir, sagt Rumen und zeigt auf die Mauerreste einer Burganlage, von Scheinwerfern wechselweise rot, blau, grün, gelb angestrahlt und wie die Kulisse einer Geisterbahn in den zugedunkelten Himmel gestellt. Die Stadt, in die wir hineinfahren, scheint in zwei Teile zu zerfallen, unten ein Gürtel aus verwahrlosten Hochbauten, oben der ältere Teil mit bröckeligen Ziegeldächern.

Meine Schwester ist aufgewacht, emporgereckt der schmale Kopf mit dem rebhuhnfarbenen Haar. Oh, ruft sie, wie hübsch! Das überbewegliche Köpfchen dreht sich nach den Seiten, als gäbe es wunder was zu entdecken. Sie lobt Rumen, tätschelt ihm den Arm und wirkt mit einem Male aufgekratzt, als wären wir jung und würden bei der Einfahrt in eine französische Kleinstadt unsere erste Gauloise rauchen. Mit fliegendem Haar dreht sie sich zu mir herum, die haselnußbraunen Augen sprühen vor Vergnügen: Na? Was sagt die Hinterbank?

Veliko Tarnovo, sagt die Hinterbank pedantisch, als müsse jemand hier unbedingt klarstellen, daß wir uns nicht in Avignon befinden. Obwohl ich mir vorgenommen hatte,

Veliko Tarnovo übel zu finden, ist es nicht ganz so übel wie gedacht. In Kurven und Kehren geht es den Hügel hinauf, und ja, das hat was, zumindest bei Nacht, wenn die Verkommenheit in ein gnädiges Ungefähr zurückweicht.

Rumen stellt den Wagen an einem hochgelegenen, mauereingefaßten Platz ab, von dem man die Lage überschauen kann. Links oben, auf dem Hügel gegenüber, die Reste der künstlich verfärbten Gespensterburg. Roter Saum der untergehenden Sonne auf den Waldspitzen, in der Ferne ein verlassener Fluß, der sich durch das Tal windet. Dahinter wieder Hügel, Hügel an Hügel, bei Tageslicht wahrscheinlich grün, jetzt umrißlos ins Dunkel verwoben. Schrilles Gekrächz, Musik, unterbrochen von Ansagen, weht von der Burg herüber.

Rechts führt eine Gasse zum Hotel. Zu unserer Freude ist es erst kürzlich renoviert worden. Sauber scheint es auch zu sein. Ein halb mürrischer, halb freundlicher Empfangsmensch sieht kaum von seinen Papieren auf. Die mit Glanzgranit ausgekleidete Halle, Plastiksträuße. Ein gellend lauter Fernseher links oben im Eck hängend, damit wir sogleich in den Genuß der bulgarischen Sprache und gefärbter bulgarischer Blondinen kommen.

Weil sie so viel geschlafen hat, steht meine Schwester unter Strom. Mit dem Finger tippt sie an meine Nasenspitze, tippt an den Rand der Theke und zuckt zurück, als hätte ein elektrischer Schlag sie erwischt, tippt an das Wappen auf Rumens Jackenrücken, so zart, daß er es nicht merkt, tippt eine rosa Plastikblume an und bringt deren Blüte ins Nicken, macht auf dem Absatz kehrt, und schon übersetzen ihre wimmelnden Fingerspitzen, die hüpfenden Augenbrauen und der nach allen Seiten zerzogene Mund das Gespräch der Männer in eine nervöse Pantomime für Gehörlose.

Alles für mich. Gute, liebe, sich abrackernde Schwester. Sobald ich lache, hat sie das Gefühl, etwas Nützliches getan zu haben, und hört mit dem Theater auf.

Deponieren der Pässe. Zu leistende Unterschriften. Schlüssel mit hölzernen Anhängern groß wie Billardkugeln.

Rumen, der den Empfangsmenschen in eine hochwichtige Konversation verstrickt und diese zu einem befriedigenden Abschluß gebracht hat, fühlt sich lauter galanter Taten fähig. Die beiden schweren Taschen hängt er sich um, als wären sie mit Zeitungspapier ausgestopft, nimmt den Koffer und steigt mit anmutigen, fast tänzerischen Bewegungen die Treppe hoch. Meine Schwester folgt mit einem schwebenden Lächeln. Ich trotte wie üblich hinterher und inspiziere die scharfen Kanten der nackten Treppenstufen. Kämen Knöchel oder Fersen ihnen zu nahe, würde man sich gewiß verletzen.

Meine Schwester und ich bewohnen verschiedene Zimmer. So weit geht die Schwesternliebe nicht, daß wir zusammen ein Zimmer nähmen. Auch die Gewohnheiten erlauben es nicht. Meine Schwester schläft nachts wie befohlen. Sie ist im Besitz der dafür nötigen Gewissensleichtigkeit. Ich bin mit dem Wachfluch belegt, wandere herum, kann zwischen Lichtaus und Lichtan kein Ende finden, sehe Reklamen und Scheinwerfer, die über die Vorhänge fahren, höre noch die entlegensten Geräusche, die gemacht werden, eigens für mich, weil jemand einen Rochus auf mich hat, sich als Feind aber nicht zu erkennen geben will.

Zu früh, um an Schlaf zu denken. Wir rücken wieder aus, laufen über marodes Pflaster, vorbei an überquellenden Mülltonnen, auf der hoffnungslosen Suche nach einem Wirtshaus, das mit weniger schlechtem Öl brät als üblich. Katzen treiben sich herum, die sofort mein Interesse wecken. Kreuzt eine Katze meinen Weg, brechen Schnurrhaare aus meiner Haut, und eine niedere Welt, gesponnen aus dunklen Ecken und schweren Gerüchen, will mich zum Schleichen bringen.

Rumen zeigt sich von der lustigen Seite, er hat seinen Zuversichtsgenerator angeworfen, der ihm die fröhlichsten

Prospekte ins Hirn wirft. Im Eifer des Hungers mustert er die mit Lämpchen behängten Fassaden wie ein wählerischer Bordellbesucher, beugt sich wisserisch zu den ausgehängten Speisezetteln hinunter. Meine Schwester, dieses nach allen Windrichtungen schwankende Temperamentsrohr, läßt sich von ihm anstecken, faßt den Burschen sogar beim Arm und lacht mit ihm, als wäre ich nie zur Welt gekommen.

Wir landen in einem Lokal mit krachend lauter Musik und einer überforderten Kellnerin.

Und nun beginnt Rumens Lieblingsritual, das in meiner Schwester Heiterkeit erzeugt, mich aber schier zur Raserei bringt. Er entknickt seine Lesebrille, ein schickes Exemplar, das für gewöhnlich als Schmetterlingspuppe in enger Hülle ruht. Würdig wie eine Koryphäe des neunzehnten Jahrhunderts gibt er sich dem Studium der Karte hin. Dazu werden die Augenbrauen wechselweise hoch- und niedergezogen, sein Kennermündchen tritt auf den Plan, ein mal abschätziges, mal wohlwollendes *Mmm* (tief angesummt) oder *Hhhmm* (erwartungsfroh in die Höhe gezogen) begleitet Gericht für Gericht. Nebenbei werden wir mit den Lieblingsessen im Hause Apostoloff bekannt, worin die Mutter als unübertroffene Kochfee waltet – obwohl die Witwe blind und gichtig ist, kaum mehr stehen kann und die Küche im vierzehnten Stock des Stadtteils Mladost in Sofia vor Schmutz starrt, wie wir uns überzeugen konnten. Rumens Hände ahmen jetzt Tätigkeiten wie Blattwickeln nach, zerreiben imaginäre Gewürze zwischen den Fingern, der mit dem Daumen rundgeschlossene Zeigefinger weist auf Vorzüglichkeit hin. Eins der berühmten Apostoloffschen Hausgerichte befindet sich auf der Karte und muß natürlich probiert werden.

Damit aber nicht genug. Zu meinem Ärger ist die Karte wieder einmal besonders lang, und Rumen läßt es sich nicht nehmen, alles zu übersetzen. Ihm bei diesem Krach zuhören zu müssen ist eine Tortur. Es nutzt nichts, daß wir gleich bei der ersten Abteilung energisch die Köpfe schütteln: die Überraschungs-Pizza, die Vier-Sektoren-Pizza, unerbittlich genau bekommen wir das versammelte bulgarische Pizza-Elend aufgesagt.

Wir bestellen, was wir immer bestellen, meine Schwester gebratene Hackfleischröllchen mit Salat, wovon sie mir eins abgibt, ich den Salat mit Schafskäse, bei dem man vor Überraschungen sicher ist, Rumen vier oder fünf Kleingerichte, von denen wir kosten sollen. Die Kellnerin muß förmlich angeschrieen werden, auch ihre jungen Ohren haben Mühe zu verstehen. Es schmeckt alles abscheulich, salzlos, gewürzlos, verölt. Schafskäse, Tomaten und Gurke sind in Ordnung. Nicht, daß uns das Verlangte bald gebracht worden wäre. Es dauerte zum Verzweifeln lang, obwohl der Laden kaum halb voll ist.

Nur die Kellnerin ist spektakulär. Da die frisch geschlüpfte Geldgeneration inzwischen überzeugt ist, daß Frauen über dreißig das Geschäft schädigen, kommen hübsche, blutjunge Sommerkellnerinnen zum Einsatz, die mitsamt Tellern auf hohen Schuhen einherwanken. Sie haben ein lasterhaftes Aussehen, obwohl es schwer schuftende Mädchen sind, haben einen fiebernden Rotmund, spatelförmige Nägel mit Glitzerlack, der Rock endigt, aufrechte Haltung vorausgesetzt, zwei Zentimeter vor Insichtkommen der Unterhose. Eine weitere Spezialität der Kellnerinnen, überhaupt der Bulgarinnen: sie sind parfümfreudig. So riecht mein Salätchen, sonst eher eine neutrale Angelegenheit, als hätte es im Regal einer Drogerie übernachtet.

Wir bleiben nicht länger, als wir müssen, und laufen anschließend in den Gassen herum, eine hinunter, eine hinauf. Es ist erst zehn, die Stadt schon schlafesmüde. Wo noch Licht ist, dringt Fernsehflimmern aus den Fenstern. Ein Reiseführer empfiehlt, am Abend zwischen Bars und Nachtclubs hin und her zu schlendern, um den Tag ausklingen zu lassen. Gottlob ist der Lautsprecher in der Burg inzwischen abgeschaltet. Eine Handvoll englischer Rentner, die schütteren Nachfahren unbeugsamer Kolonialoffiziere, ist tatsächlich noch unterwegs. Ohne Tropenhelm und Tropenanzug sind Engländer gewöhnlicher, als man sie sich wünscht. Sie scheinen von der alten Königsstadt begeistert zu sein, man trifft sie unten, man trifft sie oben, sie haben Häuser in der Gegend und richten die Gärten nach den Empfehlungen von Gartenmagazinen her. Daß Veliko Tarnovo ein bedeutender Zarensitz gewesen sein soll, wie uns Rumen versichert, wäre uns nie eingefallen.

Im Hotel – wir wiegen die Holzkugeln schon in den Händen – wird Rumen vom Apparat im Eck magisch angezogen. Mit dem Arm befiehlt er uns Schweigen, eine ungewöhnlich dramatische Geste. Offenbar laufen Nachrichten: am Straßenrand ein Kühltransporter, Blaulicht, Polizisten wuseln umeinander. Rumen schlägt sich mit der Hand auf die Stirn, stammelt, erst auf bulgarisch, dann auf deutsch – das – das – glaube er einfach nicht! Wir treten näher heran, verstehen aber nicht, was los ist.

Diesmal sind uns Rumens Übersetzungskünste hochwillkommen. Der Kühlwagen, auf den er immer noch fassungslos zeigt, ist derselbe, den wir auf der Autobahn überholt haben. Ein rumänischer Transporter, voll mit Fleisch, *zwanzig Jahre altem Fleisch! Aus Irland!* Rumen glaubt es nicht, wir können es auch kaum glauben, aber nein, Rumen hat sich nicht verhört: zwanzig Jahre altes Fleisch, Rinderhälften aus Irland in gelblichem Fettmantel, eingeschweißt in Folie. Eisdämpfe wehen von der geöffneten Ladeluke. Zwanzig Jahre altes Fleisch! Auch der Nachrichtensprecher muß es mehrfach wiederholen, wie um sich selbst davon zu überzeugen. Der Empfangsmensch ist aufgetaucht, Rumen und er kommentieren die Nachricht lebhaft, sie greifen sich an die Köpfe, stöhnen, schimpfen, lachen hysterisch, Rumen bestellt sich ein Glas Bier, das er, um seiner Erregung Herr zu werden, in einem Zug leert.

Meiner Schwester wird flau im Magen, ihre Sorge gilt den faden Hackfleischrollen, von denen sie gerade vier Stück verzehrt hat, ich gottlob nur eine. Sag' ich's doch, rufe ich triumphierend, außer Salat darf man in diesem Land nichts anrühren. Rumänien! kontert Rumen erbost, das Fleisch war für die Rumänen bestimmt! Er ist jetzt sehr aufgebracht, und ich sollte ihn besser nicht reizen. Da uns die weiteren Nachrichten nicht kümmern, lassen wir die Männer allein und verziehen uns in den ersten Stock. Im Gang stolziert meine Schwester wortlos an mir vorüber und wedelt kokett mit der Linken, ohne sich umzudrehen, so sicher ist sie, daß mir keine ihrer Bewegungen entgeht.

Inzwischen regnet es. Ich öffne die Fensterflügel weit. Die Tropfen fallen geradlinig, in soldatischem Gleichmaß. Mir ist es recht. Tropfen hindern Insekten am Fliegen. Nachtregen klärt die Luft und hilft beim Einschlafen, Nachtregen verbreitet Schweigen, weil alle widrigen Geräusche überrauscht werden. Wenn da nur nicht die Kälte wäre. Seit man uns die Zustimmung dafür abgekauft hat, die Reste unseres Vaters auszugraben und einer bulgarisch-schwedischen Spezialfirma zu überlassen, spüre ich eine rätselhafte Kälte in meinen Knochen. Was die Gelenke früher nie getan haben, tun sie jetzt: sie senden Phantomschmerzen. Lauter Nadelstiche, die mir zur Einsicht verhelfen, wie das Skelett in seinen Teilen zusammenhängt. Provisorisch nur, melden die Stiche, leicht zu trennen.

Wieviel?

Rumen empfängt uns mit seiner üblichen Morgenzimperlichkeit. Sein Rücken schmerzt, der Nacken schmerzt, vielleicht auch ein Zahn, Magen, Knie, ein Zeh, wer weiß. Er beginnt mit nach oben verdrehten Augäpfeln seine Nackenübungen, seufzt, räuspert sich, schluckt den in die Höhe gebrachten Speichel wieder runter. Madonna, die Schmerzensreiche, wie sie leidet und sich im Leiden windet! Weil ich kichere, blickt er streng. Rätselhafte Morgenrituale aus dem Hause Apostoloff kommen hier zur Aufführung, dazwischen ernten wir vorwurfsvolle Blicke, weil wir etwas zu tun unterlassen, woran Rumen gewöhnt ist. Sprang seine Mutter, als sie noch laufen konnte, in solchen Fällen auf und massierte ihm den Nacken? Hat er sich von seiner Frau scheiden lassen, weil sie es nicht tat?

Eine Bedienung in mittleren Jahren, die ausschaut, als würden ihre Kleider sie nicht ganz zuhalten, bringt unser Frühstück, eine Zigarette zwischen die Finger geklemmt, von der etwas Asche auf den Teller der Schwester fällt. Eisenhartes Kinn. Baumfällertyp. Das durch und durch abgebrühte Geschöpf hat sich vor uns aufgepflanzt und blickt auf uns herab, als hätte es den Befehl bekommen, uns niederzuhauen, sollten wir auf die Idee kommen, an irgend etwas herumzumäkeln.

Meine Schwester ist morgens auf nachsichtige Weise lethargisch. Herausfordernde Personen können sie nicht aus dem Gleichgewicht bringen. Das preßspanartige Brot, der graue Kaffee, die Tomate, die in Menschenjahre umgerechnet schon über siebzig zählt, sie mustert die Bescherung geruhsam und bittet Rumen, um ein schärferes Messer zu fragen. Vielen, vielen Dank, ruft sie der Frau hinterher, die sich längst abgewandt hat.

Ihr methodischer Sinn scheint plötzlich erwacht. Der Teller wird vom Tisch emporgehoben und das Aschenstäubchen dem Rücken der fortstapfenden Bedienerin hinterhergeblasen; es geschieht lautlos und konzentriert. Sobald ein neues Messer gebracht worden ist, geht meine Schwester ans Werk. Sie ist die Meisterin des präzisen Kleinschnitts, eine chirurgische Begabung, die nicht Menschenfleisch zum Ziel hat, sondern Frühstücksbrote. Die Tomate wird nach allen Regeln der Kunst zerlegt, und weil mir das nie gelingen würde, ohne daß dicke und dünne Scheiben in ein Mißverhältnis zueinander kämen und die Schnittstellen am Hautrand unschön ausgefranst wären, schiebt meine fürsorgliche Schwester mir eine tadellos geschnittene Tomatenscheibe hin, bevor sie auf ihrem eigenen Teller weitermacht, Brot, Käse, Tomatenteile paßgenau aufeinanderschichtet und mit der Gabel fixiert, damit das Messer wieder in Aktion treten kann. Acht ähnlich große Stücke laden zum Verspeisen ein. Sie legt für einen Augenblick das Besteck nieder, um sich an der Perfektion ihrer Arbeit zu weiden.

So, das hätten wir, sagt meine Schwester und lüpft ihre Kaffeetasse, als wolle sie uns damit zuprosten.

Ich drücke die Tomatenscheibe in ein zerrupftes Stück Brot. Munter und flink bin ich, es ist meine beste Tageszeit.

Heute ist der Ausflug zur Zarenburg an der Reihe. Wir gehen hügelabwärts und werden auf die berühmten Wiedergeburtshäuser aufmerksam gemacht. Die osmanische Herrschaft, krähe ich fröhlich in Ohren, die das bestimmt nicht hören wollen: das Beste, was den Bulgaren je widerfahren ist! Rumen schaut starr geradeaus und wird von meiner Schwester umgehend in ein artiges Gespräch gezogen.

Wiedergeburt, damit ist die Befreiung von den Osmanen

im neunzehnten Jahrhundert gemeint. Der aufgedonnerte Name beweist, daß wir es mit einem operettenhaften Land zu tun haben. Miezmiez, sage ich zu einem Hund, da sich mein Bedürfnis, die Bulgaren lächerlich zu machen, auch auf ihre Hunde erstreckt. Er hört mir aufmerksam zu, im Gegensatz zu den Rücken meiner Gefährten, die mir bedeuten, ich solle die Klappe halten. Miezmiez, ich füttere den Hund mit der Lukanka, die es zum Frühstück gab.

Sprechen die Bulgaren von ihrer Wiedergeburt, heben sich ihnen die Köpfe. Ihre Rümpfe straffen sich, in jedem Bulgaren nimmt sein Lieblingsheld Platz, herausgetreten aus einer herrlichen Reihe von Helden, steift und streckt ihm den Körper, und was eben noch ein lächelnder, sanftmütiger Mann war, hat jetzt Augen, die mit einiger Wildheit in den Höhlen herumrollen. Christo Botew ist so ein Lieblingsheld, Botew, der große Freiheitsmann der Donau. Operettenhaft, eine herrliche Vorlage für einen Film oder ein Lustspiel liefernd, ohne daß je darauf zurückgegriffen worden wäre, war seine Aktion beschaffen. Botew, der Dichter mit dem wallenden Bart. Sein Glühauge erschaute die Zukunft Bulgariens, weit, weit über das Datum hinaus, an dem wir uns gerade befinden, und sein Tatendrang war groß.

Kozloduj 1876. Einer jener tiefhängenden Oktobertage, die zur Entscheidung reizen. Botew und eine Gruppe Patrioten waren in Gärtnerkostümen an Bord eines Raddampfers gegangen. Kaum auf Deck angelangt, legten die Patrioten Hacken, Scheren und Blumenkörbchen weg, rissen sich die Kostüme vom Leib, nur um in noch prächtigeren Kostümen zu verblüffen – mit goldenen Schnüren vor der Brust und goldenen Löwen als Helmzier.

Pistolen hatten sie auch dabei. Damit zwangen sie den Kapitän der *Radetzky*, Freiheitsbotschaften an die gesittete Welt zu versenden. Vor Ruse gingen die Patrioten wieder von Bord. Niemandem war auch nur ein Haar gekrümmt worden. Doch die Bewohner entlang der Donau, die Botew und seine Männer hatten in Jubel und Aufruhr setzen wollen, damit sie sich Waffen beschafften und den Osmanen aufs Haupt schlügen, schauten verwundert auf den schillernden Trupp und verzogen sich alsbald wieder auf ihre Äcker, um die Reste der Ernte einzusammeln.

Ein Haus mit Äffchen an der Fassade ist zu bestaunen. Es ist entzückend. Was meinst du, frage ich Miez, der mir nicht mehr von der Seite weicht: ob das Haus einem Türken gehörte, bevor sich's ein Wiedergeburtler unter den Nagel riß?

In Veliko Tarnovo walte eine ungewöhnliche Harmonie von Baukunst und Landschaft, schwärmt unser Bulgarienführer. Das süßholzt und baedekert eisern so fort und ignoriert souverän die ganze Arbeit, die der Kommunismus geleistet hat, hier wie überall. Was sich Altstadt nennt, klammert sich an den Zipfel eines Hügels und ist von Plattenbauten eingekesselt.

Wir passieren eine Brücke und sind am Ziel. Die beiden haben beschlossen, mich gnädig wieder in ihren Kreis aufzunehmen. Daß Miez inzwischen mit von der Partie ist, ärgert zumindest Rumen, aber er sagt nichts. Hinter dem Kabuff, wo die Eintrittskarten zu kaufen sind, gibt es eine Vorführung mit kindergroßen Plastikpuppen, je nach Zusammensetzung der Touristengruppe auf deutsch, englisch, französisch. Klapprige Rüstungen, ein Pferd, dem fast alle Haare ausgegangen sind. Mir gefällt, wie es wiehert. Die Tonbandschleife ist verzogen, das trotzige Kopfnicken des Pferdes bleibt stumm, Gewieher ist erst zu hören, sobald der Kopf wieder stillsteht. Mit schrillen, verkratzten Stimmen wird die Geschichte vom Ritter Balduin aus Flandern erzählt, wie er in Gefangenschaft gerät, wie er sich unglücklicherweise in die Frau seines Bezwingers verliebt, wie die beiden auffliegen und Balduin mit dem Schwert gerichtet wird. Rumen zieht die Augenbrauen zusammen, weil ihm die Aufführung peinlich ist. Mich amüsiert's, und meine Schwester lacht.

Burgbesichtigungen zählen nicht zu unseren liebsten Beschäftigungen. Ungute Erinnerungen legen sich auf jeden ruinösen Stein, den wir heute anschauen. Fahrten nach den schwäbischen Burgen der Umgebung gehörten zu den gottlob seltenen Sonntagsausflügen, die wir gezwungen waren, mit unseren Eltern zu unternehmen. Jedesmal setzten wir uns heftig zur Wehr, wollten unsere Großmutter nicht verlassen, in deren Haus wir alle lebten. Es half nichts, wir wurden verschleppt.

Auf der weichen Hinterbank des Citroën saßen wir stumm. Unser Vater war ein ausgezeichneter Lenker, und seine Kleidung entsprach der eines Automobilisten der dreißiger Jahre. Durchbrochene Lederhandschuhe, Käppi. Er raste nicht, fuhr weder lahm noch ruckhaft, fluchte nie. Trotzdem wurde mir jedesmal schlecht, und es war die Aufgabe meiner Schwester, nach vorne zu melden, daß wir anhalten müßten. Wie immer saß ich auf der rechten Seite, um schnell die Tür öffnen zu können, kotzte routiniert, kehrte zurück, alle waren daran gewöhnt.

Danach wurde ich übermütig und kasperte mit meiner Schwester lautlos herum. Wir spielten Fingerhakeln, Armzwicken und Brennessel. Kein Wort entschlüpfte uns, ein unterdrücktes Kichern höchstens, das sofort abbrach, wenn sich unsere Mutter nach uns umdrehte. Es war uns nicht verboten worden, etwas zu sagen. Wahrscheinlich hätten unsere Eltern lustigen Lärm von der Hinterbank sogar geschätzt, er hätte sie vielleicht aufgemuntert. Wir hatten uns aber geschworen, während des Ausflugs kein Wort zu reden. Wir waren die geübtesten Schweigerinnen von ganz Degerloch. In geeinter Stummheit rächten wir uns an den falschen Eltern, die glaubten, uns mit einer lächerlichen Gutwetteraktion davon überzeugen zu können, sie führten sich wie richtige auf.

Niemals fühlten wir uns mächtiger, die Ärmchen über Kreuz, die Füße wippend, das winzige Kinn trotzig im Hals vergraben, und kein Wort. Wir waren eins und boten zäh die Stirnen. Die große Liebe zu meiner Schwester rührt von diesen gemeinsamen Kämpfen her. Wie gerne würde ich jetzt neben ihr auf einer Mauer sitzen und in derselben Haltung wie damals ganz Bulgarien trotzen. Aber aus meiner Schwester ist längst eine geschmeidige Erwachsene geworden, die alles nimmt, wie's kommt, und sehr im Unterschied zu mir fast alles verzeiht.

Die Burg Teck langweilte uns ebenso gründlich, wie die drei Kaiserberge Staufen, Stuifen, Rechberg uns langweilten. Wir gähnten, blickten demonstrativ zu Boden, wenn man uns befahl, an den Ruinen hochzusehen, und wanderten in mörderischer Bravheit hinter unseren Eltern her, Hand in Hand.

Verglichen mit den kümmerlichen Resten hier sind die schwäbischen Burgen beeindruckende Anlagen. Unbegreiflicherweise führt sich meine Schwester auf, als wäre ihr ganz weltwunderlich zumut; auch die hellen Flaumhaare auf ihren Armen scheinen die Anwesenheit des mythischen Zaren zu spüren. Mit ihrer Andacht und dem ewigen Gelächel hat sie sich aus Rumen einen Wachsmann geknetet, mit dem sie machen kann, was sie will.

Mir graut vor soviel weiblicher Durchtriebenheit. Einzig der Hinrichtungsfelsen weckt mein Interesse. Die Verurteilten wurden lebendig hinabgeworfen, ihre Leichen den Vögeln und Maden geschenkt. Eine Halde aus durcheinandergeratenen Knochen alsbald, wie man sich leicht vorstellen kann. Ein bleiches Fluchfeld, auf dem die Knochen Nacht für Nacht erwartungsvoll klapperten: kommt wer? Sortiert uns? Macht, daß sich alles neu befleischt, Adern, Muskeln, Sehnen, Nerven wachsen?

Ich setze mich auf eine Mauer und lasse die beiden ziehen. Miez hat mich einer Engländerin zuliebe aufgegeben, die ihm weißes Brot verfüttert. Eine Krähe spaziert herum, weitab vom Schwarm. Angeblich auf nichts Bestimmtes aus. Würdevoller Schwippgang ohne erkennbares Ziel.

Tipptapp, schon wieder mengt sich der Vater ein, drückt

die Fingerspitzen an den Mund, wie um sich zu bedenken. Sein Schwarzhaar so sauber und akkurat, als hätte ihn der Traum für uns gekämmt.

Denkt mal in aller Ruhe nach, will er damit sagen. Nur nicht so vorlaut, meine Töchter. Kein Mensch nimmt euch ab, wenn ihr behauptet, ihr wüßtet Bescheid.

Das ist natürlich leeres Gerede, wie üblich.

Wir wissen wenig. Na und? Ist doch klar: auch wenn wir Bulgaristik, Schafskäserei und Indoeuropäische Selbstmordkunde mit Schwerpunkt Psychopathologie männlicher Gynäkologen studiert hätten – für ein Richteramt in Sachen Vater kämen wir nicht in Frage. Nicht mal für ein schäbiges Familiengericht, das in einer Baracke tagt. Für ein hohes sowieso nicht. Meine Schwester und ich treten entweder Seit' an Seit' auf oder konfrontativ, *en face*. Wollten wir hoch hinaus und richten, müßten wir uns in die Sitzordnung des Obersten Gerichts fügen, einen Halbkreis, offen gegenüber der Welt wie ein Amphitheater und zugleich Nabel der Welt. Es heißt, die einundsiebzig Richter des Obersten Gerichts könnten einander schräg von der Seite ins Antlitz sehen, dürften sich aber niemals die Rükken zukehren oder aus nächster Nähe frontal in den Blick nehmen.

Makrelenwölkchen am Himmel, von zartester Riffelung. Ein Richter schöpft Kraft, wenn er aufblickt und sich am Himmel ergötzt. Zwischen einer Patientin und der nächsten müsse er kurz ins Grüne sehen, behauptete der Vater, als er noch im Arztkittel umherging. Und was machst du im Winter? fragten wir prompt und bekamen keine Antwort.

Wäre meine Schwester nicht mit Rumen auf und davon, würde ich jetzt Richterfragen vor ihr ausbreiten und ihre Antworten widerlegen.

Nein, Schwester, da liegst du falsch. Sag nicht, die Blickordnung sei sekundär. Im Gegenteil, sie ist wesentlich, wenn ein gerechtes Maß gefunden werden soll. Jetzt zum

Beispiel, da ich allein bin und durch die Gläser der Sonnenbrille der wandernden Krähe nachschaue, kein menschliches Gesicht im Halb-, Viertel- oder Dreiviertelprofil mich zur Besinnung ruft, könnte ich bloß nach Krähenbeinen richten. Verfolgung der Beine bis zum nächsten Marschknick, letztaufgesetztes Bein gilt. Rechtes Bein: zum Henker! Linkes Bein: Freispruch!

Unmöglich, sich zu verständigen, wenn man in gerader Reihe nebeneinandersitzt. Das hat Beckett bewiesen. Mit schlagender Komik. Ein für allemal. Erinnere dich, Schwester, du hast mir die Stelle vorgelesen, wir haben uns vor Lachen gebogen. Wo war das noch? Tagung des Komitees? In *Watt*? Ich glaube, ja. *Mr. Magershon wendet sich also Mr. O'Meldon zu und sieht Mr. O'Meldon nicht ihn anblicken, wie er gehofft hatte, sondern Mr. MacStern, in der Hoffnung, Mr. MacStern ihn anblicken zu sehen* – und so weiter und so fort. Die Verrenkungen der Köpfe, die Blicke, die auf Hinterhäupter, Ohrmuscheln, Nackenhaare, Stehkrägen geworfen werden – schwindelerregend! Worum es den Herren geht, interessiert nicht. Wozu auch, es ist ja unmöglich, daß etwas Vernünftiges dabei herauskommt.

Eine halbrunde Sitz- und Blickordnung allein garantiert natürlich nicht, daß sorgfältig Recht gesprochen wird. Auf die Richter kommt es an. Wer so ein Amt ausüben will, muß gelernt haben, seine Leidenschaften zu beherrschen. Du und ich, Schwester, das merkt man auf Anhieb, beherrschen die unsrigen nicht. Dem Charme der Verführung darf ein Richter so wenig erliegen wie der Probierlust des Geistes. Wir sind solchen Verführungen mehr als einmal erlegen und erliegen ihnen fort und fort. Von lasterhaften Erosdiensten frei, frei von lasterhafter Provokationssucht, von Nächstenliebe und Vergebung so wenig bezaubert wie von Rachsucht getrieben: *der* ist Richter.

Umgeben von einem Rosensaum, der sie von der allgemeinen Sünde trennt, beraten die Richter des Obersten Gerichts und sprechen ihre Urteile. Ihre Urteile sind Wohltaten, sie leuchten in der Finsternis. Soll ein Todesurteil wirksam werden, muß dafür mehr als nur eine Stimme Überzahl in die Waagschale.

Nein und abermals nein, wir taugen zu *dem* Amt nicht, du nicht, Schwester, mit deinem Hang zu Nachsicht und Vergebung, ich nicht, mit dem Hammer geboren, allzeit bereit, das Todesurteil zu fordern. Unsere Herzen sind zu weich und zu roh und waren zu keiner Zeit von jenem sagenhaften Rosensaum geschützt. In den geheimen Gärten unserer Seele krautet es wild durcheinander, um jedes Rosenblatt, auf dem Unschuld und Vernunft einträchtig wohnen, müssen wir ringen. Wider Willen kindisch geblieben, obwohl wir unentwegt das Gegenteil behaupten, ehren wir unsere Eltern schlecht und finden kein Maß, sie zu beurteilen, uns zu beurteilen, überhaupt Menschen zu beurteilen.

Was jetzt?

Immer noch allein. Zigarette, Sonnenbrille abziehen, Sonnenbrille aufsetzen, Mäuerchen runter, paar Schritte auf und ab, Mäuerchen rauf.

Was, außer der Erinnerung ans Händchenhalten, verbindet uns Schwestern heute? Bücher. Während sich die Eltern einen Stock tiefer in ihr Elend verbohrten, schlüpften wir oben in unsere Betten und lasen. Wir lesen nach wie vor, lesen und lesen, um den allfälligen Zumutungen, die ja immerfort nachwachsen, zu entgehen. Mit dem Unterschied, daß meine Schwester dickleibige Bücher liebt, während ich eine flotte Zickzackleserin bin. Gutzkow! Seelenruhig hat sich meine Schwester durch den kompletten Gutzkow gewühlt; ich verstehe immer noch nicht, wie sie mit ihren zarten Handgelenken diese Gutzkow-Gewichte stundenlang in die Höhe gestemmt haben will. Ich hingegen liebe den Wechsel. Auf einen Ellroy, fies und fett und blutig, Schneewandern mit Stifter. Nach einem menschenleeren Buch, in dem die Feige in allen ihren Zuständen beleuchtet wird, ein Menschenwimmelbuch aus Indien.

Es gibt noch einen Unterschied. Als wir mit dem Lesen

anfingen, kam der Dackel zu uns ins Haus. Ein Streit entbrannte zwischen meiner Schwester und mir, ob er mehr zu ihr gehöre oder zu mir, ein Kampf, der leicht zu gewinnen war, wenn man sich die Verfressenheit des Biests zunutze machte. Natürlich war es verboten, den Hund mit ins Bett zu nehmen oder ihm heimlich etwas zuzustecken. Ich fand Wege, den Dackel in mein Zimmer zu schleusen. Und da lag er nun an meiner Seite, schnarchte und seufzte, während ich das Licht wieder anknipste und las. Obwohl ich längst keinen Hund mehr besitze, brauche ich im Bett nur ein Buch aufzuschlagen, und schon fühle ich das warme Dackelohr auf meinem Handrücken zucken.

Und sonst? Was habe ich an meiner Schwester?

Eine auf Knopfdruck festlich gestimmte Schwester habe ich. Ein mit allen Wassern gewaschenes Chamäleon, aber ich sollte mich nicht beschweren, im Falle Tabakoff habe ich von ihrer Geschicklichkeit profitiert. In puncto Geld ist sie untadelig, zumindest mir gegenüber. Sie teilt korrekt.

Komm, du stille, beladene Nacht, und schütt' all deine Taler in meine Schürze.

Tabakoff ist verrückt geworden! Was tut der bloß den lieben langen Tag? Das kann doch nicht wahr sein, oder? Die Ohrmuscheln der Stuttgarter Bulgarenkinder wurden warm vom Telefonieren, als Tabakoff mit seiner Idee herausrückte. Leute, die sich nur noch dem Namen nach kannten und seit ihrer Kindheit nicht mehr gesehen hatten, begannen rund um den Erdball sich zu ereifern. Die wenigsten von ihnen waren in Stuttgart geblieben. Tabakoff hat's in Amerika erwischt, erzählten sich die schwäbischen Bulgarenwitwen, sofern sie nicht schon neben ihren Männern auf dem Friedhof lagen. Wer ist dieser Schwachkopf, kennst du den überhaupt? fragten sich Kinder und Kindeskinder. Der kleine Aufruhr schwappte nach Frankfurt, Mannheim, Berlin, Kopenhagen, ins Allgäu, nach Mexiko und Cincinnati.

Wer von Angesicht zu Angesicht mit Tabakoff sprach, gewann keinesfalls den Eindruck, er habe es mit einem schwachköpfigen Alten zu tun. Im Gegenteil. Tabakoff wirkte frisch, nüchtern, geradeheraus. Er führte keine verworrenen Reden, abgesehen von der leicht erklärlichen Besonderheit, daß ihm regelmäßig englische Wörter in sein Deutsch rutschten. Er war braungebrannt, von sehniger Beweglichkeit, dürstete nach Taten, die er in präzisen Skizzen entwarf. Sein inzwischen kahler Schädel glühte vor Energie. Die Idee schien ihn beängstigend jung zu erhalten.

Pompös, größenwahnsinnig, grotesk. Was wollte der Mann?

Seine Kumpane von einst heimholen. Alle neunzehn. Ihretwegen hatte er das meerumrauschte Florida verlassen und war in sein altes Stuttgarter Haus zurückgekehrt, das er früher mit Pudel, Frau und Kind, hundertdreißig Paar Damenschuhen und fünfzig verschiedenen Nagellacksorten bewohnt hatte.

Heimholen, das meinte Tabakoff wörtlich. Verstreut lagen die Bulgaren, mal als relativ frische Leichen, mal als uralte, auf den Stuttgarter Friedhöfen herum und warteten offenbar auf nichts anderes, als daß Tabakoff sich ihrer annehme. Er, der letzte vom Stuttgarter Bulgarenverein, war gekommen, ihre Reste einzusammeln, um sie nach Sofia zu überführen. In einem würdevollen Limousinenkorso, versteht sich, wo am Ende eine orthodoxe First-Class-Bestattung auf sie wartete.

Die Idee war so beknackt, daß die Leute sich auf den Arm genommen fühlten.

Meine Schwester, die extra von Frankfurt nach Stuttgart gefahren war, um Tabakoff zu treffen, muß gerochen haben, daß sich aus dieser Schnapsidee ungeahnte Dinge entwickeln würden. Zunächst benahm sie sich wahrscheinlich so abweisend wie alle anderen. Dann machte sie pietätvolle Gründe geltend. Ausgerechnet meine Schwester! Die das Grab unserer Eltern kein einziges Mal besucht hat. Der das

Jenseits ungefähr soviel zu denken gibt wie einer Ratte der Mond.

Indem sie behauptete, ich sei in Frankreich unterwegs, sorgte sie schlauerweise dafür, daß Tabakoff darauf verzichtete, direkt mit mir in Kontakt zu treten. Meine Schwester weiß, daß mich abenteuerliche Ideen reizen und ich dem Spinner allein aus Neugier meine Zustimmung erteilt hätte. Sie aber zierte sich beharrlich, sprach von der heiligen Schlafstatt der Toten und wie beruhigend es für uns sei, das Grab unserer Eltern in Reichweite zu wissen. Bis Tabakoff endlich mit einem Angebot über den Tisch kam. Ein bescheidenes zunächst: zehntausend Euro für ihre Zustimmung. Nun, ich war ja nicht dabei – aber meine Schwester muß die Ziererei geschickt betrieben haben, denn sie schaffte es, Tabakoff auf achtzigtausend hochzuhandeln.

Dann der Verhandlungsknick. Tabakoff warf den Selbstmord in die Debatte. Ein kostspieliger Sonderfall. Käme die Überführung in Gang, würden die geschwätzigen Bulgaren auch in Sofia plaudern. Scherereien ohne Ende sah er auf sich zukommen, eine Stange Geld würde es ihn kosten, bis er die Popen davon überzeugt hätte, einen Selbstmörder in geweihter Erde unterzubringen. Es nützte nichts, daß meine Schwester ihm das Trauma ausmalte, welches ein Ausbuddeln der Leiche, gerade weil es Selbstmord war, bei ihrer kleinen Schwester hervorrufen würde.

Von dem Geld könnten wir uns einen erstklassigen Traumaspezialisten leisten, erwiderte Tabakoff kühl, und es bliebe noch eine Menge übrig. Sie einigten sich auf siebzigtausend, unter der Bedingung, daß meine Schwester keinem von dem Handel erzählte. Sie rief mich noch am selben Abend an.

Später sollte sich zeigen, daß Tabakoff auch anderen Nachkommen ihre Entscheidung finanziell versüßt hatte. Aber niemand hat auch nur annähernd soviel aus ihm herausgeholt wie meine Schwester. Was zunächst alle dachten, erwies sich als falsch. Tabakoff war weder einer orthodoxen

Anwandlung erlegen noch dem Patriotismus verfallen. Zumindest waren dies nicht die eigentlichen Triebfedern. Sein Projekt hatte zur Grundlage, daß alles *sauber, trocken und geruchsfrei* vonstatten gehen müsse, womit sich für ihn eine erstklassige Geschäftsidee verband. Patriotismus und Orthodoxie, sie traten eher als schmückendes Beiwerk hinzu.

Ihm war ein alter Bekannter über den Weg gelaufen, der einst in einem Nebengebäude der Akademie für Wissenschaften in Sofia an einem geheimen Projekt gearbeitet hatte: Mumifizierung von Nahrungsmitteln. Erdbeeren, die wie frische rote Früchte aussahen, aber zu Staub zerfielen, sobald man sie zwischen die Finger nahm. Die Bulgaren lieferten den Russen solche Nahrungsmittel, die sie mit Hilfe der Kryotechnik in einen flüssigkeitsfreien Zustand versetzt hatten, ohne ihnen den Geschmack zu rauben. Kryotechnische Karotten, Tomaten, Pfirsiche, Hühnerbrüste flogen portionsweise ins All und verschwanden in den Mägen russischer Raumfahrer, die vergeblich Ausschau hielten nach der Seele Lenins und allmählich verrückt wurden, weil ihnen der Wodka fehlte und sich die himmlischen Revolutionäre ihren Blicken beharrlich entzogen.

Blagowest Kondow arbeitete inzwischen für eine schwedische Bestattungsfirma, die über eine raffinierte Methode in Sachen Menschenbeseitigung verfügte. Die Kryotechnik war nicht nur auf Nahrungsmittel anwendbar, mit ihrer Hilfe konnte auch ein Leichnam in Teilchen zerlegt werden, kaum größer als Reiskörner. Ökologisch korrekt, selbstverständlich. Ohne daß Verbrennungsöfen angeworfen werden mußten, vor denen es manchen Leuten mulmig wird, auch wenn sie lieber nicht wissen wollen warum.

Die Schweden gingen systematisch, sauber und modern vor, beinahe gelang es ihnen, das Unheimliche zu verscheuchen. Waren noch ganze Leichen vorhanden, wurden diese erst bei minus achtzehn Grad eingefroren, dann samt ihren Särgen in ein Tauchbad aus flüssigem Stickstoff gesenkt. Und nun kam das Abenteuerliche daran, die eigentliche

Neuerung: was bisher standhaft die Form gewahrt hatte, wurde auf eine Vibrationsfläche gesetzt und durch sanftes Rütteln dazu gebracht, in millimetergroße Teile zu zerfallen. Die Reste an Zahngold, Kupfer oder Eisen, die noch drin waren, wurden entzogen. Zurück blieb ein wenige Kilogramm schwerer Rest, der einer platzsparenden Bestattung zugeführt werden konnte.

Eine moderne Methode, die viele Probleme auf einen Schlag löste. Noch standen ihr die in den meisten Ländern üblichen Bestattungsrichtlinien entgegen, aber das würde sich bald ändern. Tabakoff hatte sich vorgenommen, in Bulgarien, dem einstigen Pionierland der Kryotechnik, damit anzufangen, und zwar mit Hilfe der Schweden. Als Fähnlein vorneweg und gleichzeitig als Krönung des Unternehmens würden seine alten Stuttgarter Kumpane in den Genuß der neuen Methode kommen.

Am verrücktesten war, daß Tabakoff es fertigbrachte, seinen Plan Zug um Zug in die Wirklichkeit zu überführen, noch die kleinsten Details schafften es dorthin. So gingen denn die Stuttgarter Bulgarenkinder zusammen auf eine Trauerreise der besonderen Art. Sie endete letzten Sonntag in Sofia, allerdings nicht für meine Schwester und mich, weil wir uns entschlossen haben, einige Tage zusätzlich im Land zu verbringen.

Da sind wir nun, Rumen, sie und ich.

Sauber, trocken und geruchsfrei. Das Verfahren hätte auch in Schwaben erfunden werden können. Effizient war's gewiß, aber im Falle unseres Vaters wirkte es, als wolle man einen Toten töten, jedenfalls reichlich übertrieben. Er war ja längst verfault, und sein kryotechnisch behandelter Rest wog leicht. Gestorben mit dreiundvierzig Jahren als erster vom damaligen Bulgarenverein. Will man seinen flüchtigen Andeutungen im nachhinein Glauben schenken, so hatte er den Verdacht, sein Körper werde von geheimnisvollem Geziefer bewimmelt. Auf höheren Befehl hin handelte es, marschierte, kroch in Kolonnen, schlachtete sich untereinander ab. Weißliche Gebilde sollen es gewesen sein, fadenförmig ausgezogen. Mit wachsender Anstrengung suchte der Vater sie aus dem Leib zu kriegen. Wie fruchtlos diese Anstrengungen waren! Das nützt nichts, dummer Papa, höre ich meine Schwester rufen, höre ich mich rufen, und ich sehe uns winken und wedeln, man muß, Papa, ja, man kann, Papa, sogar mit Ungezieferbefall gemütlich leben. Sich einfach nicht darum kümmern. So leicht ist das Leben, wenn man's nur lebt.

Inzwischen haben sich unsere Argumente erledigt. Das Geziefer hat alles weggenagt, was an behaartem Bulgarenfleisch an ihm dran war, lange bevor die Schweden seine Reste zu fassen bekamen. Auf das Geziefer ist Verlaß, sage ich zur Krähe und hebe ein imaginäres Glas auf das Wohl der unterirdischen Putzkolonnen.

Lösch mir meine Augen, Kleines

Lösch mir meine Augen, Kleines. Sagt wieder mal der Vater. Sein wer-weiß-wie-haftes Gesicht mit den rauchenden Augen, auf die ich einen nassen Lappen legen soll: altbekannt, aus Träumen. Hier hat es nichts zu suchen. Taghell ist's, schmerzend hell, ich sitze immer noch auf der Mauer und habe eine Sonnenbrille auf.

Ein luftiges Mückengeschwader tanzt im Licht.

Hat er je in der Bibel gelesen? Nicht, daß wir wüßten. Wir sahen ihn Zeitung lesen, im Sessel. In den Seiten seiner gespenstischen Arztbücher fingernd, saß er auf dem roten Sofa. Sehr gegen meinen Willen befällt mich jetzt eine heitere Erinnerung, und sie betrifft mich allein; meine Schwester kommt darin nicht vor, und das bedeutet Verrat.

Der Vater liebte es, wenn ich ihm aus der *Stuttgarter Zeitung* vorlas – bevor ich lesen konnte. Er amüsierte sich königlich, wenn ich würdevoll die Zeitung entfaltete und nach einem geeigneten Artikel Ausschau hielt, gluckste vor Lachen, wenn ich anfing zu lesen, spornte mich an und bedachte mich am Ende meines Vortrags mit einem zarten Kuß. So sehr genoß ich dieses Privileg, daß ich an manchen Tagen mit wenig anderem beschäftigt war, als mir auszudenken, was ich dem Vater am Abend vorlesen würde.

Das kleine Zeitungstheater kam aber nur zur Aufführung, wenn es ihm gutging. Es endete, als ich in die Schule kam. Von da an wurde er mehr und mehr zum Finsterling. Ein Finsterling, der die Herzen seiner Kinder verdüsterte. Und schon ist meine Schwester wieder unentbehrlich, hält mein Händchen, während wir ihm ängstlich beim Schlüsselwerfen zusehen.

Ein Tick unseres Vaters bestand darin, seinen Schlüsselbund in den Himmel zu werfen. Er stellte sich vor uns hin, sah nach oben und warf den Schlüssel in die Höhe.

Heute weiß ich: der Mann benahm sich wie ein Tempeldiener, der trotzig den Dienst quittiert und seinem Herrn den Schlüssel zuwirft. Sollte der da oben selber zusehen, wie er sein Sach' hütete. Im Grunde wartete unser Vater auf ein Wunder. Wäre der Schlüssel oben hängen geblieben, nur *ein* Mal, wäre alles anders gekommen. Unser Vater wäre in den Offenbarungsmodus gelangt – erst hätten sich ihm die Haare gesträubt, er wäre auf sein Antlitz gefallen und hätte mit Hilfe eines Engels auf die Füße zurückgefunden; dann wäre die heilsunwerte Kristperson gelängt worden, ein Sehnen, Lauschen, Fühlen hätte sie himmelwärts gehoben – unser Vater wäre ins Offene geraten.

Aber nein. Entweder er fing den Schlüssel auf und machte in derselben Verfassung weiter wie zuvor, oder der Schlüssel fiel zu Boden, und er wurde mißlaunig. Wir starrten ihn an. Seine Spiele waren nicht für uns bestimmt. Da kasperte kein fröhlicher Vater herum, der seinen Töchtern zeigen wollte, was eine Himmelsharke ist.

Ja, wir ärgern uns an ihm, ich mehr als meine Schwester, ich mit einem Sack voller Gründe im Kopf; bei meiner Schwester schmaust der Ärger an ihren verschlierten Herzkammern.

Er hat von dem in seinem Namen wohnenden Heil keinen Gebrauch gemacht. Hat zwischen zuviel Gott im Namen und zuwenig Gott im Leben kein Gleichgewicht gefunden. Wieder und wieder vertiefte er sich in eine ominöse Leere, fischte darin nach Schuld, die nicht zu erwischen war. Nichts hat da irgend konkret werden, einen Namen finden und damit aus der Welt geschafft werden dürfen. Man sah, wie die Rotte trüber Gedanken über ihn kam, es sank ihm der Kopf auf die Brust. Die Hände lagen gefaltet über dem Bauch, aber nicht entspannt, sondern in ratloser Schlaffheit. Ein lächerliches Hütchen saß auf seinem Kopf, wie ein kleines gezacktes Photo beweist. Daneben die Frau in betonter Flottheit, die Beine lässig ausgestreckt.

Gehen wir den Fall mal schärfer an. Womöglich handelte er auf Befehl (haha, das glaubst du doch selbst nicht). War vielleicht auf eine vertrackte Probe gestellt worden. Ein Fehlgebot, ein falscher Befehl war ergangen – lösch Dich aus, Sau! (selber Sau, wer so was denkt) –, und er hörte wiederum nicht genau hin, hat das Kichern überhört, das den Befehl begleitete. Behauptet sei jetzt nicht: Befehl von Gott, Befehl vom Adversarius. Quatsch! Unser Vater hatte es bloß mit den Launen eines Kindergottes zu tun, der sich im Befehlen übt und dabei kichert. Dies Kichern war als Anregung gemeint, nichts leichter, als sich selbst im Gelächter von der Platte zu fegen, probeweise wohlgemerkt, meinetwegen die Frau gleich mit, Kinder, Patientinnen, Schwiegermutter, Schwiegervater, Tante Luise, Tante Emma, Tante Clara, den Hund, alle gleich mit. Sau, Sau, Sau, wer da nicht lacht, ist selber schuld. Wer das eigne Saufleisch nimmt und an den Haken hängt, ein Depp.

Von der Albernheit der Selbstmörder, ihren absurden Posen, macht sich der Selbstmörder in spe, der unser Vater in diesem Moment ja war, gar keine Vorstellung.

Wäre meine Schwester jetzt zur Stelle, riefe sie mich zur Raison: unser Vater hat das Wort Sau überhaupt nicht benutzt, schon gar nicht mit Bezug auf sich selbst; und falls der Kindergott ihm auf bulgarisch das Äquivalent für Sau eingegeben haben sollte, nun, da sind wir mit unserem Latein sowieso am Ende. Recht hat sie, meine Schwester, wie so oft.

Es ist vielmehr so, daß unser Vater sein mögliches Erhängen immer schon mitbedacht hat. Mehr philosophisch denn schweinehaft. Versah er doch eine seiner Lieblingsstellen bei Nietzsche mit Anmerkungen – wo es um die Tragikomödien des Menschenlebens geht, die, wieder und wieder von neuen Schauspielern abgespielt, erstaunlich langeweilewidrig seien. *Obwohl man doch glauben sollte, daß*

*die gesamte Zuschauerschaft des Erdtheaters sich längst aus
Überdruß daran an allen Bäumen aufgehängt hätte.* Ha ha,
da lachte unser Vater und schrieb an den Rand: *Überdruß!
Überdruß! Bis aufs Messer komisch!* Und setzte in seinem
überbordenden Anmerkungstrieb noch das Wort *Jawohl*
mit gleich drei Ausrufungszeichen hinzu.

Ich habe inzwischen den Verdacht, unser Vater gehört zu
den Heilsunwerten, der augustinischen *massa damnata*. Er
war gehalten, sich als potentiell heilswürdiger Namensträ-
ger aufzuführen, um dereinst für die Wiederauffüllung der
durch den Engelssturz ausgedünnten himmlischen Chöre
in Frage zu kommen. Man hatte sogar vorgesorgt und ihm
eine schöne, melodiöse Stimme verliehen, die er im Hier-
seits schon mal in Richtung auf den Endzweck hätte schu-
len können. Aber nein. Er hat sich verweigert. Ist stracks
aus der Furche gerannt, in der sich zu halten sein Name
ihm geboten hatte. Hat auf der eigenen versudelten Leib-
lichkeit bestanden, diese verwirkt und das Himmelreich
gleich mit. Aus einem Erwählten wurde nach und nach ein
trübsinniger Haustyrann, ein Empfindlichkeitsapostel, ein
Schmerzensmännchen, das die eigenen Wehs und Achs genoß. Nicht auf Jesus gestellt (kleine Irrungen inbegriffen)
war dieses Leben, nicht *Bin ich gleich von dir gewichen,
stell ich mich doch wieder ein*, neinnein, sein verhunzter
Wahlspruch hieß: *Bin ich gleich von* mir *gewichen, stell ich
mich doch wieder ein.*

Andererseits wollen wir nicht unter den Tisch fallen
lassen, daß manche Kommentatoren behaupten, der Gna-
denschatz sei unermeßlich, groß genug, um für den Teufel
zu reichen, für die unter seinen düsteren Schwingen versammelte massa damnata sowieso. Nach dieser Lesart wäre
unser Vater nach einem Äönchen Wartefrist wieder fein
raus.

Wurde schon erwähnt, daß wir manchmal mitten in
der Nacht von ihm angerufen werden? Wir konzentrieren uns dann mit aller Kraft darauf, zu verstehen, was

uns der Vater sagen will. Da wir aber, wie gesagt, kein Vorstellungsvermögen mehr besitzen, das uns die väterliche Stimme als eine auf Anhieb erkennbare vorführte, versagen wir regelmäßig beim Dechiffrieren der nächtlichen Botschaften, sind unsicher, ob nicht der Nachbar von nebenan in unseren Traum reingequasselt hat. Im Traum spricht unser Vater natürlich nicht bulgarisch, weil das ja auf taube Ohren stieße. Da uns sein Deutsch nicht minder zweifelhaft ist, spricht er inzwischen hamletisch.

Corpsing, sagt der Vater und lacht, wir hätten ihn wieder mal beim corpsing erwischt.

Obwohl meine Schwester gerne ins Allgemeine hinaus behauptet, unser Vater käme in Träumen nicht vor, war sie neulich nachts nah dran, ihn zu packen: sie ging auf ein Gebäude zu, welches sie im ersten Moment für die Kaaba hielt, und begann sogleich, sich zu sorgen, ob sie sich diesem Gebäude als Frau überhaupt nähern dürfe. Sie ging auch nicht verschleiert, sondern in ihrem lindgrauen Sommerkostüm, das die Beine bis an die Knie zeigt. Der Würfel ließ seine legendäre Schwärze vermissen, und weit und breit waren keine Muslime um ihn her. Moosgrün zeigte er sich, in einem intensiv leuchtenden Grün, pflanzenbezogen, wie von unterirdischen Wässern erfrischt und vom Tau bedunstet. Wo Fenster hätten sein können, waren schwarzlackierte Bögen eingelassen. Mit lauter Augenbrauen, aber ohne Augen präsentierte sich der Würfel, er lockte mit glänzenden Brauen und enttäuschte zugleich damit, denn darunter waren keine Öffnungen, weder für ein Hinaus noch ein Hinein.

Du erinnerst dich, unterbrach ich meine Schwester, als sie mir davon erzählte: wie kühn der Schwung der väterlichen Augenbrauen verlief – auch wenn wir heute seine geschworenen Feindinnen sind, dürfen wir diesen geglückten Zug an ihm nicht unterschlagen.

Meine Schwester scherte sich nicht um meinen Einwurf. Laut ihr soll der Würfel auf einer sich drehenden Plattform gehockt haben, und in seinem Unterwerk sollen zweifelhafte Gottheiten sich getummelt haben, Mauerflatterer, wie meine Schwester sagte. Sie wollten aus dem Unterbau losflattern, hatten aber nur sackleinene Flügel zur Verfügung, und hinter diesen Unflatflügeln, Kellerflügeln schien unser unglücklicher Vater hin und her zu huschen. Im Traum wurde meine Schwester matt, war nicht mehr in der Lage, hinter den Sackflügeln nachzusehen. So verlor sie unseren Vater wieder.

Ich machte sie darauf aufmerksam, daß das Wort Sack in Verbindung mit Vater zweifelhaften Ausdeutungen Raum läßt, aber sie lachte nur in ihrer üblichen, leicht wegwerfenden Art. Damit war die Sache erledigt. Mich beschäftigt noch immer das unwahrscheinliche Grün des Gebäudes.

Die Krähe legt einen schlechten Bodenstart hin und fliegt weg.

Da kommen sie wieder, die zwei. In ein munteres Gespräch vertieft, Rumen elastischen Schrittes, in blendender Laune. Man sieht auf die übel gestimmte Schwester gönnerhaft herab, fühlt sich offenbar stark genug, es mit widerborstigen Leutchen aufzunehmen, als wären's niedliche Igel.

Es gibt Minuten, da ist die Welt einfach nur schön und sonst nichts, sagt meine Schwester und wackelt mit dem Kopf, als wäre diese Erkenntnis zu gewaltig für ihren armen schmalen Schädel.

Wenn man die Landschaft so um sich gebreitet sieht, wenn dieser Rundumblick rein wirken kann, ohne daß etwas Störendes dazwischentritt, fällt all der filzige Hader von einem ab, fährt sie fort und streckt sich dabei so unerwartet in die Höhe, daß ich denken muß, gleich fliegt sie mir weg.

Weil die beiden so nah vor mir stehen, fühle ich mich bedrängt und werde die Angst nicht los, rückwärts von der Mauer zu kippen, weshalb sich meine Hände um die Steinkante krampfen.

Die bulgarische Seele hat sich vielleicht selbst noch gar nicht richtig entdeckt, sagt meine Schwester.

Ich vergesse meine Angst und staune. Die nüchterne Schwester und das Wort Seele passen überhaupt nicht zusammen, Seele gehört eher in meinen Sprachbehälter. Obwohl es ein zartes Wort ist, gleichsam eins mit zerzausten Flügeln, verleitet es zu exaltiertem, schwammigem Gebrauch, also bitte Vorsicht beim Verwenden.

Rumen befindet sich offenbar auch in unnatürlich gehobener Stimmung. Er schickt einen Seufzer gen Himmel, was bei einem Mann, dem das schwarze Brusthaar aus dem Hemd quillt, ziemlich albern wirkt.

Sprechen wir nicht davon, sagt er und blickt dann bedeutungsvoll zu Boden, als stünden wir auf dem Deckel einer geheimen Kammer voll der gewaltigsten Seelenschätze, die die Menschheit angesammelt hat.

Bulgarien mag derzeit sittlich verroht sein, sagt meine Schwester, aber ich glaube, das wird sich bald ändern. Aus der Vergangenheit werden ihm Kräfte zuwachsen, von denen es im Moment noch gar nichts weiß.

Sittlich verroht? Habe ich richtig gehört? Was ist bloß in meine Schwester gefahren. Wenn das so weitergeht, kenne ich mich nicht mehr aus. Wie ein Arzt, der eine Wahnsinnige begutachten muß, blicke ich ihr in die Augen. Die Pupillen sind klein. Das Weiß ist makellos, schimmerndes Porzellan und kein einziges geplatztes Äderchen darin. Ein provozierendes Gesundheitsweiß. Kein Alkohol, keine Zigaretten, guter Schlaf, reines Gewissen.

Das sind immer noch dieselben braunen Augen mit den feinen Sprengseln Grün, wundersam feucht gehalten und deshalb warm im Ton, aber nüchtern vom Ausdruck her, wenn man sie länger betrachtet. Und das zarte Gesicht meiner Schwester mit dem kleinen Leberfleck auf der Wange ist immer noch dasselbe Gesicht, immer in Gefahr, etwas ins Ungewisse zu driften, würden die feinen Linien um Mund und Augen es nicht befestigen.

Bulgarien ist an unerwarteter Stelle so schön, daß man gar nicht über das Land nachdenken darf, sagt meine Schwester. Plötzlich befällt es einen wie ein Schwarm Gänse, der sich auf ein Feld setzt.

Jetzt ist sie richtig in Fahrt geraten und reckt den Hals wieder verdächtig in die Höhe, als suche sie den Himmel nach ihren weißen Fluggenossen ab.

Um besser denken zu können, legt sie den Finger an die Nase. Ihre Brauen ziehen sich zusammen. Rumen wartet, ich warte. Wir warten auf die unverhältnismäßig klugen Gedanken, die da gerade geboren werden.

Es ist noch zu früh, so zarte Erlebnisse in Worte zu fassen, sagt sie, und nach einer Pause, in der sich zwar keine Gänse zu hören geben, aber wenigstens Krähen, blickt sie mir scharf ins Auge: Es hat keinen Zweck, über ein geschundenes Land wie Bulgarien nachzudenken, es ist sinnlos, darüber zu reden oder zu schreiben. Singen wäre das einzig Angemessene. Fremde müßten kommen und dieses Land besingen!

Jetzt zwinkert sie mir fröhlich zu: Damit meine ich nicht uns. Man wird wohl kaum zwei Leute finden, die schlimmer singen als wir.

Ich kenne wenigstens einen: Tabakoff.

Meine Schwester reißt den Mund auf und zeigt beim Lachen die gleichmäßigen Oberzähne. Mit gespielt rauziger Stimme singt sie die Anfangszeilen von *Mi Buenos Aires querido*.

Da die beiden mir so verschwebt vorkommen, wird mir auf der Mauer immer unbehaglicher zumute. Ich sehe mich selbst in gedrungener Schwerhaftung dahocken, während bröselscharfe Steinoberflächen sich in meine Handflächen graben.

Als hätte sie meine Gedanken gelesen, löst die Schwester meine linke Hand von der Mauer und zieht mich herab. Nun komme ich mir vollends wie ein Kind vor, das sich unvernünftigerweise etwas zum Ziel gesetzt hat, wovon man es wegholen muß. Schon läßt mich meine Schwester wieder los, und während mein Körper in sein übliches Erwachsenenmaß zurückfindet, dreht sie sich leichtfüßig um und geht zickzacklaufenden Schritts den Hügel hinunter Richtung Ausgang.

Rumen schaut auf, als denke er etwas Großes und Wichtiges, worin die Zukunft Bulgariens beschlossen ist, dann folgt er meiner Schwester wie ein Betreuer, vorsichtig, als dürfe man eine Geistwandlerin nicht von ihrem Pfad ablenken. Ich gehe in einigem Abstand hinterher.

In den letzten zwanzig Minuten muß etwas passiert sein. Es ist schon lange her, daß ich meine Schwester so gefühlhaft umwölkt erlebt habe, mehr als fünfundzwanzig Jahre, da hatte sie gerade ihren grauenhaften Perser kennengelernt.

Gold

Zweiter Teil der heutigen Exkursion. Wir fahren Richtung Arbanassi. Wald, Hügel, zauberhafte Lichtungen. Während der Fahrt schweige ich. Die Landschaft möchte langsam und still vorüberziehen, aber der Daihatsu ist dafür nicht gebaut.

Schön, o ja, wirklich schön. Auf einer bekiesten Unkrauthalde steigen wir aus. Nach wenigen Schritten ändert sich alles.

Das Frauenkloster empfängt mit einem weinüberwachsenen Hof. Alles ringsum blüht und gedeiht – in Töpfen, in Blechnäpfen, in schnurgeraden Furchen, an terrassierten Kleinhängen und hölzernen Stützen; wohin das Auge schweift, grünt und knospt und flammt es. Auch die Pfeiler der Wandelgänge überklettert strotzende Pracht und streckt die Blütenkelche in tobenden losgebundenen Farben nach der Sonne. Von Mückengold durchzucktes Blau. Libellen schweben wie Liedzeilen vorüber. Einfache Holzbänke laden zum Sitzen ein. Ein Gesumm und Gezwitscher in der Luft wie nicht gescheit, ein Schwänzeln, Rascheln, Flitzen, Fliegen, Brummen um die drei Menschen her und an ihnen vorbei, geschäftig in eigener Sache.

Wir setzen uns erst einmal hin und atmen und strecken die Beine. Benehmen uns wie eine Wundergeburt, sehr sanft zur Welt gekommene Drillinge, noch unfähig zu Differenz und Bosheit. Weil wir den seltenen Zustand auskosten wollen, sagt keiner etwas.

Eine gebückte Nonne mit Eimer und Gartenschere kommt des Weges und grüßt. Rumen steht auf und verbeugt sich, sie gehen miteinander im Gespräch, sie lachen, wobei

Rumen der Nonne Eimer und Schere abnimmt. Schatten-fleckig im Gang, lichtumflossen am Eck entfernen sie sich, dann sind sie verschwunden.

Unsere Schwesterherzen gleiten sanft über die schöne Welt, segeln ins Blau des Himmels und mit der letzten Wolke davon.

Eigentlich hatte ich in Erfahrung bringen wollen, woher der aufgetummelte Zustand meiner Schwester rührt, aber da kommt Rumen zurück und winkt. Er schlüpft in einen Eingang, wir folgen. Plötzlich stehen wir in einem Vorraum und müssen uns an die feuchtklamme Atmosphäre und das Dunkel gewöhnen. Wir sind umzingelt von Wandfresken, rot, blau, umbrafarben, mit auf den ersten Blick etwas nai-ver Figurenzeichnung, Nimben um die Köpfe der Heiligen, deren Namen und Legenden wir nicht kennen. Wir sind keine Eingeweihten, mit einem Mal ängstigt uns, daß wir rein gar nichts wissen.

Mir ist, als würden die Figuren tuscheln, in schlecht ver-hehltem Zorn, mit gepreßten Heiligenlippen sich beraten und in ihre zweigeteilten Bärte tuscheln über uns daher-gelaufene Kristotöchter. Vor meinen Augen schwanken die Dichtgedrängten mitsamt ihren Nimben ineinander, als hätte feiner Nebel ihre Konturen ins Zarte gelöst. Aber den Ernst der bräunlichen Gesichter erkenne ich, auf den Ernst der Gesichter ist in einer orthodoxen Kirche Verlaß.

Rumen geht voran in den Hauptraum. Dürfen wir da überhaupt hinein? Wir setzen schüchtern einen Fuß vor den anderen und benehmen uns in allem sehr, sehr vorsich-tig. Wer beschreibt den Aufruhr, sobald wir die Augen im Raum herumjagen?

Von vorne blitzt's. Wir stehen wie von langem Arm hinge-rückte Spielzeugfiguren, aber nicht starr, sondern erweicht. Ein unerhörter, nie gesehener Tumult an der Wand.

Da ist nicht einfach Gold, das in schweren Klumpen vor sich hinbrütet, sondern inspiriertes Gold, das beim Sich-Weiten der Lungenflügel funkelt, beim Ausatmen schimmert und verlischt. Entzücktes Gold, gewecktes Gold und dann wieder Schlummergold, das im Dunkel versinkt. Sobald wir paar Schritte gehen, hüllt sich ein, worauf gerade noch der Blick ruhte, und eine andere Partie entdeckt sich, flammt auf wie der Jüngste Tag.

Reflexe über Reflexe, von Kerzen und Öllämpchen erzeugt, geben bedeutsamen Schimmer und sich zuhüllenden Dämmer. Das lebt und konversiert und schläft und träumt nebeneinander im Wechsel. Schon versinkt in der Schattenflut ein Heiliger, der soeben noch den Finger hob. Mir ist, als würden spitzige Fragen gestellt, aber Antwort gegeben würde ruhig. Im nächsten Augenblick scheint alles nach dem Magnetkern der Stille zu ziehen, mit Fledermausohren weit offen.

Die Extreme rücken hier enger zusammen als anderswo und haben vergessen zu kämpfen. Neben der zum Küssen auf einen Tisch gestellten Ikone der Muttergottes steht ein rostiger Blechnapf voll welker Blumen, die dem Tischtuch zusinken.

Rumen hat sich umgedreht, und jetzt sehen auch wir sie: an einem anderen Tisch sitzt eine alte Nonne, vor ihr bündelweise Kerzen, lang und dünn wie erstarrte Fäden, ein Stapel mit Andachtsbildchen daneben. Einem nach dem andern schaut sie uns aus wasserhellen Augen ins Gesicht, bevor sie die Anrede Rumens erwidert. Mir scheint, ihr fehlen Zähne.

Sie flüstert und zieht Rumen damit automatisch näher heran, bis er sich zu ihr niederbeugt. Natürlich verstehen wir kein Wort, aber es wird deutlich, daß Rumen nicht nur aus Höflichkeit zuhört, sondern mit wachsender Neugier.

Wir treten zurück und sehen uns genauer um. Unsere Verlegenheit ist geschwunden, wir sondieren mit arbeitsamen Köpfen. Ob wir einem Spektakel auf den Leim gegangen sind? Neinnein, auch wenn wir uns frecher im Raum bewegen und die nüchternen Geschäfte der Inspektion beginnen: ein Wundergehäus ist das, kein Kunstraum. Niemals, nicht im besten Museum der Welt, können Ikonen, und seien sie noch so gut, solche Wirkung haben wie hier. Ikonen sind gesellig, aneinandergeklammert wollen sie von den wichtigen Stationen der Testamente erzählen, flankiert von lokalen Heiligen, die beim Zeigen helfen, Pergamente entrollen und Schutz versprechen.

Jetzt erkenne ich endlich, was andere immer schon wußten: Ikonen sind nur dann in ihre Rechte gesetzt, wenn sie aus einem geweihten Raum hervorleuchten, aber nur kurz, dann bitten sie um Rückversetzung ins Dunkel und verschwinden darin so geheim wie gekommen. Nur zögernd, im Hervor und Wieder-Weg kann sich an ihrer gemalten Haut etwas entzünden, im Glücksfall jenes unerschaffene Licht, das als Sendelicht auf den Betrachter trifft, mal spärlich, mal festlich reflektierend der Kerzen und Lämpchen Zitterlichter.

Darüber ist mit meiner Schwester schwer zu reden. Ihr weiches, gutmütiges Herz sitzt im Stahlgehäus des protestantischen Atheismus fest. Bilder nimmt sie grundsätzlich für Kunst, je nach Wert hoch oder niedrig einzuschätzen. Bilder gehören ins Museum, sonst werden sie gestohlen. Was Menschenfinger gemacht haben, hat für sie keinen Anteil am Zauber des Unerklärlichen. Gold bleibt Gold, eine wertvolle Materie, die im Licht schön glänzt, aus der aber niemals unirdische Lichter hervorsprühen und in Seelen hüpfen können.

Kalt hier und feucht, sagt meine Schwester, saukalt sogar, ob das den Bildern schadet? Sie schaut nach oben, als warte sie auf Applaus. Sie ist jetzt lauter Sorge und Verantwortung, und bei der sonderbaren Raumatmosphäre haben ihre Augen eine ungeahnte Tiefe.

Ich wiegle ab. Schließlich haben die Bilder hier Jahrhunderte gut überdauert.

Sie kommt näher und flüstert mir ihre Besorgnisse ins Ohr: der schwarze Geländewagen unterhalb des Kieswegs, mit den getönten Scheiben. Der Kerl im schwarzen Lederzeug, der am Kotflügel lehnte, der mit den Blumenkohlohren. Ob er mir nicht aufgefallen sei? Bestimmt einer von diesen Mafia-Ringern, der das Terrain erkundet und auf eine Gelegenheit lauert, mit den Ikonen zu verschwinden. Wie der uns mit seinen Blicken verfolgt habe, das sei unheimlich gewesen.

Tja, sage ich, die sittliche Erneuerung deines lieben Bulgarien läßt auf sich warten.

Intensives Stirngerunzel, welches bedeutet, daß meine Schwester höchst unzufrieden mit mir ist. Nur ihre Augen sind immer noch kindergroß. Aber dieses ärgerliche Runzelgesicht hat plötzlich etwas von einem Hasenprofessor, der überlegt, welche Strafarbeit er seiner Häschenschule aufbrummen soll.

Wir könnten etwas Weihrauch gebrauchen, um wieder in Stimmung zu kommen. Im Moment brennt leider keiner. Wenn Myriaden schwebender, glitzernder Partikel sich im Raum verteilen, wird die Atmosphäre weich, dann gehen Hirn und Herz vereint auf große Fahrt und schwimmen in süßem Strom davon. Weihrauch hin, Weihrauch her, meiner Schwester ist einfach nicht beizubringen, daß es Räume gibt, die den Menschen einladen, sich zu verwandeln. Hier sind wir in einem Raum, großzügig wie kaum einer je; aus weiten Lungen zu atmen, vielleicht sogar ein wenig zu seufzen, sind wir geladen.

Merkst du nicht, wie es hier bis in die Atome hinein anders zugeht als in profanen Räumen, anders als an profaner Luft, worin alles geschieht wie gescheucht?

Fünf Minuten vorher, auf der Bank, wurde uns dieselbe Einladung überbracht, antwortet meine Schwester und will jetzt unbedingt wissen, was der Lederkerl draußen am Auto macht.

Ach der, sage ich, das ist bloß Witiko, der zur Abwechslung mal nicht sein eisengraues Pferd putzt, sondern einen Geländewagen. Witiko-Scherze verfangen bei meiner Schwester eigentlich immer, seitdem wir uns vor Jahrzehnten einen zähen Wettkampf um den Roman lieferten und während des Lesens unentwegt Begeisterung heuchelten, uns am Telefon sogar mit Witiko-Segenswünschen verabschiedeten, etwa in der Art von: *so genieße heute denn, was dein Haus vermag* oder *wie es eben geschieht, so geschehe es* oder *so hat es sich eben gefügt, und nun empfange Gottes Dank* – bis wir endlich unter Gelächter zugaben, daß wir die Abenteuer des ledernen Ritters öde fanden, sagenhaft öde und weiter nichts.

Im Moment verfängt Witiko nicht. Meine Schwester ist immer nur weiter im Rückzug begriffen mit ihrer grämlich verzogenen Miene.

Ich bitte dich, sei nicht so stur, sage ich. Sieh dich um. Bewege dich frei. Stell dir einen Chor dazu vor. Man braucht dabei nicht auf die offenen Münder der Sänger zu schauen, was immer ein abwegiger Anblick ist. Der Chor ertönt von oben, aus dem Verborgenen, ganz wie die Musik himmlischer Sphären, die auch nie Front macht beim Erklingen. Und dann bitte, laß dir gefallen, wenn frisch um dich her es wehen will, worin sich ja nichts anderes verbirgt als die schüchterne Umarmung des Engels.

Wenn wir wollten, könnten wir ein melodischeres Leben führen als bisher, toter Vater, tote Mutter inbegriffen, murmele ich vor mich hin, denn meine Schwester liebt es nicht, wenn ich auf sie einrede, schon gar nicht im Namen von Engeln. Sie hat sich inzwischen umgedreht und ist ins Freie gegangen, um nach dem Ledermann zu sehen. Gemächlich folge ich ihr und finde sie auf unserer Bank. Wir schweigen wie zwei Feindinnen, die sich zu lange kennen, als daß geredet werden müßte. Rumen gesellt sich hinzu, gräbt ein zerdrücktes Päckchen aus der Hosentasche, bietet mir eine Zigarette an und gibt sich und mir Feuer.

Wenn ihr wüßtet, sagt er, nimmt einen tiefen Zug und grinst, kaum zu glauben, aber bitte, ihr glaubt's ja eh nicht. Er lehnt sich zurück und tut nun in allem so, als könne eine derart unglaubliche Geschichte bloß den Mücken erzählt werden. Folgsam wenden wir uns ihm zu. Los, erzähle. Unsere Blusen knittern zart, und die Augen blinzeln lustig, um den alten Geheimniskrämer zu erweichen.

Rumen behauptet, das sei eine Geschichte nur für Bulgaren, für Protobulgaren.

Bulgaren-Bulgaren?

Rumen lächelt verschmitzt und droht mit dem Finger. Eigentlich darf uns die Geschichte gar nicht erzählt werden, weil wir nicht in echten bulgarischen Wiegen geschaukelt wurden und nicht mit reinen Ohren zu hören wissen. Enttäuscht wenden wir uns ab.

Aber Rumen läßt nicht locker und kommt langsam in Fahrt. Er spricht von einer schlimmen Zeit, in der das Bulgarentum in den letzten Zügen lag. (Wir stellen uns das Bulgarentum wie welke Blumen vor.) Damals gab es in der Nähe schon ein Kloster, doch es wurde von den Tataren niedergebrannt. (Wir stellen uns eine trampelnde Horde von Wüstlingen vor.)

Inmitten des allgemeinen Unglücks lebte ein Mönch, der alles kommen sah. Ein zäher, unbeirrbarer Einsiedler, der in einer Hütte neben dem Kloster wohnte und sich von Brotkrümeln ernährte, hin und wieder von einem Stück Schafskäse. (Wir stellen uns einen Irrsinnigen vor mit verwildertem Bart, einen Pater Ferapont mit krächzender Stimme, der überall Teufel sieht.) Die wichtigste Ikone wurde von ihm aus dem Ikonostas gebrochen und vergraben, und zwar wenige Tage, bevor das Kloster in Flammen aufging. (Wir sehen ein Tatarenfeuer über ganz Bulgarien lodern.)

Du siehst, sage ich zu meiner Schwester, das Ikonen-aus-der-Wand-Brechen ist eine alte bulgarische Tradition, die heute von der Mafia bloß fortgeführt wird.

Rumen erzählt weiter vom Mönch, der mit all seinen Brüdern umgebracht wurde. Genau auf den Tag zweihundert Jahre später ging ein Bauer übers Feld und hörte eine Stimme.

Rumen beugt sich nieder und läßt die Finger mitsamt Zigarette etwas vom Boden aufwehen, wobei er von schräg unten zu uns aufsieht.

Mach schon, Dummkopf, grab mich aus! schimpft er mit der Stimme dessen, was da im Boden vergraben liegt.

Der Bauer erschrickt, faßt endlich Mut und fängt an zu graben. Beim Wühlen stößt er auf eine schwarze, rundum – Rumen sucht nach dem Wort Pech, wir finden es – auf eine rundum schwarz eingeschmierte Kiste. Aus der Kiste schimpft's und schimpft's; der Bauer trägt sie mit zitternden Händen nach Hause. Dort nimmt er eine Zange und zieht die Nägel aus dem Deckel. Zum Vorschein kommt ein besticktes Tuch und, als er es aufgeschlagen hat, der Erzengel Michael. Dem übrigens das Schimpfen vergangen sei, als er ausgewickelt auf dem Tisch gelegen habe. Als frommer Bulgare wußte der Bauer, was zu tun war, und übergab den Schatz einem Geistlichen. Genau an der Stelle, wo er die Kiste gefunden hatte, wurde das Kloster wieder aufgebaut. Und jetzt hängt der Erzengel Michael darin, die schönste Ikone von allen.

Wir schauen mit offenen Augen zum Himmel und kommen uns dumm vor. Kann es sein, daß Winde sich erheben und uns von allen Seiten in die Haare greifen? Den Engel haben wir übersehen.

Wir rauchen noch zu Ende, ich stelle mir dabei den Erzengel vor. Mit großen Flügeln kommt er herabgeflogen und faßt nach seinem Schwert. Von der benachbarten Bank gleitet der Schatten unseres Vaters. Wir gehen im Gänsemarsch zurück in die Kirche. Rumen kauft der Nonne mehrere Kerzen ab, die er in dem eisernen Ständer vor der Ikonenwand anzündet, damit uns der Engel erscheinen kann.

Wie konnten wir ihn bloß übersehen!

Fest steht er auf dem Körper eines Reichen. Mit goldenen Beinschienen, goldenem Brustpanzer, von dem es in Rot, Violett, Rosa nur so funkensprüht und von bänderartigen Zipfeln gleißt, den roten Umhang dramatisch gewellt, ein blaues Tuch um die makellosen Schenkel geschlungen, steht er mit beiden goldenen Füßen auf dem Reichen. Zwar sind seine Flügel nicht so imposant, wie ich mir das gedacht habe, dafür entschädigt das Schwert. Ein Prachtschwert. Mit dem auch wir jeden köpfen könnten, der uns in die Quere kommt. Er hält es in der Rechten, von hoch oben gezückt, um es mit desto größerem Schwung in den Verworfenen stoßen zu können. In der Linken hält er die frisch entflohene Seele des bereits Halbtoten am Schopf – ein winzignacktes Männlein mit längerem Haar.

Zwei Teufel sind schon bestrebt, den Körper an langen eisernen Haken von seinem Prunkbett herabzureißen, um mit ihrer Beute alsbald in der Tiefe einer glutroten Hölle zu verschwinden. Eine Bocksfigur weist die angesammelten Juwelen in einem Beutel vor. Wie nutzlos dieser Beutel jetzt ist. Die Angehörigen und das Gesinde, prächtig gekleidet wie ihr entseelter Herr, erkennen mit Schrecken, was da vor ihren Augen geschieht.

Wo wir nun genauer hinsehen, drängt sich mir mehr und mehr der Verdacht auf, daß mit dem Reichen vielleicht Tabakoff gemeint sein könnte, obwohl das nicht gut möglich ist, da Tabakoff am Sonntagmorgen beim Frühstück noch eifrig schwatzend zwischen uns herumlief. Sieh mal, sage ich zu meiner Schwester und weise sie auf die Ähnlichkeit hin. Sie blickt mich mit einem amüsierten Stirnrunzeln an, widerspricht aber nicht.

Auch die Angehörigen wollen mir allmählich bekannt vorkommen. Sie sind üppiger gekleidet und tragen andere Frisuren als der Stuttgarter Bulgarenanhang, wie ich ihn aus den sechziger, siebziger, achtziger Jahren in Erinnerung habe. Aber hier wird ja zeitanders gedacht. Anders, als wir es gewohnt sind, sind Gestern, Morgen, Heute immerwährend darin begriffen, die Plätze zu tauschen. Gut möglich, daß meine Schwester und ich hier längst erfaßt sind, obwohl wir uns noch viel zu blut- und drangvoll fühlen, als daß wir schon Abbild sein könnten.

Die Frau von Tabakoff zum Beispiel, Lilo, führt den Reigen der Bestürzten an, natürlich nicht mit ihren lackierten Fingernägeln und den Marilyn-Monroe-Locken, sondern in einem bestickten grüngoldenen Umhang, der das Haar bedeckt. Und da, die Kleine mit dem grimmigen Gesicht, das könnte die schreckliche Tochter sein, sogar der komische Pudel springt rechts hinter einer Säule hervor. Von der übrigen Stuttgarter Bulgarenschar sind noch mindestens zwei dabei – aber ja, Schwester, sieh mal, das ist Zankoff, unzweifelhaft Zankoff, der Bordellbesitzer, und neben ihm sein Freund Gantscheff, Pächter eines Autohauses am Olgaeck. Nur unser Vater fehlt, und unsere Mutter ebenfalls, vielleicht, weil sie Tabakoff nie gehuldigt haben, seinen Reichtum eher mit einem Achselzucken quittierten, als daß sie ihn darum beneidet hätten. Vielleicht aber fehlen sie, weil sie aus uns unbekannten Gründen überhaupt nicht in ein Heiligtum gehören.

Seht, was für ein Tag, an dem uns die Stuttgarter Bulgaren samt Frauen und Kindern erscheinen, nur Vater und Mutter lassen sich nicht blicken.

Der schwarze Geländewagen ist ebenfalls verschwunden, niemand hat ihn wegfahren sehen. Vom Ledermann keine Spur. So gründlich und absolut ist dieser Wagen weg, als wäre er nie da gewesen. So strotzend, schmatzend, kräftig grün ist diese Wiese, als würde sie alles, was nicht Wiese ist, im Nu verschlingen und zu Wiese machen.

Wenden wir, sagt meine Schwester, und fahren ihm nach. Rumen versteht nicht, wovon sie spricht, da er den Wagen vorhin nicht bemerkt hat.

Gärten

Wir haben den Daihatsu mitten in Arbanassi geparkt. Schon beginnt, was wir gerade erlebt haben, ins Unwirkliche sich zu verabschieden. Nach zwei vergeblichen Versuchen haben wir ein Gasthaus gefunden, auf dessen Gartenterrasse man uns willkommen heißt. Da die Mittagsküche schon geschlossen ist, werden wir gewarnt, es könne mit dem Essen dauern. Meine Schwester beschließt, den Laden nebenan zu besuchen, Rumen ist im Inneren des Lokals verschwunden, wahrscheinlich, um die Kellnerin auf einen Schwatz zu verhaften.

Die Terrasse ruht auf dem rückwärtigen Gebäudeteil, scheint aber über einem Tal zu schweben. Kühle Schatten haben das Tal gefüllt und lassen mich frösteln, ich ziehe die Jacke meiner Schwester vom Stuhl, die sie akkurat, wie von unserer Mutter befohlen, über die Lehne gehängt hat. Mit eingezogenem Hals und kalten Fingern sitze ich da und lasse eine winzige Spinne über meinen Ärmel kriechen.

Schaue ich über die Spinne hinaus ins Weite, ist der Anblick ein recht lieblicher und geordneter – mäßig hohe, umwaldete Hügel mit stummen steinernen Köpfen, grüne Felder, Wege, die sich fortschlängeln wie auf mittelalterlichen Tafelbildern. Beim Hinuntersehen zeigt sich ein Gewurstel. Zerfallende Holzschuppen, rostige Wassertanks, Plastikplanen, in Büschen versunkene Schrottautos, Kübel, aus denen verdorrte Stengel ragen, zerbeulte Kannen, eine Werkbank mit Säge, zerbrochene Spaliere, umhergeworfene und dann vergessene Spielzeuge, eine Hütte, in der vielleicht Kaninchen wohnen. Dahinter öffnet sich das Grundstück eines reichen Nachbarn. Dort ist alles freigeräumt, der Garten frisch bepflanzt, das wuchtige alte Natursteinhaus mit den hölzernen Balkonen renoviert. Und blau, zum Hineinfallen blau das nierenförmige Becken eines Pools, an dessen Einfassung noch gearbeitet wird.

Ich vermisse plötzlich weißblau gestreifte Markisen. Unser kleiner Balkon in Degerloch, der ebenfalls nach hinten in die Gärten hineinschwebte, war davon eingefaßt. Wenn man dort oben saß, zeigte sich eine verwirrende Vielfalt – keinesfalls leicht zu begreifen, wie Menschen im Umkreis weniger hundert Quadratmeter so verschieden leben konnten. Zur Linken ein Kleingärtner und Autobastler mit allerhand Gerätschaften in und neben der Garage, ebenfalls ein Gewurstel, wenn auch kein bulgarisches, sondern ein überlegtes, schwäbisch hartnäckiges. Die schnurgeraden Beete waren mit Holzwolle eingesäumt, winters lag Mist drauf. Alle ausladenden Äste des Birnbaums waren mit Stützen versehen; sommers hing er schwer auf seinen Krücken, im Winter behauptete er eisern und starr seinen Platz. Als vielarmiger Greis, der in einer drohenden Bewegung hin und her schwang und den Schnee von sich schüttelte, plötzlich rennen konnte und die Stöcke hob, geisterte er durch meine Träume.

Direkt gegenüber rieselten Trauerweiden auf ein Gartenhäuschen nieder, ein raffiniert angelegter Steingarten mit asketischen Pflanzen, die aus Ritzen sprossen und die man sonst nicht in Degerloch sah, kroch in Windungen zum Haus hinauf. Daneben wuchs eine riesige Tanne, die im Sturm rauschte, als unterhalte sie sich mit ihren Schwestern im Schwarzwald. Ein Kiesweg umlief den tadellosen Rasenfleck, auf dem im Sommer Korbstühle und Korbtische standen, Gäste mit den Kaffeetassen klapperten. Es war das Herrschaftsgebiet von Schnüff, einem schwarzen Kater mit dem lässigen Gebaren eines Löwen, zu dem unser Dackel in knechtischer Beziehung stand, da er sich gleich auf den Rücken geworfen hatte, als Schnüff zum ersten Mal gekommen war, ihn zu begutachten.

Allein die Gartenhäuschen auf den drei Grundstücken hätten unterschiedlicher kaum sein können. Beim Nachbarn zur Linken eine Zweckhütte für Werkzeug, bei uns ein filigranes Gebilde aus dünnen schwarzen Ästen mit umlaufender Bank, bemoost und feucht und leer bis auf die feinen Netze in den Ecken. In ihrer Nähe warteten schwarze Spinnen, ihre Körper vielleicht nur erbsengroß, in unserer kindlichen Vorstellung aber so groß wie Handteller, weshalb wir das Häuschen mieden. Beim anderen Nachbarn stand ein schickes Ding auf Stelzen, bedeckt von einem nach vorne zu leicht hochgebogenen Flachdach, die Innenwände waren mit einem wetterfesten Bast verkleidet. Darin hing als einziger Schmuck ein Mosaik, das einen griechischen Flötenbläser vorstellte, schwingenden Schritts zwar, aber die Bewegung gebremst durch eine Linienführung, wie man sie in den fünfziger Jahren schätzte, gebremst auch durch die Schüchternheit der Farben Ocker, Blaßgrün, Grau, versetzt mit einem schwächlichen Rostrot.

Hinter dem Steingarten, angesichts eines Grundstücks, das nicht mehr an unseres grenzte, konnte man glauben, der Krieg sei noch nicht zu Ende: Wellblech und ein hoher Maschendraht, um den Schuppen und das karge Auslaufgebiet für Hühner und Kaninchen zu schützen, auf die Schnüff und Schnacks nur zu gern gemeinsam die Jagd eröffnet hätten.

Solange es unserem Vater gutging, wetteiferten meine Schwester und ich darin, ihm abends von den Abenteuern des ungleichen Paares zu erzählen. Daß sie gemeinsam durch die beiden Gärten ihrer Besitzer strichen, der Kater würdevoll und gemessen, der Dackel eifrig, mit fliegenden Ohren, gehörte zum Alltag. Alle paar Tage wiederholte sich ein seltsames Schauspiel. Schnüff nahm auf einem Pfosten Platz und starrte nach unten. Schnacks näherte sich vorsichtig, den Bauch am Boden wie eine Robbe. Am Fuße des Pfostens blieb er ergeben liegen, wagte kurz aufzusehen und senkte gleich wieder den Blick, nur das

Zucken seiner Ohren deutete an, daß er mit wachen Sinnen dalag. Auf dem Pfosten, das sei Stalin, erklärte unser Vater mit unheimlichem Vergnügen, verschränkte die Arme und machte sein undurchdringliches Stalingesicht. Wir mußten ihn kitzeln, bis er die Krallen ausfuhr und einen russischen Fluch zischte, wir quietschend auseinandersprangen.

Ein kleines Zackenphoto zeigt den Vater auf dem Geländer unseres Balkons sitzend, tatendurstig, jung, schlank, mit blitzenden Augen und einem sieghaften Lächeln. Keine Spur von Schwermut um sein Haupt. Nichts und niemand kann ihm etwas anhaben. Zweifellos, er sieht aus wie ein Verführer, der gewillt ist, eine lange Karriere in diesem Fach zu verfolgen. Mit den Füßen scheint er zu schlenkern, und keine Furcht, etwa nach hinten zu kippen. Vor ihm ein bulliger Korbkinderwagen, aus dessen Verdeck ich hervorsehe, neugierig auf den, der da photographiert, aber schon mit der verdrießlichen Miene eines Menschen, der das Leben nicht liebt. Markisen gibt es noch keine.

Einen Pool besaß niemand in der Gegend. Wahrscheinlich das erste private Schwimmbecken in Stuttgart überhaupt ließ Tabakoff im Garten seines Hauses in Sillenbuch bauen. Das war kein Handwerkerhaus, wie wir eins besaßen, sondern ein solides Sandsteinhaus der Jahrhundertwende mit einer respektablen Eingangshalle.

Wir waren zur Einweihungsparty geladen und sollten unsere Badeanzüge mitbringen. Auf der Fahrt durch den Wald, am Fernsehturm vorbei, lästerten unsere Eltern über den bombastischen Kitsch, der uns bei Tabakoffs erwartete. Damals waren sie in ihren Abneigungen noch vereint. Er gab sich amüsiert, wenn sie Lilo nachmachte (née Wehrle, sagte sie dann, woraus, weil wir Kinder es mißverstanden, alsbald *das Neverle* wurde); née Wehrle also, das Neverle, das die Satzenden, besonders aber den angeheirateten Namen unnatürlich hob und in die Länge zog, um ihm ein edles Flair zu verleihen – sie war die Lieblingszielscheibe unserer Mutter, die es meisterlich verstand, Pfeile in Richtung ihrer Freundinnen zu verschießen.

Lilo hatte von Natur aus eine hohe Stimme, war aber bemüht, eine Oktave tiefer und vor allem gedehnt zu sprechen, was ihre Zuhörer unruhig machte. Sie liebte längere Sätze, legte nach ein oder zwei Satzteilen eine elegante Abwärtskurve ein – ein bißchen verschleimt klang das, als wäre sie plötzlich von Grippe befallen –, um dann unerwartet hoch auf dem Punkt zu enden. Das Sprechen mit hoher Stimme war verpönt, zumindest bei den Frauen. Es galt als eine Spezialität der Bulgarinnen. Die Schwäbinnen wurden nicht müde, einander Schauergeschichten von den Bulgarinnen zu erzählen. Wegen ihres hohen Gekreischs, ihrer spitzigen Gefühlsäußerungen wurden sie maßlos verachtet, besonders von unserer Mutter, die viel auf ihre von Natur aus tiefe, vom Rauchen zernagte und verderbte Stimme hielt.

Eine fröhliche Atmosphäre herrschte im Haus, etliche Gäste waren schon da, wahrscheinlich war Tabakoff junior damals noch am Leben, ich erinnere mich aber nicht an seine Anwesenheit. Wir waren noch ziemlich klein, meine Schwester konnte schon schwimmen, ich nur an ein Gummitier geklammert herumpaddeln. Mit aufblasbarem Schwan und Dackel trudelten wir ein. Lilo begrüßte die Gäste in schwingendem Kleid und Bolerojäckchen, einem Traum in Rosa, Creme, Gelb, Türkis, mit viel Gold um den Hals und die Handgelenke; uns Kindern fuhr sie mit perfekten Lacknägeln in die Haare und gab uns jeweils einen Kuß (die einzige Fremde, von der ich mir so etwas gefallen ließ, meine Schwester nahm solche Überfälle generell mit Nachsicht hin).

Im Garten sah's aus wie in Amerika. Hollywoodschaukeln säumten das blaue Rechteck, verschnörkelte Ziertische standen bereit, ein Teewagen mit Getränken wurde herausgerollt – von einer Fee in Schürze und Häubchen. Sobald sie sich umdrehte, sah man eine riesige weiße Schleife, deren Bänder kokett über ihren Po fielen. Mich begeisterte jedoch der Pudel. Schneeweiß, mit Augen, die wie schwarze Knöpfe im Fell steckten, und einem fabelhaften Krönchen. Seine Locken sahen aus wie frisch gebadet und frisch gefönt. Cherie trug ein glitzerndes Schmuckhalsband und benahm sich derart damenhaft, daß man nicht glauben konnte, er sei ein Rüde. Da unser Dackel mit Hunden aller Art gut auskam, durften wir ihn mitbringen. Cherie verbellte ihn jedesmal erregt und erzitterte bis in sein Krönchen hinein, mit den Lockenbeinen vollführte er putzige Ziersprünge. Der Dackel sah ihn ratlos an und wedelte mit dem Schwanz. Nach zwei Minuten war die alte Bekanntschaft wieder im Lot. Schnacks machte sich über Cheries Napf her und soff dessen Wasser, dann trieben sie sich im Garten herum. Ich sehnte mich danach, in ihrem Bund die Dritte zu sein, aber die Viecher wollten nichts von mir wissen. Trotz der vielen Gäste bemerkte Lilo meinen Kummer und hob mich – goldrasselnde, süßduftende Königin meines Herzens, wie vermisse ich dich! – auf ihren Schoß.

Zankoff saß schon am Pool. In Bademantel, Schlappen und Shorts. Um ihn herum hatte sich seine unglückliche Familie aufgestellt. Dunkelblaue Blazer mit Goldknöpfen – darin steckten die Zwillinge, die damals noch keine Internatszöglinge in Salem waren, aber darauf vorbereitet wurden, es zu sein. In einem feuerroten Kostüm steckte die Frau. Sie hatte die Hände um den Nacken ihres Mannes gelegt, als wolle sie ihn massieren oder an Ort und Stelle festwürgen wie zum Beweis, daß er ihr gehöre. Das war damals keineswegs mehr der Fall. Zankoff wohnte getrennt von der Familie, in einem Appartement mit seiner Lieblingsnutte, und jeder wußte das. Die Familie sah er selten, seine Frau haßte er, und man gab ihm darin recht, obwohl die meisten in einer Mischung aus Neid und Ekel auf ihn herabsahen.

Zankoff zeigte mit Vorliebe seine haarige Brust, rauchte Zigarren, pflegte vor Lachen zu brüllen und sich auf die

Schenkel zu schlagen; er aß ungeniert Knoblauch, und zwar in Mengen, wie die anderen, um ihren Ruf besorgten Bulgaren es sich niemals erlaubt hätten. Seine Frau galt für durch und durch bösartig, von Zankoff glaubte man immerhin, daß er auch eine gutmütige Seite habe, obwohl handfeste Beweise dafür fehlten. Tatsache war, daß er ein Bordell besaß, welches er von einer Bar aus betrieb. Ansonsten war er ein Hehler, Geld führte er in dicken Bündeln spazieren, und es war ihm eine Lust, große Scheine in aller Öffentlichkeit abzuzählen. Kam Tabakoff in seine Nähe, wurde Zankoff nervös. Eine Gereiztheit überkam ihn, er sprach überlaut, zweifellos weil Tabakoff mehr Geld hatte und die schönere Frau. Unseren Vater nannte er Doktorchen und benahm sich ihm gegenüber so, als wäre der sein Herzblatt und er selbst dessen persönlicher Schutzpatron. Im übrigen schickte er ihm seine Nutten in die Praxis.

Eines an Zankoff war jedoch zutiefst merkwürdig, und es sprach sich erst nach seinem Tod herum, der ihn mit fünfundvierzig erwischte, als er mit seinem Karmann Ghia an einen Pfeiler knallte. (Er war der zweite Bulgare, der an die Reihe kam.) Im Wohnzimmer seines Appartements, das weder seine Familie noch seine Freunde je betreten hatten, war eine komplette Bibliothek mit Werken des neunzehnten Jahrhunderts eingebaut: Goethe, Schiller, Kant, Hegel, alle großen Namen standen da in Gesamtausgaben aufgereiht. Von ihm war nicht bekannt, daß er sich für Bücher interessierte, er konnte ja kaum lesen, mit knapper Not seinen Namen schreiben. Die Bücher waren aus Holz. Das war aber noch nicht alles. Wenn man Schellings *Ideen zu einer Philosophie der Natur* herausnahm, eine rostbraune Attrappe mit grünem Schild, die bei näherem Hinsehen aussah wie mit Schuhwichse eingerieben, zeigte sich dahinter ein Loch, von dem aus man in Zankoffs Schlafzimmer spähen konnte.

Ein rotes Deckchen mit Fransen liegt auf dem Tisch, obenauf der Brotkorb. Rumen und meine Schwester sind wieder da. Wie fürsorglich meine Schwester ist! Gleich hat sie mir die Schultern gerieben, um mich zu wärmen. Und keine Rede davon, daß sie ihre Jacke zurückverlangt, obwohl ihr bald kalt sein dürfte.

Damit uns allen wärmer wird, stelle ich Blondinenvergleiche an. Rumen ist inzwischen mit der Stuttgarter Bulgarensippe so vertraut, als kenne er sie von Kindesbeinen an. Meine Schwester arrangiert für unseren Paris eine Dreiergruppe aus Salzfaß, Pfefferfaß und dem Ölkännchen, stellt die handelnden Personen vor wie in einem Kindertheater: Hochgeehrtes Publiko, hier bitte die Bekanntschaft machen zu wollen mit Zankoffs Frau, mit der Frau, die man unsere Mutter nennt, und da – bitte Applaus für die allseits beliebte und geschätzte Dame Neverle!

Seltsame Mühe, drei tote Blondinen wieder auferstehen zu lassen in ihren seltsamen Sünden. Noch seltsamer, daß plötzlich so viel von unserer Mutter die Rede ist, die wir jahrelang überhaupt nicht erwähnt haben.

Wenn sie von unserem geliebten Neverle spricht, gerät, ganz wie ich, auch meine Schwester in Ekstase. Sie macht Rumen förmlich das Maul wässrig und füttert ihn mit dem Zauber dieser Frau, denn die ist ja gar nicht tot, denn die entsteigt ja geradewegs dem Pool da unten und schüttelt ihre Locken. Erstaunlicherweise wurde bei ihr alles Künstliche (und sie war künstlicher als die beiden anderen) sofort wieder zur Natur. Née Wehrle schien mit rotlackierten Finger- und Zehennägeln geboren. Alle drei Frauen trugen Dauerwellen, aber nur für unser Neverle war dies die einzig mögliche, einzig passende Frisur, der sie klugerweise ein Leben lang die Treue hielt. Was bei Zankoffs Frau wie gelb angestrichener Beton aussah, strahlte bei unserer Favoritin in unzerstörbarem Glanz. Sie war die starkhäuptige, starklockige Blondine unserer Kindertage, dabei nicht plump, obwohl ihre Fesseln unbestreitbar dick waren (wir nahmen diesen Schönheitsfehler leicht hin, liebten ihn sogar, als wären es zwei entzückende Wülste, die sich da unten zum

Schutz um den dünner werdenden Knochen gelegt hatten), sie wirkte niemals ordinär, obwohl ihre Gelenke ordinäre Glücksanhänger zierten.

Zweifellos, unsere Mutter hatte von den dreien die elegantesten Beine, lang und schlank, aber was haben sie ihr genutzt? Sie hatte entschieden den besseren Schmuck, aber wozu war der gut? Sie hatte auch mehr Verstand, aber wozu Verstand, wenn er weder weise noch gütig macht? Die Beine von Zankoffs Frau lassen wir mal beiseite, sie waren spindeldürr und wurden von aller Welt sofort vergessen. Verstand hat keiner je an ihr bemerkt. Wenn sie sich einmischte, kam's wirr und jäh und bös heraus, in späteren Jahren etwas langsamer, vom Alkohol getrübt. Das viele Gold, mit dem sie Ohren und Hals behängte, die blitzenden Klunker weckten Mitleid: wie konnte sich eine kleine Person so unsinnig beschweren?

Kurioserweise legt sich Rumen für unsere Mutter ins Zeug. Er ist ein echter Kavalier und duldet nicht, daß Schlechtes über irgendeine Mutter gesagt wird. Er reißt seine Augenbrauen hoch vor lauter Achtung, die ihm unsere Mutter plötzlich einflößt. Wie bewunderungswürdig, wie klug diese Frau ist, von der Rumen spricht, er kennt sie von wenigen Photos her, wir kennen sie offenbar nicht.

Die anderen beiden waren auch Mütter, rufen wir Schwestern im Chor, Rumen antwortet streng: Aber nicht die eure!

Zum Beweis, daß er seine Wahl getroffen hat, nimmt er einen Zahnstocher und steckt ihn in eines der beiden Löcher des Pfefferfasses. Wir lachen, vielleicht ein bißchen laut, weil wir zeigen wollen, daß wir nicht kleinlich sind, wenn man in unserer Gegenwart schmutzige Witze reißt.

Oben kreisen zwei Falken. Mit unseren Genicken hängen wir müde über den Tellern. Ein guter Tag!

Vor dem Gemeindehaus, nicht weit von unserem Auto entfernt, parkt ein Geländewagen mit getönten Scheiben. Ist es derselbe von vorhin? Meine Schwester meint: ja. Sie mustert den Platz mit enggezogenen Detektivaugen. Hunderterlei Möglichkeiten, sich zu verbergen. Ich bin mir nicht sicher, ob es unser Wagen ist, er kommt mir kleiner, harmloser vor. Außerdem ist der Kerl im Lederzeug nirgendwo zu sehen. Und was (meine Schwester erklärt es nicht, weil es dafür keine Erklärung gibt), was sollte ein total verlederter Mann, der zufällig am Auto lehnt, während wir ein Kloster besuchen, überhaupt von mir, von ihr, von Rumen wollen?

Schwarze Gehäuse

Heute nacht bleibt der Regen aus, und ich kann wieder nicht einschlafen. Vielleicht bin ich auch zu gutgelaunt, um einzuschlafen. Lesen hilft diesmal nicht, schon gar nicht neben dieser Nachttischfunzel. Ich habe *Koba der Schreckliche* dabei, ein grausames, aber exzellentes Buch über Stalin, und habe den Satz *Das Lachen hätte spätestens jetzt verstummen müssen* als Wink aufgefaßt, es weglegen zu sollen. In dieser Nacht wird es mir nicht weiterhelfen. Normalerweise nehme ich ein Buch von Martin Amis abends zur Hand und mache es nicht wieder zu, bis ich morgens damit fertig bin. Später lese ich's dann in ruhigeren Etappen noch einmal. Aber heute nacht gehen Väter und Söhne, Tabakoff und sein toter Sohn, Stalin und sein preisgegebener, am Stacheldraht eines deutschen Lagers erschossener Sohn, Zankoff mit seinen lockigen Zwillingssöhnen und unser Vater mit einem Phantomsohn, einem uns unbekannten dritten Kind, mir allzu wild durch den Kopf.

Frivoles Gelächter liegt auf der Lauer. Was, wenn es hüben und drüben zum Tausch der Schnurrbärte gekommen wäre, Mütterchen Hitler über Rußland geherrscht hätte, Väterchen Stalin über ganz Deutschland – pfui Teufel, ich glucke vor Lachen und wälze mich mit Schwung auf die andere Seite, als hätte mich ein elektrischer Schlag getroffen.

Jetzt aber mal ruhig und eins nach dem andern.

Zurück zu Tabakoff. Tabakoff mit seinem irrwitzigen Plan, der uns Bulgarien beschert hat. Dieser Tabakoff, den wir alle unterschätzt haben, weil das herrliche Fleisch seiner Frau sich so vor ihn geschoben hatte, daß er dahinter wie verschwunden blieb. Dabei war er immer der Drahtzieher im Hintergrund gewesen. Auch der Familiendrahtzieher schon damals in Sillenbuch, dessen bin ich mir inzwischen sicher. Tabakoff hat uns allen gezeigt, was es heißt, zu überleben; lässig hat er uns demonstriert, was ein mickriger Bulgare auf eigene Faust zuwege bringt, auch wenn es dafür historische Vorbilder in Hülle und Fülle gibt.

Wäre Tabakoff ein historisch oder literarisch interessierter Mensch (was er nicht ist), so wären ihm für seinen Plan zwei Vorbilder in den Sinn gekommen: die Leichenzüge der über ganz Europa verstreuten Verwandten, die Philipp II. in den Escorial überführen ließ, und der Transport von Görings erster Frau Carin von Schweden nach Carinhall.

Schwarze Züge quer durch Europa, Hufschläge, knarrende Räder, Staubfahnen am Horizont, Schweißgeruch der aufgeputzten Rappen, Bauern mit abgezogenen Mützen am Wegesrand, Ausrufer auf den Türmen, schwingende Klöppel, Geläut, Honoratioren in schwarzsamtenen Wämsern und goldenen Ketten am Stadttor; dreihundert Jahre später dann Motorengebrumm, Fackelzüge, Fahnengeleit, Eskorten von Uniformierten mit erhobenem Arm, hochgestellte Kränze, entschlossenes Armrecken der Bürgermeister, sonore Stimmen aus dem Radio, die von unerschütterlicher Treue als einer Tugend des Nordens kündeten.

Tot alle, weit toter als gedacht, toter als verkündet und beschworen.

Der von uns so lange übersehene Tabakoff, dieser eigensinnige Mann, dachte sich seinen persönlichen Totenfahrplan aus, wie gewohnt ging er dabei auf eigene Rechnung vor. Es bereitete ihm Vergnügen, alles bis in die kleinste Verzweigung hinein selbst auszuarbeiten. Er bestimmte die Reiseroute, bestimmte die Hotels, die den Troß beherbergen sollten, verhandelte mit Besitzern von Limousinenflotten, verhandelte mit den Behörden in Stuttgart – und schon wieder befällt mich ein Kichern: allein die Vorstellung, wie

Tabakoff ins Innere der Stuttgarter Staatskanzlei vordringt, wo er auf den mit spitzen Milchzähnen bewehrten Ministerpräsidenten trifft und den Hochmütigen allmählich in ein zutrauliches Hündchen verwandelt, macht, daß ich mich zappelnd auf die andere Seite werfe.

Ruhig Blut, dumme Nuß.

Und bitte geordnet weiter mit Tabakoff, denn das waren ja noch längst nicht alle seine Heldentaten. Er verhandelte mit dem Metropoliten in Sofia, einem ernsten Mann, dem aber mit einer wuchtigen Spende schnell beizukommen war, er sprach mit mehreren Popen, bestimmte den Friedhof, die Gebinde, das Lokal für den Leichenschmaus, natürlich auch das Grabmonument, das nach seinen krakeligen Skizzen aufgeführt werden mußte. Wobei ihm die Unfähigkeit der Maurer und Steinmetze den kräftigsten Widerstand entgegensetzte.

Ha!

Mit den Bürokraten hatte unser Mann leichtes Spiel gehabt, quer durch alle beteiligten fünf Länder – mit den bulgarischen Handwerkern nicht. Zwischen Wutanfall und Wutanfall kam die Arbeit nur schleppend voran, Tabakoff zwang die Leute dazu, das Ding wieder abzureißen, mehrfach, nur das Betonfundament im Boden durfte bleiben wie ursprünglich gegossen.

Der Clou des Monuments bestand darin: wenn am Tage der Auferstehung die Stuttgarter Bulgaren gemeinsam aus ihren Urnenhäuschen flögen, würden sie als erstes den Schneegipfel des Vitoscha-Gebirges erblicken. Tabakoff stellte sich die Sache unbedingt mit Schnee vor, obwohl es auf dem Vitoscha inzwischen selten schneit, in Zukunft womöglich überhaupt nicht mehr.

Und noch eins: da sich bei Tabakoff immer schon alles um Amerika gedreht hatte, war in seine religiösen Vorstellungen ein tröstlicher Kinderglaube gezogen, in dem es so rosa und hellblau zuging wie auf seinen Hollywoodschaukeln, nicht düster und streng wie in dem orthodoxen

Milieu, in dem er aufgewachsen war. Beim Nachtmahl im *Principe di Savoia* ließ uns seine rostige Stimme wissen, wie er sich die Auferstehung dachte: in einem fliegenden Wusch. Zarte Wolken am Himmel. Gott wartet in einem rosa Gewand. Die Türchen würden aufspringen, die Deckel der Urnen ebenso, und was darin noch an Krümeln sein mochte, würde herausfliegen und sich dabei in neue, leichte Leiber verwandeln. Er selbst natürlich mit von der Partie – bis dahin wäre er ja längst tot –, aber nicht nur das: er würde der Mannschaft vorausfliegen, sie waren seine Flugschüler, er ihr Kapitän.

Stalin hatte Schiß vorm Fliegen. Er flog ein einziges Mal, eskortiert von sieben Jagdbombern, in den Sessel gekrampft und kreidebleich.

Auf die andere Seite, diesmal ohne Gekicher.

Halten wir fest, Tabakoff war in Sachen toter Gebeine, deren Reisen in der Vergangenheit Berühmtheit erlangt hatten, ahnungslos. Was er ausgebrütet hatte, war ein Gemuddel und Gemodder, so ein modernes Weißnichtwie aus beiden Leichenzügen. Trotzdem durfte sich unser Mann in aller Unschuld wie ein Pionier vorkommen. Den melancholischen Spanier, der einst über ein Riesenreich geboten hatte, kannte er nur im Ungefähren. Göring kannte er besser. Der dicke Reichsmarschall in Lederwams und Stiefeln – jawohl, der steckte ihm recht lebhaft im Gedächtnis, in den verschiedensten Kostümen, mitsamt Gamsbarthütchen auf dem Kopf. Von der Schwedin wußte Tabakoff aber rein nichts. So brauchte es ihn nicht zu kümmern, daß beide Männer Ähnliches zuwege gebracht hatten, wenn auch in weit pompöserem Maßstab.

Schwarz. Dieser todschicke Universumston.

Natürlich war Schwarz auch Tabakoffs erste Wahl. In Amerika hatte er den Komfort der überlangen Limousinen liebgewonnen (morgen muß mir Rumen mal erklären, wie die mit vier Rädern auskommen, ohne in der Mitte durchzuhängen). Elf wurmlange schwarze Limousinen mit anthrazitfarbenen Vorhängchen in einem verwickelten Escher-Muster, über das ich acht Tage Zeit hatte nachzugrübeln. Limousinen, an deren vorderen Flanken jeweils ein deutsches und ein bulgarisches Fähnchen flatterte, rollten aus Stuttgart weg, mit ungefähr vierzig Personen darin, die Fahrer nicht eingerechnet. An der Spitze des Zuges fuhren zwei noch längere und vor allem bulligere Wagen, Spezialausführungen mit Schmuckdeckeln zur Krönung anstelle der üblichen glatten Autodächer.

Was rissen wir die Augen auf, als wir die Dinger zum ersten Mal zu sehen bekamen! Und da war nun doch ein historisches Vorbild zu Ehren gekommen. Wie wir später erfuhren, liebte Tabakoff den argentinischen Sänger Carlos Gardel, er liebte ihn abgöttisch und hatte sich mal in eine Illustrierte vertieft, in der Photos von dessen Begräbnis in Buenos Aires zu sehen gewesen waren. Die Avenida de Mayo schwarz vor Menschen. Und mittendrin, gezogen von einem Achtergespann aus federbebuschten Rappen, eine Kutsche, die wie eine riesige, längliche Zuckerdose aussah – mit einem Mordsdeckel obenauf. Schwarz, natürlich schwarz. Das war aber noch nicht alles. Das Fahrzeug war überrankt von Ornamenten, seine gläsernen Seiten wie von schwarzem Zucker übersponnen, und darin lag das arg beschädigte argentinische Dornröschen und wurde an den Trauernden vorbeigefahren, nach La Chacarita, seiner vorläufigen Ruhestätte, wo es für tausend Jahre schlafen sollte.

Bei Gardel machte Tabakoff eine Ausnahme. Er stellte sich die Auferstehung des geliebten Sängers nicht so sehr fliegend vor, vielmehr als ein singendes Wunder. Mit ausgebreiteten Armen, *Mi Buenos Aires querido* auf den Lippen, würde Gardel aus dem geöffneten Sarg steigen. Jesus, was hat uns Tabakoff mit diesem Lied gequält! Er sang und summte es bei jeder Gelegenheit, und nicht einmal so falsch, wie wir jedesmal fürchteten, wenn er wieder damit anfing.

Vielleicht aber hatte etwas ganz anderes die pompöse Beerdigungsidee in ihm wachgerufen, ein Erlebnis aus früher

Zeit, das vom Tod seines geliebten Gardel romantisch überwölbt wurde. Als Fünfundzwanzigjähriger hatte Tabakoff miterlebt, wie der allseits beliebte König der Bulgaren in Sofia zu Grabe getragen wurde. Am 28. August 1943 war Boris III. an einem Herzleiden verstorben, noch jung, erst neunundvierzig Jahre alt. Zwei Wochen zuvor war er von einem dramatischen Staatsbesuch in Berlin zurückgekehrt. Die Bulgaren vermuteten sofort, Hitler habe ihn vergiften lassen. Noch heute glauben sie hartnäckig daran, obwohl niemals Beweise dafür aufgetaucht sind und es kaum in Hitlers Interesse gelegen haben dürfte, einen zwar zaudernden, im großen und ganzen aber willfährigen Alliierten umzubringen.

Wie so häufig bauen die Bulgaren auf einem Detail eine riesige Theorie auf, in diesem Fall eine verzwickte Mordtheorie: in Zivilkleidung war der König nach Berlin gefahren, nicht in Uniform. Damit wollte er seine politische Taktik am eigenen Leib demonstrieren, die eigenen Soldaten möglichst aus dem Krieg herauszuhalten. Hitler habe ihn finster empfangen und finster entlassen. Das mag wohl sein, reicht für einen Mord aber nicht aus. Und die Bulgaren vergessen allzugern, welch große Wertschätzung Boris bei Hitler genoß.

Beliebt war König Boris III. auch beim bulgarischen Volk. Durch die Allianz mit den Deutschen hatte sich Bulgarien große Gebiete einverleibt, ohne dafür kämpfen zu müssen. Deshalb wurde Boris als Reichseiniger gefeiert. Außerdem galt sein Regierungsstil für weniger despotisch als der seiner Vorgänger. Aus Anlaß seines Begräbnisses war in Sofia mehr Volk auf den Beinen als je zuvor. Unter ihnen Tabakoff.

In Gedichten wird der große Trauertag besungen. Das Volk weinte, selbst der Himmel verschleierte sich und vergoß Tränen, bittere Tropfen fielen auf den Sarg des geliebten Königs, der sein ins Unglück trudelndes Land nicht mehr beschützen konnte.

Tabakoff hat uns eines dieser Gedichte auswendig vorgetragen, und seine Augen glänzten dabei vor Rührung, und sein ausgestreckter Arm griff in die Luft, und die Finger seiner Hand öffneten sich, als wäre ihnen gerade ein Zipfel entglitten, vom Mantel des längst ins Mythische entrückten Zaren.

Eine komplette Ornamentierung der beiden Flaggschiff-Limousinen, das fand Tabakoff wohl übertrieben, deshalb ließ er's bei einer Spezialanfertigung der Dächer bewenden, jener Deckel eben, bei deren Anblick – kaum hatten wir uns von der Überraschung erholt – die Lästerzungen loslegten. Meine übrigens nicht, mir war das Unterfangen ja von Anfang an sympathisch.

Sympathisch, eigentlich wäre jetzt der Moment gekommen, das Kissen aufzuklopfen, die ideale Position zu finden und auf Schlummersuche zu gehen, *sympathisch*, so ein schönes liebes Wort wäre doch ideal, um es mit hinüberzunehmen, oder besser ein eher unbestimmtes Tralala- und Melodiewort? – Nein, sympathisch ist in Ordnung, warum nicht sympathisch, das gleitet über alles Wüste hinweg, sympathisches Bulgarien, sympathischer Rumen, sympathische Schwester, sympathischer Dimitroff, Schiwkow, Zankoff, und wer weiß noch alles –

Nein, es klappt nicht, meine Knochen sind – wie ich mich drehe und wende, irgendwo liegt ein Knochen ungut auf, ich komme einfach nicht in den Schlaf mit derart falsch sortierten Knochen. Was hilft's – Licht an, Buch her. Lieber mit Koba lachen als die eigenen Knochen spüren.

In der Ferne heulen die verlassenen Hunde, und jeder ihrer Laute klingt so, als wäre die gefährlichste Stunde des Weltalls gekommen, die Zeit der Ohnmacht und Verletzlichkeit, und nur noch einzelne Unglückliche sind wach oder einzelne Entzückte, wie ich eine bin. Verzweifelte Lichter einzelner Lampen in der stockdunklen bulgarischen Nacht, die früher mit den langen Nächten Stalins zusammengeflossen war, in denen Stalins ebenbildliche Häscher und Folterer an die Türen geklopft hatten.

Erwartet Tag und Nacht das Gericht, hatte die schwäbische Großmutter uns eingeschärft, sonst überrascht es euch, und ihr seid nicht genügend vorbereitet. Aber das Gericht, auf das die fromme Großmutter wartete, war ein harmloses, ein freudig lossprechendes, jedenfalls nicht das Knochengericht Stalins. Allein die Sanftmut, mit der sie uns über die Köpfe strich, wenn sie solche Reden führte, bewies, daß wir nichts Schlimmes zu befürchten hatten.

Bei der ersten Verhaftung produziere die Körperchemie eine plötzliche Erwärmung – *man brennt, man kocht*, so Amis, der hier Solschenizyn hinterherschreibt.

Mir ist kalt, und dieser Text ist wahrlich keine Schlafhilfe, also Buch weg, Licht aus.

Schwarz.

Unsere Kolonne am hellichten Tag eine Ausgeburt der Nacht. Wenn es Nacht wurde, verschwand sie in der Garage eines großen Luxushotels oder im Bauch einer Fähre, bei Tag rollte sie wieder heraus. In die beiden vorderen Limousinen konnte man nicht hineinsehen. Ihre Scheiben waren geschwärzt. Aus gutem Grund. Auf den Ladeflächen ging es weniger verschnörkelt, weniger ebenhölzern und kupferbeschlagen zu, als zu erwarten gewesen war – eher wie in einer Behelfshalle, die eine Delegation des UN-Tribunals bei Srebrenica in Betrieb genommen hat. Auf simplen hölzernen Gestellen, unter Luftabschluß in schwarzes Plastik verpackt, wurden die Reste der Verstorbenen transportiert, manche Säcke ganz schlaff, manche gefüllt. Obenauf war allen ein Täschchen angeschweißt mit transparentem Feld, um den nötigen Papierkram einzustecken. Den meisten Angehörigen, die sich dazu entschlossen hatten, die Reise mitzumachen, blieb dieser Anblick verborgen.

Insgesamt dreizehn Fahrzeuge also. Man startete von Degerloch aus, weil die meisten Bulgaren in Degerloch und Sillenbuch gewohnt hatten und es von da aus nicht weit bis

zur Autobahn war. Allein den Platz mit den Behörden aus-
zuhandeln, von wo aus der Konvoi losfahren durfte, war
kein einfaches Unterfangen gewesen. Man einigte sich auf
den weiten Vorplatz des Waldfriedhofs, was insofern praktisch war, als hier bis vor kurzem die meisten Verstorbenen
geschlafen hatten in ihren stillen, von Eichen und Linden
und Moosen und Farnen und Buchsen gesäumten Betten.

Es ist Zeit, Schlafkontakt mit ihnen aufzunehmen, unter
aufgelösten Eichen und Linden und Moosen und Farnen
mitzuschlafen im großen Wir, sieh nur, wie augenlos dieses Wir schläft, auch das Weltall schläft in seiner schwarzen Rückzugshöhle, wir alle schlafen darin aufbewahrt mit
traurigem Lächeln, wie alte knöcherne Jungfern aufgespart
für den göttlichen Liebhaber, der vielleicht sogar kommt,
aber nach einem kurzen Blick beschließt, uns lieber nicht
zu wecken, weil wir so reizlos sind.

Das Mauerblümchen

Daß ich schon wieder auftauche, weil ausgerechnet Wildschweine durch mein inneres Dickicht zogen, vor denen
ich langsam zurückweichend floh, den Blick gebohrt in die
schwarzen, kleinen, bösen, vollkommen runden Schweins-
augen –

Länger als zehn Minuten wird das wohl nicht gedauert
haben. Der Fensterausschnitt zwischen den Vorhängen ist
noch dunkel, ein schmaler Mondschnitz taugt kaum zur
Beleuchtung. Gib endlich Schlaf, launischer Morpheus,
hörst du, Schlaahaaf, das kann doch nicht so schwer sein,
Nacht ist überall umhergebreitet, da schlafen die Dummen
wie die Klugen, die Witzigen wie die Blöden, tipp mir auf
die Fingernägel, Morpheus, und zähl mir etwas Tröstliches
vor, nur bitte laß keine Schweinereihe mehr durch meinen
Traum ziehen, nicht diese Viecher bitte, vor denen ich eine
tolle, wahrhaft unsinnige Angst empfinde.

Wozu habe ich Ohren, fein wie ein Wildtier. Es jagt mich
doch keiner. Gebellt wird draußen nur noch vereinzelt,
von einem Verschlag zum anderen kommt die Antwort mit
Verzögerung, da werden Hundedenkpausen eingelegt, und
danach ertönt schwächliches Genörgel, so ein ödes Pflicht-
gebell alter Rüden. Die ermüdeten Hunderachen haben
genug für die Nacht, sie sind's leid, pünktlich im Chor zu
zeigen, wer wo sein Revier hat.

Wildschweine lebendig, die kenne ich aus Filmen, da
ängstigen sie mich nicht, tot aus eigener Anschauung. Eine
Kostümbildnerin hat mir die Geschichte vom geschmink-
ten Wildschwein erzählt. Harmlos. Das bißchen Tierquä-
lerei, nicht der Rede wert. Eine Riechgeschichte. Wenn

es nach dem Drehbuch der *Bartholomäusnacht* gegangen wäre, hätte das Tier einen turbulenten Auftritt zu absolvieren gehabt. Zuerst ging alles gut, ein schwarzfleckiges Schwein erfüllte die Erwartungen. Wochen später, beim Anschlußdreh, war das Schwein aber krank, und sie mußten ein anderes nehmen. Weil keines aufzutreiben war, das ähnliche Flecken aufwies, wurden dem neuen Schwein die Flecken aufgeschminkt. Mit dem Effekt, daß die Hunde, die kläffend um das Schwein toben sollten, irritiert um es herumscharwenzelten. Das Wildschwein roch nicht mehr nach Wildschwein, sondern wie ein geschminkter Mensch, und das reizte die Hunde nicht. Womöglich roch das arme Viech wie ein Trupp parfümierter bulgarischer Frauen, und ich wundere mich, daß die Hunde nicht kilometerweit Reißaus nahmen.

Tote Wildschweine und eine Meute aufgeregter Setter und Vorstehhunde sah ich als Kind bei einer Jagd. Den Ausflug hatten wir einer reichen Patientin unseres Vaters zu verdanken. Eingeladen waren wir, bei den von Wefelkrodts das Wochenende zu verbringen – die komplette Degerlocher Kleinsippe, Vater, Mutter, die acht- und sechsjährigen Töchter, der Dackel.

Der hohe eifernde Chor der Hundemeute, da ist er wieder, mühelos aufzurufen im Kopf, dieser jauchzende Lustchor, der von überallher aus dem Wald schallte. Unser Dakkel war völlig außer sich. Er durfte aber nicht mitrennen, sondern mußte vom Vater an der Leine geführt werden.

Befremdlicherweise spazierte auch der Vater im Jägerkleid übers Feld, ein seltsamer Hut mit Pinsel saß auf seinem Kopf. Sogar ein Gewehr war ihm übergeben worden, von dem er nicht wußte, wie es halten. Konnte er überhaupt schießen? Wahrscheinlich nicht. Er war ja nie Soldat gewesen, und in Bulgarien hatte er das Jagen bestimmt nicht gelernt. Wie ein geborener Waidmann sah er jedenfalls nicht damit aus, unser Vater, als er, das geöffnete Gewehr in der linken Armbeuge, rechts von dem an der Leine zerrenden Dackel vorwärts gezogen, im Wald verschwand.

Irgendwann kamen die Männer, Jäger und Forstgehilfen, in Lederzeugen und Lodentuchen dampfend, in Stiefeln schwitzend, Schweißbäche rannen ihnen von den Stirnen und in die Nacken, aus dem Wald zurück, und die abgekämpften, glücklichen Hunde machten sich über ihren Anteil der Beute her. Am Waldsaum war die Strecke ausgebreitet, aus aufgehäufelten Blättern und Ästen ein provisorischer Totenschmuck für die erlegten Tiere bereitet. Da lagen sechzehn Wildschweine, sechzehn struppige Berge mit ihren kollernden Bäuchen, einiges an Rotwild noch, ein Hirsch mit verdrehtem Kopf in seinem Grasbett, als müsse er sich bis in die schräggelegten Geweihspitzen über das ihm Widerfahrene doch sehr wundern, und einige Hasen, hurtige Renner, die es wahrscheinlich mitten im Sprung erwischt hatte.

Meine Schwester und ich waren Ohrenzeuginnen der Hatz, Augenzeuginnen der stattgehabten Durchlöcherung einer Schar Tiere. Wir konnten uns vom Anblick der Strecke nicht losreißen; ich habe die glucksenden Geräusche, die den geblähten Bäuchen entwichen, noch im Ohr. Kollerte das aus eigener Kraft oder weil die Tiere gerade aufgebrochen und ausgeweidet wurden? Ich weiß nicht mehr. Natürlich wurden auch die Jagdhörner geblasen, zu Anfang kurz und hell, dazwischen einzelne Signaltöne, zum Schluß das Halali. All die schwermütigen Rituale der Jägerei, von Generation zu Generation bis in die sechziger Jahre des vorigen Jahrhunderts gerettet, kamen zur Aufführung.

Seltsam war auch das Abendvergnügen. Eine grünliche Tapete, die wahrscheinlich schon mehrere Generationen überdauert hatte, längsgestreift mit Blumen, ihre langen Stiele überkreuz, mit üppig gefüllten Blüten, die von Streifen zu Streifen den Farbton wechselten, mal lachsrosa daraus hervortraten, mal zartrosa darin verschwanden – wenn mich die Erinnerung nicht trügt, umkleidete sie den großen Salon, wo man sich nach dem Essen versammelt hatte, gutgelaunt, rotwangig und beschwipst, eine Gesellschaft, die hauptsächlich aus Adligen und nur wenigen Bürgerlichen bestand. Es wurde Scharade gespielt. In kindlicher Ausgelassenheit gaben sich die Erwachsenen diesem Spiel hin, waren Feuer und Flamme, was uns Kinder sehr verwunderte. Noch mehr befremdete uns, daß sich die großen Jägersleute und ihre Frauen bei so albernen Namen riefen wie Fritzi, Beppi, Püppi, Putzi.

Nahe der Tapete hockten wir befangen auf hochlehnigen, rotgeblümten Stühlen und wurden plötzlich zu kleinen Kopien unserer Mutter. Neben mir, etwa auf Höhe der Knöchel, hatte die Wand ein Loch, die Tapete ringsum war ausgerissen. Ich sah abwechselnd in die Mitte des Raums, sah zur Schwester, sah zur Mutter oder auf das Loch in der Hoffnung, eine Maus würde darin zum Vorschein kommen.

Irrsinnige Hoffnung, ein Tier, das nur ich erwarte, läuft quer durch den Raum, und alle hören auf zu denken, was sie gerade denken. Die Versammlung an ihre Plätze genagelt. Aufruhr dann, Erregung der Männer, Erregung der Frauen, verständige Ruhe der Kinder. Was Vater, was Mutter. Gestatten, Maus. Mir macht sie ihre Aufwartung und holt mich weg in eine Gegend, wo es weder Eltern noch tote Tiere gibt. Kind und Maus sind gelenkig genug, um Hand in Hand durch die Welt zu ziehen.

Traurige Vernunft, die einem die Mutter im rauchgrauen Chanel-Kostüm wieder an die Seite schiebt, reglos dasitzend in ihrer goldgeknöpften Brustwehr.

Bis zu diesem Wochenende hatte unsere Mutter keinen näheren gesellschaftlichen Umgang mit Adligen gehabt. Was sie vom Adel dachte, dürfte, wenn wir uns ausnahmsweise mal in den Mutterkopf hineindenken wollen, kleinbürgerlich romantischer Natur gewesen sein, gleichsam eine Brühe aus Adel und Edel, worin einige giftige Brocken schwammen. Adlige waren auf einem Gipfelhorst geboren mit goldenem Namensschildchen um den Hals, aber sie hatten sich diesen geschenkten Vorzug im nachhinein zu verdienen, indem sie, angehalten durch eine unerbittliche Erziehung, von unten (trieblich gesprochen unten, denn die Natur des Menschen lag in den Augen der Schwaben tief, tief unten) zu ihrem hochgelegenen Anfang wieder emporklettern mußten. Sie hatten zäh, fleißig, ernst und streng zu sein und mußten sich bei Tisch einem zehnmal komplizierteren Reglement unterwerfen, als es bei uns zu Hause üblich war, um als ausgewachsene Adlige dann, Adlige, die den Adelstitel sich verdient hatten, graziös, gewinnend, weise und gütig zu sein. Durften sie überhaupt lachen?

Kein Wunder, daß in diesem gähnenden Abgrund der Menschenunmöglichkeit der gesamte europäische Adel verschwand.

Wie sie sich auf die Schenkel schlugen, wie Jung, Alt und Uralt lachten, bis ihnen Tränen in die Augen schossen – diese ausgelassene Rasselbande im grünen Salon warf souverän über den Haufen, was an Tugenden für sie ersonnen worden war. Die Mutter quittierte es mit Steifheit. Wäre sie schwarzhäuptig gewesen und hätte eine Mantilla mit Spitzenschleier getragen, hätte sie in Fellinis *Casanova* mitwirken können: als eine der mit keiner Wimper zuckenden spanischen Damen, die vor dem obszönen Theatertreiben der salamandrischen, zungenschlängelnden Italiener erstarren. Mutter und Töchter, wir hockten da wie die pietistischen Säulen.

Anders der Vater. Er alberte herum wie ein Schulbub, wurde frei, wie wir ihn nie zuvor erlebt hatten. Als man ihm die Aufgabe übertrug, ein Mauerblümchen vorzustellen, spielte er dieses Blümchen mit einem derart hinreißenden Charme, daß allseits heftig applaudiert wurde, wir drei ausgenommen. Seine Hände bezeichneten pantomimisch die Mauersteine, danach einen Blumentopf mit vielleicht einer Tulpe darin, dann zog er einen Stuhl heran und ließ sich anstelle der Mauer darauf nieder, schloß die Knie, machte unbeholfene Knickbewegungen mit den Beinen, drückte das Fäustchen vor den Mund, seufzte, warf verschämte Blicke nach allen Seiten, kicherte – kurz, er sprudelte vor Vergnügen, als habe er sein Leben lang Scharade gespielt und wolle das morgen schon gerne wieder tun.

Es gab da eine gewisse junge Frau, eine etwas teigige, sehr helle Blonde mit flimmernden Haaren und einer Art von Haut, auf der schon ein leichtes Fassen nach dem Arm rote Flecken hinterläßt; die Frau des Gastgebers.

Wie uns später, sehr viel später, als alle Beteiligten längst tot waren, zugeraunt wurde, soll unser Vater mit dieser Frau eine Affäre unterhalten haben, ja, es soll sogar – jetzt begeben wir uns aber endgültig auf das Gebiet einer verwilderten Balkan-Spekulation, denn dieses Raunen hat uns über Umwege erreicht, nämlich über unsere bulgarische Tante, die Schwester unseres Vaters, die damals hinter dem Eisernen Vorhang lebte und all diese Leute überhaupt nie zu Gesicht bekommen hat; die Tante also will von dem Skandal (einem Skandälchen eher, da solches millionenfach vorkommt) über eine in der Schweiz lebende ehemalige Mitschülerin erfahren haben, die damals mit dem ehrbaren älteren Bruder von Zankoff befreundet gewesen sein soll, und dieser ehrbare Bruder wiederum will von seinem nichtsnutzigen jüngeren Bruder, dem Zuhälter, gehört haben, daß – je nun: ein Kind, ein Sohn, lebe. Und wie es sich für eine echte chronique scandaleuse gehört, soll unser Vater mit der flimmerhaarigen Gastgeberin ihn gezeugt und sie wiederum es listigerweise hingekriegt haben, diesen Sohn ihrem Mann unterzuschieben, ohne daß der (Zankoff zufolge: Trottel) je Verdacht geschöpft habe.

Soll, will, hätte, wäre, wenn. Wir hätten also einen verheimlichten Bruder. Haben wir das?

Natürlich regte es uns auf, als wir davon erfuhren. Da ich als einzige in der Familie einen geschärften Sinn für die wahren Peinlichkeiten des Lebens besitze, fragte ich nach einigen Sekunden eifrigen Nachdenkens: Und? Hat Zankoff was dazu gesagt, ob unser Vater auch den Geburtshelfer spielte?

Verlegenes Zurückzucken der am Tisch Versammelten und keine Antwort.

Die Aufregung legte sich schnell. Wir besannen uns auf die bulgarische Neigung, Gerüchten Glauben zu schenken – todsicheren Wettsystemen, Diätwundern, Verschwörungen, Ufos, astrologischem Abrakadabra – und solches Zeug mit steifem Zeigefinger und hochgeschürzten Augenbrauen zu verbreiten. Wir begnügten uns damit, einmal das Stuttgarter Telefonbuch aufzuschlagen, stellten fest, wie viele von Wefelkrodts es gab, dann schlugen wir das Verzeichnis wieder zu.

So oder so, selbst wenn dieser Bruder mehr als ein Phantom sein sollte, hatten wir kein Recht, nach ihm zu forschen und durch ein Mutmaßungstheater eine fremde Familie aufzuscheuchen.

Was die Geschichte allerdings in die Nähe der Glaubwürdigkeit rückt, ist das steife Verhalten unserer Mutter an jenem Scharadenabend. Daß ihre Vorstellungen vom Adel in Konfrontation mit der Wirklichkeit gerieten, reicht als Grund kaum hin für ihr schweigsam unbewegliches Sitzen, ihre strikte Weigerung, an irgend etwas teilzunehmen. Für gewöhnlich wurde unsere Mutter in unbehaglicher Lage aggressiv, suchte durch launige, flotte Bemerkungen über ihre Unsicherheit hinwegzukommen, trank zuviel und zündete eine Zigarette an der anderen an. Hat sie an diesem Abend überhaupt geraucht? Nicht einmal das, scheint mir, ein sicheres Indiz, daß da ein anderer Wurm an ihr nagte als das bißchen Scharade.

Jetzt sehe ich das Altersgesicht unserer Mutter deutlich vor mir, seit Jahren zum ersten Mal: diese nervöse, mutwillige Maske mit leichtem Silberblick hinter dicken Brillengläsern, umrahmt von einem enormen weißen Haarschopf. Ich sehe die schlanken, sorgfältig manikürten Finger mit den vielen Ringen, Finger, von denen Zigarettenrauch aufsteigt, und alles hinter dem Rauch bleibt geheim, von mir nicht zu entschlüsseln und von meiner Schwester nicht.

Wir sind Teil einer geheimen Familienmaschine, die fortwährend Unglück produziert, der tote Vater schreckt die Kinder, die überlebende Mutter schreckt die Kinder mehr als der tote Vater, meine Schwester schreckt wiederum ihre Kinder, nur ich schrecke niemanden, da ich weniger geheim bin. Zur Strafe höre ich die geheimen Kakerlaken in einem sehr geheimen bulgarischen Hotel und spüre an der Haut, wie die bulgarische Krankheit mich bewimmelt und eine offene Pore sucht, zu der sie hereinkriechen kann.

Geheimniskrämerei und Verschwörung, die Krankheit der Bulgaren! Geschenk der rumorköpfigen Väter, Geschenk der mit hohen Stimmen schwatzenden Mütter an ihre Kinder, seit Jahrhunderten. Von den Verwandten in Sofia bekamen wir immer wieder frische Proben dieser Krankheit geliefert. Am stärksten gerieten ihre nach Komplotten forschenden Hirne in Erregung, wenn es um den Tod unseres Vaters ging.

Eifriges Knacken von Sonnenblumenkernen, rasches Anwachsen der Schalenhäufchen auf ihren Tellern.

Großeltern, Großtanten, Tanten, Onkel, Cousins und Cousinen waren (und sind, sofern sie noch leben) davon überzeugt, unser Vater sei vom bulgarischen Geheimdienst ermordet worden. Die Theorie ist einfach zu schön, um unwahr zu sein. Fest sitzt sie in ihren Köpfen. Man müßte ihnen die Köpfe abreißen, um sie ihnen zu nehmen.

Wenig nützte es, wenn wir die quälend sich hinschleppenden Zeiten seiner Verstörung beschrieben, die beiden Versuche, sich in der Badewanne umzubringen, die dem Erhängen vorausgegangen waren. Es bewirkte nur, daß sich alles Geheimdienstliche für einen Moment verzog, die Verwandten mit den Schultern zuckten, als wäre ihnen von jeher gleichgültig gewesen, wie der Mann zu Tode gekommen war, wobei sie stillschweigend zu einer anderen Lieblingstheorie überwechselten, von der sie uns aus Höflichkeit nicht sprachen, allenfalls indirekt.

Durch entlegene Anspielungen, die wir im Lauf der Jahre zusammensetzen lernten, kamen wir dahinter: *Seine deutsche Frau hat ihn ermordet*, hieß die Kurzfassung von Theorie Nummer zwei. Das Wie und Warum spielte dabei keine Rolle. Die Theorie zog ihre Kraft einzig aus der Unbeliebtheit unserer Mutter. Bei der bulgarischen Familie war sie unbeliebt, weil sie zwei Monate älter war als unser Vater. Damit hatte er eine alte Frau geheiratet, und das war für einen Bulgaren eine Schande.

Eine kindische Mordtheorie. Weil sie so kindisch ist, hegten auch wir sie, unbekümmert um alle Fakten, für eine kurze Weile, als wir noch im Wachsen waren. Zumindest ich hegte sie, von meiner Schwester glaube ich es nur. Ja, auch in unseren Kinderköpfen hatte die Mutter irgendwann irgendwie irgendwomit den Vater umgebracht. Allerdings konnte sich die Phantasie nicht richtig festsetzen; kaum geboren, verkümmerte sie, dorrte, schrumpfte einfach weg, weil die Erfahrung ihr zu wenig Raum ließ. Die Erfahrung hatte uns gelehrt, daß die Mutter zu ohnmächtig war, zu unentschlossen, zu wenig raffiniert und vor allem zu ungeduldig, um einen Mordplan ins Werk zu setzen. Sie kam dafür eindeutig nicht in Frage, unabhängig davon, wie die Antwort auf das verzwickte Problem ausging, ob sie ihren Mann je geliebt hatte, und wenn ja, ob zum Zeitpunkt, da er starb, noch.

Die geduldigen Vaterfinger, die ungeduldigen Mutterfinger. Meine Schwester gleitet mit unheimlich ruhigen Fingern und Zehen durchs Leben, mich befallen immerfort Zuckungen, da ruht nichts, nachts werde ich herumgeworfen, ich aale mich in Mordideen, in treuherzig lispelnder Kinderunschuld natürlich. Mir tönet keine Predigt und keine milde Kinderlehre. Gestatten, Maus. Darf ich Ihnen helfen, Ihre Familie vollends zu erledigen? Das bleibt natürlich geheim, aber es juckt mich, die Schwester wenigstens einmal aus ihrer sagenhaften Ruhe zu reißen. Sie würde höchstens die Stirn runzeln, wenn ich ihr erzählte, vorige Nacht sei ich stundenlang damit beschäftigt gewesen, sie mit Hilfe einer Maus umzubringen. Mit einer Maus? höre ich sie ungläubig fragen, wie sollte das gehen?

Den Bulgaren ist die Pflege geheimer Gehirngeburten eine Lust wie eine Pflicht. Es dauerte daher nur wenige Stunden oder Tage, bis Theorie Nummer eins ihren angestammten Platz wieder okkupiert hatte und die Sonnenblumenkerne in gewohnter Heftigkeit traktiert wurden. Kräftiger war die Theorie in der Zwischenzeit geworden, radikaler, fintenreicher, komplotthafter denn je. Zur Ehre unseres tapferen Rumen sei jedoch erwähnt, daß er diesen Schwachsinn nie geglaubt hat, obwohl er als Nachbarskind, das neben unseren Großeltern wohnte, reichlich damit gefüttert worden war.

Es war ja spannend, dem Geheimdienst dabei zuzusehen, wie er sich in das kleine Haus in der Wurmlingerstraße 14 schlich, in Gestalt zweier unscheinbarer Männer (unscheinbar in einem Grade, daß einem märchenhafte Tarnmäntel in den Sinn kamen), die das Gartentor aufklinkten und es brav wieder hinter sich zumachten, die den Dackel mit Hilfe von Chloroform außer Gefecht setzten (in Unkenntnis seines Charakters hatten die Verwandten einen rabiat kläffenden, zähnefletschenden Verteidiger von Haus und Hof vor Augen; wir verrieten ihnen nicht, daß er Fremde freundlich begrüßte und mit einer Wurst zum Geschenk jeden Finsterling schwanzwedelnd ins Haus geleitet hätte), um dann die Stufen vor der Eingangstür hinaufzusteigen – unbemerkt von uns Kindern, die wir gerade neben dem kleinen Vorbau mit einem blauen, geriffelten Reifen Hula-Hoop übten (ich) und mit einem alten, schlappnetzigen Tennisschläger einen Ball an die Wand schlugen (meine Schwester). Zwei Männer also, die mit wenigen gekonnten geheimdienstlichen Griffen die Haustür öffneten und sie geräuschlos wieder schlossen, um dann im Rücken der

Großmutter, die gerade bei offener Küchentür Spätzle vom Brett in einen Topf schabte, durch die Diele zu huschen, am Schuhschrank und der Garderobe vorbei, huschhusch rechtsum die Treppe hinauf –

Halthalthalt, am Schuhschrank wäre kein Geheimdienstler so mir nichts, dir nichts vorübergehuscht, schon gar nicht ein bulgarischer. Zur Not hätten sie unsere geliebte Spätzle-Großmutter gleich mit umgelegt, nur um sich diesem Schrank widmen zu können.

Unmöglich! Allein der Gedanke läßt mich ins Kissen boxen und auf die andere Seite wechseln. Kommen die Herren vom Gemeinderat? hätte sie in ihrer zutraulichen Art gefragt, ihnen dann zwei Teller mit Spätzle und Braten vorgesetzt, nach deren Genuß auch der wildeste Mann von der Welt die Frau nicht mehr hätte umbringen können, so gut, wie sie kochte, so sanft, wie sie war.

Der Schuhschrank! Ja, da mögen sich die Stirnen der Verwandten ruhig in Falten legen, an den Schrank hatten sie überhaupt nicht gedacht. Ganz einfach, weil niemand von ihnen den je zu Gesicht bekommen hat – außer der bulgarischen Großmutter, die als einzige in den sechziger Jahren eine Reiseerlaubnis erhalten und uns einmal in der Wurmlingerstraße besucht hatte. Und diesem einmeterneunundvierzig hohen, nach Nivea duftenden Hutzelprinzeßchen, das entweder mit sich selbst beschäftigt war oder mit aufgerissenen Uhu-Augen ihren geliebten Sohn verfolgte, ging jedes Beschreibungstalent ab.

Er sah überhaupt nicht aus wie ein Schuhschrank. Er sah aus wie ein Geheimschrank für Diplomaten aus der k. u. k. Zeit. Von einem schwäbischen Tüftler war er als Patentschrank ersonnen worden. Man konnte außen an einer Kurbel drehen, dann öffneten sich acht querformatige Türen, und wenn man jetzt an einem kleineren Rad mit Arretierung drehte und den Hebel in die Kerbe beispielsweise der Ziffer 3 senkte, so hatte man einen Mechanismus in Bewegung gesetzt, der einem das Schuhpaar Numero 3, von der schwäbischen Großmutter blitzblank geputzt und mit hölzernen Spannern versehen, wie auf einer ausgestreckten Zunge durch die geöffnete Klappe entgegenstreckte. Dieser Schrank war der Stolz unseres Vaters, er hatte ihn bei der Mittelstandsnothilfe gekauft, bei der die Leute nach dem Krieg alte Möbel loswurden, die neben den nagelneuen Niedertischen, den Stühlen mit ausgestellten stählernen Spinnenbeinen plötzlich wie Elefanten aussahen. Er war ein Prachtstück, aber für die Diele zu groß.

Von mir aus, lasse ich die Verwandten wissen, die jetzt in ihren Sofioter Kojen liegen und wahrscheinlich schnarchen, ihre nachtwarmen Köpfe in die verschwitzten Kissen gedrückt, während die nebenan schlafende Schwester, da sie meinen Hang zur Drastik kennt und ihn mißbilligt, vorsorglich den Finger hebt, damit ich kein Schimpfwort verwende: von mir aus, ganz wie ihr wollt, ihr hartkiefrigen bulgarischen Kernbeißer, eure Männer sind also auf der Treppe –

Treppe, so eine harmlose, um die Kurve gehende Degerlocher Einfamilienhaustreppe, Familienmieftreppe, die man einmal in der Woche mit dem Staubsauger behandelt, belegt mit einem roten (auch nicht mehr der jüngste) Teppich, und, da kann ich gar nicht hinschauen, ohne Hand anzulegen, an der Kurve liegen sie wieder mal lose herum, die zwei Messingstänglein, die immer aus der Halterung rutschen, Treppe, bei der die vierte und die neunte Stufe knarrt, sofern man sie nicht überspringt –

Aber ja, aber ja, aber ja, eure Geheimdienstmänner sind ordentliche Leute, deshalb schieben sie die Messingstangen dahin zurück, wo sie hingehören, und gewieft, wie sie sind, überspringen sie die zwei knarrenden Stufen, und die Großmutter hört nichts, nichts, nichts, absolut nichts, nicht wie sie im ersten Stock anlangen, den brütenden Vater im Balkonzimmer überfallen, ihm den Mund verstopfen, ihn ins Bad schleppen, das Wasser einlassen, ihm den Kopf unter Wasser halten, ihm die Pulsader aufschneiden, warten, bis er bewußtlos ist, dann leise leise, taps, taps, taps, den Weg rückwärts an allen wieder vorbei nehmen und dabei um ein Haar von der Mutter erwischt werden, die mit Einkäufen beladen aus der Garage kommt.

Ihr lieben Verwandten, bestimmt ist eure Theorie raffiniert genug, um zu erklären, warum dieser Versuch fehlschlug und der zweite auch. Es sei aber ohne weiteres zugegeben, daß der Geheimdienst es beim dritten Versuch einfacher hatte. Ihn in der leeren Praxis an ein Heizungsrohr zu hängen war ein Kinderspiel.

Ein Protobulgare bringt sich nicht um, dies euer liebstes Argument. Und das ganze Gemurkse ersonnen, weil es nicht in eure Köpfe will, daß ihr in eurem ureigenen Familiensumpf ein mürbes Geschöpf herangezüchtet habt, so eine weichliche, selbstische Seelenmolluske, die bei der kleinsten alltäglichen Belastung ins Zittern geriet. Kennt ihr die Geschichte vom Waschbecken? Dem Waschbecken, das in der Praxis aus der Wand zu bröseln begann? Die Mutter entdeckte den Schaden und geriet in eine solche Panik, daß sie ihren Mann sofort nach Davos zum Skifahren schickte, um es heimlich reparieren zu lassen, *weil ihm der Anblick eines aus der Wand brechenden Waschbeckens nicht zugemutet werden konnte.*

Seine Blutsauerei im Badezimmer. Was Wunder, daß sie seinen Töchtern einen Reinlichkeitsfimmel bescherte. In unseren Badezimmern kann man von den Böden, Kacheln und Wannen essen. Ehrenwort, da klebt nirgendwo ein Tropfen Bulgarenblut oder sonst irgendeine Sauerei. Nicht in unseren Badezimmern, das garantieren Ata, Vim, Domestos, Gummihandschuhe und Brillen, die wir extra zum Badezimmerputzen aufsetzen.

Der Vater macht nun schon seit neununddreißig Jahren Gebrauch von der Ewigkeit. Wenn wir ihn hätten rächen sollen, hätte er uns Bescheid gesagt.

Vielleicht – aber dieses Vielleicht und was es ins Denken zieht, ist ein äußerst zaghaftes, ein noch gar nicht logisch durchdachtes, sondern eher in eine Vorform des Denkens gewobenes Durcheinander – vielleicht will sich die Tatsache, daß meine Schwester und ich polnische Putzfrauen beschäftigten, mit denen wir sehr zufrieden waren, obgleich wir ihnen hinterherputzten, indem wir unsere Badezimmer mit Hilfe von Ata, Vim, Domestos und Gummihandschuhen, nicht zu vergessen den Brillen, jeweils doppelt reinigten, und zwar jedesmal heimlich, weil wir unsere Putzfrauen nicht kränken wollten, und daß ferner diese beiden in den Städten Frankfurt und Berlin unabhängig voneinander beschäftigten Polinnen, die keinerlei Verbindung zueinander hielten, ja, wahrscheinlich nie voneinander gehört hatten, in einem Abstand von nur fünf Monaten Selbstmord begingen, und zwar erst die Frankfurterin in Frankfurt und danach die Berlinerin in Krakau, wobei die erreichten Alter der beiden Frauen den Sterbezeitpunkt des Vaters gleichsam flankieren, denn die in Frankfurt Gestorbene war mit ihren zweiundvierzig Jahren ein Jahr jünger als unser Vater zu seinem Todeszeitpunkt, während die in Krakau Gestorbene mit ihren vierundvierzig Jahren ein Jahr älter war – vielleicht wollen sich diese rätselhaften Doppelfälle zu einem väterlichen Wink formen, der –

ja was?

Blödsinn ist. Ein sich ballender und dann wieder auseinanderfahrender Schwarm blödsinniger Gedanken. Jetzt wird aber geschlafen, und zwar schnell, schneller als zum Beispiel das Seilende braucht, um zu verschwinden hinter dem schon in der Wand verschwundenen Vater.

Bundesverdienstkreuz

Es bringt keine Freude, aus dem Fenster zu starren, die Augen werden einem dabei dumm, die Landschaft ist öde, die Straße gerade. Die da vorne sind empörend gut gelaunt, sie zwitschern und kichern und ratschen, möchte wissen wieso, aber nicht mal das regt mich auf. Alles streift mich nur noch von weither.

Keine Sorgen mehr zu schleppen, fader Zustand des Sich-ausgeärgert-Habens, keinerlei Tatendurst, keinen Hügel hinauf, keinen Abhang hinunter, hundemüde. Der Kopf pendelt schlaff auf der Rückenlehne. Ein ausrangierter Kronleuchter mit nur noch einem Licht, das immerwährend brennt, das liebe, treue Familienhaßlicht. Welches aber im Moment höchstens glimmt mangels Energie und bald auszugehen droht wegen zunehmender Schlafesschlappheit.

Wie vermisse ich Tabakoffs Limousine, mit der wir durch fünf Länder fuhren, dieses schlaferzeugende Wundergefährt, darin könnte man mich, wie weiland Raymond Roussel es mit sich hat geschehen lassen, durch die ganze Welt kutschieren, und ich würde schlafen, tagträumen, auf den Lärm horchen und nicht hinausschauen, nicht einmal, wenn ich durch ein belebtes Marktviertel gefahren würde, und sei's das alte Marrakesch zu Hollywoodwunderzeiten; ich würde mich umdrehen und das Geschrei der Händler genießen und weiterschlafen.

Allerdings hatte der schlummernde Roussel (solange sein Geld vorhielt, ein recht heiteres Genie) den extravaganten Nachbau einer Geburtshöhle mitsamt Bett und damastbezogenen Plumeaus für sich allein gehabt. Ein an allen Reiseorten zusammenrennendes Personal sorgte für die Reinheit der Wäsche, für die immer wieder frisch aufgelegten makellosen Gedecke, für Früchte, schön wie Juwelen, und sulzfunkelnde Hühnerschenkel. Ich mußte die Limousine mit der Schwester und einer Tüte Gummibären teilen, die meiste Zeit über mit den Zankoff-Zwillingen, manchmal auch mit Tabakoff. Tabakoff immerhin war kein Geizkragen, er ließ sich nicht lumpen, das heißt, er ließ die Kühlbox der Limousine von Station zu Station mit Champagnerflaschen und anderen noblen Getränken auffüllen. Vom Champagner schütteten die Zankoff-Zwillinge große Mengen in sich hinein. Ich aber nicht. Ich trinke keinen Champagner, trinke überhaupt keinen Alkohol mit Ausnahme von Eierlikör, und diese exzentrische Vorliebe blieb Tabakoff unbekannt, deshalb begnügte ich mich von Zeit zu Zeit mit einem Glas stillen Wassers oder einer Coca-Cola.

Im Prinzip hatte Roussel recht: durch die Welt gefahren werden bei zugezogenen Vorhängen und niemals aussteigen, um sich etwas anzusehen, das sollte man nachahmen. Geht nicht, zu wenig Gold im Säckel aus dem Degerlocher Erbe, auch zu wenig Mut für einen so herrlich schnöseligen Weltverachtungsgestus.

Häßlicher Daihatsu, blödes Plastikgeratter. Jetzt wäre eine Händel-Oper willkommen. Händel führt in andere Gefilde, weg und hoch aus der gewöhnlichen Trübsal, Händel läßt die Finger noch des Unmusikalischsten heimlich mitdirigieren, Händel ist ein erstklassiger Fahrbegleiter, *Giulio Cesare in Egitto*, wie das wogt und webt, mit hundert Köpfen gleichzeitig wackelt, dieses flotte Geigenzickzack, hoch- und runtergefiedelt, eine aufgezwickte kreuzfidele Grillenmusik, genau das Richtige wär's für meine mürbe Birne.

Doch siehe da, das Familienlichtchen glimmt noch. Ein fahles Verlangen nach Vater wabert durchs Fahrzeug. Im Untere-Mittelklasse-Wagen ist kein Platz für eine ausufernde Bühne, aber draußen auf der Wolkenbühne, riesig, erhaben, donnerwettrig wie zu guten alten Olympierzeiten (ich schau' trotzdem nicht hin), wird der drei Zentimeter hohe Vater ausgestellt. Steht da mit hängenden Armen. Bißchen Arztgerümpel um den Hals, der Wichtigtuer. Dieser Vater scheint trotz seiner Winzigkeit etwas zu besitzen, was wir nicht haben, in seinem Besitz hat er so ein erzbedeutendes Hölderlinnotätchen in Sudelschrift, das er jetzt aus der Brusttasche gräbt. *Wird der verwegene, aus den Schranken getretene, sich mit Gott zu messen erkühnende, in seinem Riesenschmerz in und durch sich selbst zermürbte Geist anderswo Licht, Maß und Wahrheit finden und wie?*

Und wie, und wie, keucht der Vater, hustet, krümmt sich, fängt sich wieder und lacht sein lungenloses Lachen, daß man es in allen Himmelsregionen hört. Doch der Olymp ist weit, wenn auch näher als von Tübingen aus, und Zeus ein Gott, der pennt und selbst durch knallige Übersetzungen nicht zum Antwortbrüllen verlockt werden kann.

Wir passieren große Strommasten, soviel kriege ich mit. Vögel auf den Drähten, unbekümmert um den Strom, der unter ihren Krallen durchfegt.

Aus einem der Zankoff-Zwillinge ist ein Energiewirt geworden. Ich habe ungute Vorstellungen, was ein Energiewirt ist, und wollte es lieber nicht genauer erfragen. Kaum langten wir auf dem Degerlocher Waldfriedhof an, wurden wir von den Zankoff-Zwillingen in die Zange genommen. Sie schienen auf uns gewartet zu haben, zumindest der eine, Marco, der Energiewirt. Wir Schwestern bestiegen einen der Wagen und setzten uns in Fahrtrichtung, überließen es dem Zufall, wer sich zu uns gesellen würde, und schon wurde die Türöffnung schwarz von der Zankoff-Masse, das heißt von Marco, der sich seinem Bruder voran in den Wagen zwängte.

Zwei und zwei macht vier, sagte Marco und plumpste auf den Sitz mir gegenüber, einen drehbaren, elektronisch in die verschiedensten Lagen verstellbaren Sitz, den er fachkundig, mit der fingerkrabbelnden Neugier eines Kleinkindes ausprobierte, auf dem er, als er Rückenlehne, Armlehnen, Höhe, Fußteil nach seinen Wünschen eingerichtet und den Sicherheitsgurt angelegt hatte, halb lag, halb saß: ein ausgebreitetes Gebilde (männlich? weiblich? geschlechtslos?), vom Gurt und vom Anzugstoff daran gehindert, über den Sessel zu fließen, ein Gebilde, bei dem die Halswürste aus dem Kragen quollen und in einen hellen Fleischbatzen übergingen, auf dem eine kleine Nase sich nur wenig erhob, während der Blick der tief eingebetteten Augen es mit erstaunlicher Intensität aus dem Fett schaffte.

Gottlob, es gab Platz. Aber mir hatte das Schicksal einen schwätzenden Sack als Gegenüber beschert, der mich nun tagelang verfolgen sollte.

Wer hett' des denkt, sagte er in seinem lauwarmen Vertraulichkeitsschwäbisch und meinte damit das unwahrscheinliche Glück, daß wir uns so spät im Leben wieder begegnet seien. Sogleich drückte er seine Begeisterung aus, daß wir nun volle acht Tage lang unzertrennlich wären.

Wenn ich einen Hundertfünfzig-Kilo-Mann sehe, muß ich sofort an die Schwierigkeiten denken, die das Entsorgen seiner Leiche bereitet. Warum lassen der Lenker der Welt und sein schlagkräftiges Corps der Engel es zu, daß es derart ausgewucherte Leiber gibt?

Er hatte eine schelmische Art, mich als seine Gefangene zu behandeln, indem er mir die gepolsterte Hand aufs Knie legte. Wir saßen in dem Limousinenschlauch fest, und wie nicht anders zu erwarten gewesen war, meine Schwester schien es zu genießen.

Alles, was von Zwillingsforschern für gewöhnlich behauptet wird, straften diese beiden Männer Lügen. Der eine fett, der andere dünn. Trotzdem eineiig. Wenn man genauer hinsah, entdeckte man Ähnlichkeiten, beider Haare von dunklem Blond, sich aufbüschelnd an den Hinterköpfen, die großen Münder, die winzige Warze in der

Kuhle des linken Nasenflügels, ihre Kurzfingrigkeit. Von Wolfi schien das gesamte Fettgerüst, das sein Bruder mit Lust aufgebaut hatte und an dem er mit Liebe weiter baute, wie abgefallen, vielleicht war es ihm auch durch langsames Wegärgern von den Knochen geschmolzen, was voraussetzte, daß er vorher fett gewesen war, wovon wir allerdings nichts wußten. War der eine hinter einer fleischernen Wirklichkeitsfestung verborgen, hatte der andere etwas grundsätzlich Gegürtetes, etwas, das ins Scharfe, Dünne, Spitzige ging. Sein nervöses Gesicht schien von garstigen Gedanken umgetrieben, während ein steiler Hochmut ihm verbot, Blicke an uns zu verschwenden. Als Kinder waren beide dünn gewesen.

Wolfis Redeaufkommen blieb gering. Von ihm war kaum herauszukriegen, was er trieb, wenn er nicht in einer langen Limousine von Stuttgart nach Zürich und von da aus weiter nach Bulgarien fuhr. Er machte keineswegs den Eindruck, als habe er uns seit Kindertagen vermißt. Dem Bruder überließ er das Schwätzen, das Handauflegen mit den Patschepfoten, den lauen Gefühlsdunst, der uns in der Sicherheit wiegen sollte, wir hätten schon immer zusammen im selben Suppentopf gehockt.

Eure Mutter war ja ein sagenhaftes Fraule, enorm tüchtig, sagte Marco, während seine Finger die Kühlbox bekrabbelten, seit wann ist sie denn tot?

Er machte einen Laut dazu, so einen grauenhaften Ton zwischen Pfeifen und Schnalzen, bei dem viel Speichel in Bewegung kam. Ich mußte sofort an *Das Schweigen der Lämmer* denken und sah unsere zur braunen Nachtfalterlarve geschrumpfte Mutter in dem ungeheuerlichen Feuchtmaul verschwinden.

Meine Schwester klärte ihn auf, daß sie zweitausendeins gestorben war. Wolfi schoß daraufhin einen schnellen Blick auf sie ab und schaute sofort wieder weg. Marco hatte den Champagner gefunden, helles Entzücken überrann sein Gesicht. Er befreite den Pfropfen aus seiner Drahthaft, ließ ihn schwach ploppen, goß vier Gläser voll und wollte einfach nicht glauben, daß ich keinen Champagner trank.

Waaas? Das gibt's doch nicht!

Er nötigte mir das Glas fast in die Hand, während ich wie in Kindertagen finster ausweichend auf der Rückbank herumrutschte, ließ einige, wie er glaubte, zweckdienliche Sprüche vom Stapel, die mich lehren sollten, daß ich das Beste, was die Welt zu bieten habe, verpaßte, bis er endlich begriff, daß es zwecklos war, und das mir zugedachte Glas als Reserve auf seiner Seite der Box deponierte.

Durch Berührung der elektronischen Wipptaste ging die Fensterscheibe auf halbe Höhe nieder, es war mir ein zwingendes Bedürfnis, Luft hereinzulassen, zur Not auch die kalte Autobahnluft zwischen Degerloch und Echterdingen.

Die Air Condition funktioniert nur, wenn wir die Fenster geschlossen halten, sagte der Energiewirt und drückte auf die Taste zu seiner Rechten, um das Fenster wieder emporsteigen zu lassen. Ich fühlte Luftstillstand, der mich das Atmen erst unterdrücken und dann hektisch nachholen ließ. In jedem geschlossenen Gehäuse ist mir die Luft widrig, und ich fürchte zu ersticken. Meine Schwester sah schnell zu mir herüber und öffnete verstohlen auf ihrer Seite das Fenster um einen Spalt.

Marco war das Manöver entgangen, Wolfi nicht.

Marco hob sein Glas und bedauerte lebhaft, daß er seine Maus nicht habe mitnehmen können. Im Moment wußten wir nicht, wer gemeint war. Lebte der dicke Mensch tatsächlich in Gemeinschaft mit einer zartwinzigen Spielmaus?

Aber nein. Marco griff in sein Jackett und holte die Brieftasche hervor, ein überstopftes, vielfach zusammenlegbares Ding, dem eine Stecklatte Kreditkarten entfiel. Ihr entnahm er ein Photo: eine kleine Frau mit schiefgelegtem Kopf und tief in die Stirn reichendem Haaransatz lächelte uns verlegen an, als bitte sie um Verzeihung, auf der Welt zu sein und uns Sekunden unserer kostbaren Zeit zu stehlen. Juana, genannt Tita, wie Marco sagte, eine Kolumbianerin, die er während einer Geschäftsreise in den USA kennengelernt hatte.

Sehr nett, sehr schön, wer hätte gedacht, daß du dir eine Kolumbianerin anlachst. Meine Schwester und ich lobten Tita im Chor. Wer uns genau kannte, hätte darunter die feinen Schwingungen der Ironie heraushören können, mit der wir die unglaubliche Tatsache bezüngelten, daß einem so fetten Mann erlaubt war, sich eine Frau zu nehmen.

Glücklich sei er, behauptete Marco, und wie. Er habe genau die Richtige erwischt, so eine Frau finde man nicht alle Tage, eine, die ihm nicht ständig mit irgendwelchen Sachen komme. Das mißlaunige Gesicht von Herta, der Zankoff-Mutter, drängte aus weggedämmerten Zeiten heran, ihre gezerrte, hastige Art zu sprechen erhob sich aus dem Chor der für immer verklungenen Frauenstimmen, eine Art, mit der sie sich überall Gehör verschafft, sich überall eingemengt und niemanden in Ruhe gelassen hatte, schon gar nicht ihre Söhne.

Sein Mäusle sei Gold wert. Sie koche wie eine Eins, bügle wie eine Eins, putze wie eine Eins, und tüchtig sei sie auch sonstwo, wobei er grinsend hinzufügte: Immer Eins A bei der Sache, ihr wißt schon.

Wir hatten unsere Zweifel, schwiegen aber.

Ihr wärt für mich nicht in Frage gekommen, sagte Marco, zwinkerte, kicherte und schlenkerte den Zeigefinger, ihr hattet so was Kratzbürstiges, besonders du (sein Zeigefinger wies auf mich).

Dann zog er zwei Photos mit pummeligen Kleinkindern aus der Brieftasche, Carlos und Nadja. Carlos erst und dann Nadja, jeweils an einen schwarzweiß gefleckten Hund gedrückt. Was für ein zauberhaftes Geschöpf! Neugierige Knopfaugen, zwei mutwillige Falten auf der Stirn, die verrieten, daß er noch jung war, sein linkes Lauschohr, von dem die Härchen in alle Richtungen abstanden, aufgestellt, das andere geknickt. Ein erstklassiger Poseur, ein Spaßmacher von einem Hund, der in einer Show von William Wegman auftreten könnte.

Wir bedauerten sehr, daß es ihn in eine so häßliche Familie verschlagen hatte.

Der Hund ist ja irrsinnig hübsch, sagte ich boshaft. Wie heißt er?

Minty, sagte Marco und steckte die Photos wieder weg.

Zu all dem schwieg Wolfi noch immer, schaute nervös umher, vor allem aber an uns vorbei. Endlich faßte sich meine Schwester ein Herz und fragte, ob er auch verheiratet sei. Wolfi bedachte sie mit einem zweiten schnellen Blick, während Marco für ihn antwortete: I wo! Der doch nicht. Was will der mit einer Ehe.

Ich weiß nicht mehr, wann wir Wolfi endlich so weit hatten, daß er mit uns sprach. Es will mir inzwischen vorkommen, als hätten wir Tage dafür gebraucht. In keiner Weise war ihm anzumerken, in welcher Beziehung er zu seinem Bruder stand, ob er ihn haßte, verachtete, schätzte, liebte, ihm vertraute. Vielleicht gingen alle Gefühle bei ihm durcheinander, oder er hatte gar keine. Daß er Marco das Reden, Organisieren, überhaupt alle erdenklichen Aktivitäten überließ und sich nicht einmal daran störte, wenn der uns sein Leben erklärte, war offensichtlich.

Nach langem Hin und Her stellte sich heraus, Wolfi war früher Lehrer für Sport und Geographie gewesen, und zwar in Heilbronn, inzwischen hatte er den Beruf aber aufgegeben (wir trauten uns nicht zu fragen, wieso), um ältere Herrschaften auf Kreuzfahrten zu begleiten.

Immer unterwegs, der gute Mann, sagte Marco und ließ uns wissen, daß sein Bruder bei älteren Frauen einen Schlag habe; er kümmere sich um sie, betütere sie rund um die Uhr, aber nur, wenn sie ordentlich was auf der Kante hätten. Er lebe davon nicht schlecht.

Wolfi grinste, was den kläglichen Eindruck erweckte,

er tue es unter der Zuchtrute einer Gesichtsrose. Unsere verstörten Blicke bewiesen, daß wir uns nicht mehr auskannten. Welche vermögende Frau legt sich schon freiwillig einen Reisebegleiter zu, der kaum ein Wort redet? Wobei Wolfi die zweideutige Bemerkung seines Bruders nicht weiter kommentierte und schnell zu seiner angespannten Undurchschaubarkeit zurückfand, ganz so, als spräche Marco von einem Menschen, mit dem er nur lose bekannt war.

Mich berannte ein Haufen Bilder und Gedanken von solcher Sinnlosigkeit, daß ich für eine Weile aus dem Fenster starrte. In schneller Folge zuckten Frauen und Männer vor meinem geistigen Auge auf und wieder weg, darunter der alte Zankoff, in penetranter Deutlichkeit seine haarige Brust und der zertrümmerte Karmann Ghia, die Vulgärpsychologie versudelte mein Hirn, Kindertátá fiel drein und machte aus dem alten Zankoff Zanki-Zocki-Zoffi, Klein-Wolfi mußte dem Goldkettchenvater als Kinderhure dienen, ich sah den Zwilling auf Landkarten onanieren und mit Hanteln den Kopf der Mutter zerklopfen, Mutter, Vater, Mutter – war's am Ende die Mutter, die Wolfi jeden erfreulichen Umgang mit Frauen versalzt hatte?

Als hätte er den dicksten Fisch aus dem Strom meiner Gedanken gezogen, sagte Marco: Die Mutti wär' so gern mitgefahren, aber leider ging das ja nicht.

Ich fuhr herum wie gestochen.

Tapfer bekämpfe sie den Krebs mit kaum einem Härle mehr auf dem Kopf, erfuhren wir, was mich in ein wildes Gelächter ausbrechen ließ, hihi haha, mit nur einem Härle noch! Ich sah den gelben Gips ihres Haars zerschellt auf dem Boden liegen, fühlte Schweiß um die Nase ausbrechen und verstummte.

Mein Gegenüber blieb, wie er war, unbeirrbar in einem unheimlichen Grade. Mein Ausbruch hatte nicht die leiseste Irritation bewirkt: Eure Mutti konnte unsre Mutti nicht leiden, sagte er seelenruhig, und unsre eure genausowenig.

Jammerschade, sonst hätten wir uns als Kinder öfter gesehen.

Unsere Mutter benahm sich Herta gegenüber nicht immer fair, sagte meine Schwester mit einem vorwurfsvollen Blick auf mich, es ging mir schon als Kind gegen den Strich, es war mir regelrecht peinlich, wenn sie sich so aufführte.

Weil sie damit ihrer Pflicht noch nicht Genüge getan zu haben glaubte, erkundigte sie sich des langen und breiten nach dem Befinden der Zankoff-Mutter, ja, sie bat Marco sogar, ihr telefonisch Genesungswünsche zu übermitteln, und fragte in gefühlig sanftmütigem Ton, ob denn Chancen zu ihrer Rettung bestünden.

Bundesverdienstkreuz, sagte Wolfi.

Mehr sagte er nicht. Was war dem in die Krone gefahren? Wir verstummten. Meine Schwester pickte nicht vorhandene Flusen von ihrem Rock. Marco leerte das ursprünglich für mich bestimmte Glas und sah aus dem Fenster. Dann zog er Kopfhörer über die Ohren, drehte seinen Sitz in Fahrtrichtung und hörte vermutlich etwas Klassisches, wobei seine rechte Hand locker aus dem Gelenk heraus, mehr hängend und wedelnd als steigend und fallend, mitdirigierte.

Still war's mit einem Mal, die Erregung wurde porös und sackte zusammen. Nur das gleichmäßig warmdunkle Fahrgeräusch war zu hören, beruhigend, wie es sich für eine Beerdigungsfahrt gehört, und selbst wenn wir an einem Lastwagen vorbeizogen, schlug der Lärm von außen nur gedämpft in unsere Kabine herein.

Meine Schwester und ich grübelten bis Zürich, was Wolfi gemeint haben könnte. Im geheimen und ohne, daß wir es wünschten, begann er uns zu beschäftigen. Unsere Gedanken huschten in gegensätzliche Ecken. War der Mann eine einfache oder komplizierte Natur? Eine sachlich gesonnene oder eher phantastische? Intelligent oder dumm? Daß er mit Frauen schäkerte, um ihnen Geld aus der Tasche zu ziehen, gar als Gigolo ihnen diente, war unvorstellbar. Frauen wollen unterhalten sein oder, wenn ein Mann schon unablässig schweigt, wenigstens ein abgründiges philosophisches Genie in ihm vermuten dürfen. Bundesverdienstkreuz? Was sollte das? Hatte er scherzen wollen und das Mutterkreuz gemeint? Oder meine Schwester beleidigen wollen? Wolfi war aber kein Witzbold. Er eignete sich weder zum Unterhalter noch zum philosophischen Illusionsfänger. Etwas Empörtes war ihm ins Gesicht geschrieben, eine Tumultbereitschaft, die nicht zum Ausbruch kam, sondern im kleingefurchten Zickzack seines Faltennetzes verzitterte. Andererseits besaß er durchaus Souveränität. Zumindest, was seine Kleidung anlangte. Er hatte ein weiches, olivgrünes Hemd an, trug dazu einen braunen Anzug, der ebenfalls weich wirkte und je nach Beleuchtung eine leicht gelbliche oder rötliche Aura hatte. Die Schulterpartie war tadellos geschnitten.

Seltsam war die Abneigung, die er augenscheinlich gegen meine Schwester hegte. Daß er mich nicht mochte, war weiter nicht verwunderlich. Die meisten Männer meiden mich. Ich bin daran gewöhnt. Bei meiner Schwester liegt der Fall anders. Sie hat so eine gewisse elastische Art. Passiv, aber nicht lahm. Selbst wenn sie nicht geradewegs in sie verliebt sind, fühlen Männer sich zu ihr hingezogen. Die Zurückhaltung, die sie übt, ihre graziöse Figur, ihr blasses, feines Gesicht, das nichts Herausforderndes hat, das alles verfehlt seine Wirkung nicht. Und dann ist meine Schwester auch schlau. Wenn sie gefallen will, weiß sie Mittel präzis einzusetzen. Sie schöpft aus einem riesigen Reservoir an Männerlob; da sind zartsinnige wie scharfgezielte Sachen darunter, die sie geschickt an den Mann bringt – mit einem Augenaufschlag, worin grüne Sprengsel funkeln und glühen, Augenaufschlag, der aus einer Schmaläugigen eine fast Überäugige macht, während ihre Stimme (Schwesterchen, welcher Teufelspakt hat dir diese Stimme erkauft) zu einem intimen Flüstern heruntergefahren wird, und horch nur, leise, leise – hingehaucht, ausgehaucht, zwiegelispelt wie von der Schlange in Eden – kommt das Lob an den Mann.

Wie sehr sie den Bogen raushat, merkt man aber erst in der Sekunde danach, während der Lobempfänger noch mit seiner Entkräftung ringt und der zerbrechlichen Lage Herr werden muß. Urplötzlich schaltet das durchtriebene Stück wieder auf schmaläugig um und blickt so fremd vor sich hin, als wisse sie gar nicht mehr, mit wem sie es zu tun hat.

Neidisch?

Ja.

Und deshalb übel gelaunt?

Vielleicht.

An Wolfi biß sie sich jedenfalls die Zähne aus. Er ließ es nie so weit kommen, daß da ein Lob hätte angebracht werden können. Wie auch. Hätte sie ihn etwa rühmen sollen, weil er sich die Stirn mit den Fingerspitzen rieb wie ein Kopfwehmann? Wolfi mochte dumm sein wie ein Strohwisch, aber in meiner Achtung stieg er, das merkte ich schon am ersten Abend im Hotel in Zürich, als Tabakoff beim gemeinsamen Abendessen seine Ansprache hielt.

Seinen Kameraden von ehedem, auf ihrer letzten großen Fahrt gäben wir ihnen das Ehrengeleit, sagte Tabakoff. Er sei froh, daß die Stuttgarter Bulgarenkinder sich so zahlreich mit ihm auf den Weg gemacht hätten. Seine Frau sei übrigens auch dabei, das wolle er uns nicht verschweigen. Seine liebe schöne Frau (hier begann er zu schluchzen) – einige von uns hätten sie bestimmt noch in Erinnerung, er selbst habe sie lebhaft in Erinnerung, und der Verlust sei noch immer schwer zu verkraften. Er schaffte es kaum, ihren Namen auszusprechen, seine Schultern zuckten, vor lauter Kummer versagte ihm die Stimme.

Wir saßen da wie gelähmt, weil es uns unmöglich war, den Geschäftsmann Tabakoff mit einem solchen Ausbruch in Verbindung zu bringen. Einzig Wolfi reagierte. Er stand von seinem Platz auf, ging zu Tabakoff, nahm ihn herzlich in die mageren Arme, flößte ihm einen Schluck Wein ein, strich ihm behutsam über die Glatze; und als Tabakoff sich beruhigt hatte, ging der schweigende Wolfi an seinen Platz zurück, als wäre nichts geschehen.

Schumen

Aha, Schumen.

Ich habe nicht aufgepaßt. Wir fahren schon mitten durch Schumen hindurch. Die Straßen gerade, Strommasten aus Beton, Wind weht, Papiere flattern herum, einzelne müde Geher mit schweren Taschen sind unterwegs, Müllkörbe hängen halb losgerissen von ihren Stangen. Ein Ort, den keiner besucht, aber nicht, weil er sich besonders hartnäckig der Entdeckung entzöge. Idioten wie wir kommen hierher oder eingefleischte Ostromantiker, die jedes korrosionszerfressene Blech mit feiner, wisserischer Rührung begrüßen.

Die üblichen verwahrlosten Kästen mit schiefgerosteten Balkonen, langen Pilz- und Rostnasen, mit Röhren, die als krumme Haken von den Wänden wegragen. Triefäugige Nässeflecke um die Fenster; ausnahmslos alle Blöcke befallen von der Gebäudelepra, mit Staatsgeschwulsten, Staatsschrunden schon zur Welt gekommen, hier allerdings noch mit einer triumphalen Besonderheit: die Wohnungen wurden aufeinander*geklebt*. Beim Stapeln der Elemente hat's dicke Klebwülste zwischen ihnen rausgequetscht. Die blieben, wie sie waren. Schönheit? Wozu. Die kommunistische Amtsmaschine nimmt alle Menschen gleichermaßen für blindes Geziefer.

Es geht die Paradestraße entlang, eine breite Geschäftsstraße mit Cafés. Ihr einziger Vorzug besteht darin, daß zwischen den beiden Fahrstreifen eine Reihe krüppelhafter Platanen steht. Wir beschließen, das heißt, die da vorne beschließen, wozu ich nicke, zuerst auf das Plateau hochzufahren, um die Lage zu überschauen.

Schon von weitem kommt das Monstrum in Sicht. Ein riesiger Betonblock auf einem abgeflachten Berg, Block, der etwas von einer aufgeklopften, zerspaltenen Hirnschale hat, aus der oben etwas rausquillt. Es führt eine Straße um den Berg. Spärlicher Nadelwald, in Knieholz übergehend. Wenn wir die Köpfe verdrehen und aus den Fenstern hinaufsehen, droht das Ding von oben.

Rumen stellt den Motor ab. Wir sind allein auf einem Parkplatz, groß wie ein Olympiafeld, mit einer Bude am Rand, davor ein Moped, ein Ständer mit vergilbten Postkarten und zwei dösende Hunde. Der Wind weht kalt und frei, unklar, von wo. Im Inneren der Bude löst Rumen die Eintrittskarten, drei Eintritte für *1300 Jahre Bulgarien*.

Wir stehen vor dem Monument *1300 Jahre Bulgarien*.

‒ ‒
‒ ‒
‒ ‒
‒ ‒

Wortausfall.

Die üblichen Ausweichreflexe verfangen nicht. Wegfliegen müßte man können.

Dreck. Zwingdreck. Kraftdreck. Volkdreck. Was so an Worten beifällt, taugt nicht. Roh, brutal, monströs – ja, das paßt, aber es paßt auf die meisten Denkmale der letzten hundert Jahre, Ost wie West. Gewalttätig, gemein, unmäßig – stimmt alles, aber härter und häßlicher ist dieses Ding. Wüst, abstoßend, ungeschlacht – alles wahr, und doch faßt es das Schlimme nicht. Grober Dreck, mißschaffener Dreck, tückischer Dreck, widerwärtiger, erpresserischer Dreck – ja und nochmals ja, aber mit Worten kann man das Monstrum nicht berennen.

Sorgobesen. Unsere schwäbische Großmutter kehrte früher mit einem Besen, der Sorgobesen hieß, den Gehsteig. Ein himmlischer Sorgobesen müßte her, mit kilometerlangem Stiel und Borsten aus Stahl, der das Plateau reinfegt, damit die Bulgaren wieder frei Umschau halten können, damit sie Urlaub bekommen von ihrer Zwangsgeschichte, damit sie diese Artefakte nie mehr sehen müssen, die ihnen weismachen wollen, ihre Vorfahren wären als Klötze geboren, hätten als Klötze alles abgeschlachtet, was ihnen vor die Hufe kam. Allein der Dauergrimm dieser Figuren!

Warum sie in ihrem zerklüfteten Turm nicht auch noch eine Lautsprecheranlage angebracht haben, um mit Gebrüll und Gekreisch, mit Schwerterkrachen und Getrampel das Land anzuschreien? Oder einen Blutsprudelbrunnen?

Es ist bedrohlich still zwischen den Betonwänden, still wie an einem Unort. Selbst Vögel vermeiden es, den künstlichen Riesenspalt zu durchfliegen.

Was da steht, ist nicht einfach häßlich, es ist böse. Aus der Norm und böse. Man wird in die böse Geburtskluft hineingezwungen, in diese aufgesprungene, aufgeklopfte, aufgezackte Hirnschale, worin die bulgarischen Helden der Vergangenheit – nein, nicht schlummernd in ihren Felswiegen liegen und gemächlich aus dem Stein wachsen, sondern den Beton sprengend herausstürmen und dabei den flohkleinen Menschen zerquetschen, der, aufblickend, gelähmt im Genick, taumelig wie nie mehr bei Trost, sich unter ihren Zehen herumtreibt. Auf zyklopischen Pferden, mit Helmzieren um die Stirnen, betongegossenen, groß und plump wie die Stockwerke eines Plattenbaus.

Sage noch jemand, Arno Breker sei Gigantenhauer gewesen, ach was, Breker hatte sich in Zwergenspielen geübt, in wohlproportionierten obendrein, verglichen mit diesem Kampfzar und seiner Schar Auserwählter.

Ein Sorgobesen her, ein großer für den großen Kehraus. Die Voraussetzung, daß die Bulgaren eines Tages wieder guter Dinge werden können, daß ihr verwüstetes Land wieder ein Maß findet und der Väterspuk bleibt, wo er hingehört: im Luftigen. Lieber keinen Existenzgrund in der Geschichte besitzen als einen so fatal zurechtgehauenen.

Rumen ist erregt, das sieht man ihm an. Hunderterlei Erklärungen liegen ihm auf der Zunge. Seine Wangen zucken.

Er fährt sich durch die Haare, raucht, schüttelt das Handgelenk mit der umgeschnallten Uhr, wendet sich raschen Schritts dahin und dorthin. Mit meinem Widerstand hat er sicher gerechnet, aber daß sich meine Schwester nun abwendet, und zwar viel radikaler, als ich es je könnte, darauf war er nicht vorbereitet. Seine Angehimmelte, diese durch und durch hermetische Frau, setzt jetzt ihre Hauptwaffe ein. Sie ist nicht mehr anwesend. Wer immer da vor uns hergeht in der dunkelgrünen Cordjacke mit dem braunen Kragen, sie ist es nicht. Kein Wort entfährt dem Mund, keine Geste verrät, was dieses Wesen denkt. Da geht ein Niemand durch das Monstrum hindurch, und nur die über die Schulter gehängte Tasche, wildlederbraun, verströmt etwas Leben. Da wandelt ein Scheinleib, will nichts, empfängt nichts, legt nicht einmal den Kopf in den Nacken, um zu sehen, sondern setzt sich auf einen Stein und sieht, wenn man das denn als Sehen bezeichnen will, auf die Stadt hinunter. Es besteht keine Verbindung mit mir, mit Rumen noch weniger. Meine Schwester, oder wer immer das ist, scheint uns nicht mehr zu kennen.

Rumens verzweiflungsvolle Versuche anzuknüpfen erregen mein Mitleid. Ob wir die Mosaiken genauer betrachtet hätten? Das Gold? Da habe man Elemente der Ikonentradition aufgegriffen und verarbeitet, auch Muster von liturgischen Gewändern künstlerisch umgedeutet.

Damit er sich weniger ängstigt und sich an seinem Ärger festhalten kann, widerspreche ich in gewohnter Weise, wenn auch im Tonfall etwas schlapp: Ja, die sind besonders scheußlich, man sollte den Bulgaren das Mosaikenlegen ein für allemal verbieten. Sie können es einfach nicht.

Wir hätten ja keine Ahnung, wirft Rumens Stimme, die inzwischen zittert wie der ganze Mann, uns vor. Immerhin, immerhin, das sei doch bemerkenswert, mehr als bemerkenswert, er finde im Moment nicht die rechten Worte dafür, weil das – das müßten selbst wir anerkennen, obwohl uns der Kommunismus ja egal sein könne, daß die Kommunistische Partei nämlich, die habe mit diesem Denkmal, und zwar 1981 – 1981! Im Jubiläumsjahr! –, an die bulgarische Geschichte erinnern wollen, und eben nicht nur an die kommunistische bulgarische Geschichte, wie sonst allgemein üblich, sondern an die christliche bulgarische Geschichte, ja, an die christliche Missionsgeschichte, an Kyrill und Method, diese hochwichtigen Mönche, die das Christentum nach Bulgarien gebracht hätten, und an den Zaren Boris, Boris I., der als erster bulgarischer Khan sich habe taufen lassen. Sie alle, und noch viele mehr, natürlich auch Freiheitskämpfer gegen die Osmanen, die seien hier gemeinsam vertreten, und das bedeute den Bulgaren viel und sei durchaus etwas Besonderes. Außerdem, setzt er mit einer Stimme hinzu, die ihm ganz und gar nicht mehr gehorcht, und das klingt jetzt überhaupt nicht mehr nach Rumen, nicht nach dem Rumen, den wir kennen, sondern nach einem kleinwinzigen Kinderrumen: über Ästhetik lasse sich schließlich streiten.

Rumen sieht mich an, er verblinzelt die Tränen, die sich ihm in die Augen gesetzt haben. Ich sage einstweilen nichts, schaue ihn aber freier als sonst an, um ihm zu zeigen, daß ich nicht vergessen habe, daß es ihn gibt.

Meine Schwester hingegen scheint wieder aufgewacht. Was immer sie dem Belebten zurückgewonnen haben mag, Rumens Erklärungen können es nicht gewesen sein. Sie beachtet ihn weiter nicht, sondern ein Fläumchen, so ein nicht recht blaues, nicht recht graues, nicht recht weißes Federchen, das sie sich aus der Luft gegriffen hat und nun in allen Einzelheiten betrachtet, indem sie es in die linke Handhöhlung legt und mit dem Zeigefinger der Rechten sacht darüber hinstreicht, als müsse sie es glätten und zur Ruhe legen, indem sie dann aber wieder einen anderen Plan faßt, seinen zarten Kiel zwischen Daumen und Zeigefinger nimmt und sich hingebungsvoll in den Anblick vertieft, wie der Wind das Fläumchen auf der einen Seite drückt, auf der anderen Seite bauscht.

Armer Rumen. Aus und futsch. Die sittliche Erneuerung Bulgariens. Seine märchenhaften Kräfte. Aus einem Mann, der diese märchenhaften Kräfte repräsentiert, ist im Hand-umdrehen ein alberner Bulgare geworden, nichts weiter als ein alberner Bulgare.

Knackende Flügel

Stumm fuhren wir wieder weg, in ein Café, in das zu gehen wir bei der Herfahrt beschlossen hatten. Stumm schlichen wir die Kurven des Berges hinunter und schauten in das tote Knieholz, ein jeder von uns anders schweigsam und anders verlassen.

Jetzt sitzen wir im Zeichen des Kummers enger beisammen, unser gemeinsamer Kummer steht im höchsten Flor. Kummerkristalle blühen an Stelle von Schweiß auf unseren Stirnen. Rumen raucht schweigend, ich prüfe schweigend meine Hände, als wären es Teile, einer fremden Person gehörig, meine Schwester ist nur notdürftig bei uns und sieht ins Ungefähre. Keiner von uns wendet nach einem anderen den Kopf.

Glanzkarten aus Karton, groß wie Bilderbücher für kleine Kinder, liegen aus, die Photos haben einen Rotstich, was es gibt, ist auch auf Englisch vermerkt, Pizza und Chicken Nuggets, Seite für Seite, immer fort und fort solchen Kram, doch gottlob, ich bin gerettet, es gibt den Salat mit Schafskäse, den ich andauernd esse. Als Besonderheit scheint er hier durch eine Nudelmaschine gepreßt zu werden; das Photo zeigt ein Gewirr weißer Würmer über den Gurken- und Tomatenstücken. Wir bestellen, und siehe da, meine Schwester öffnet den Mund: Pizza Margherita.

Und zum Beweis, daß sie ein Mensch ist, der um die Pflicht weiß, daß ein Mensch mit Menschen sprechen muß, gleich noch einmal: Pizza Margherita.

Nicht weit von uns steht eine Telefonzelle mit herausgerissener Tür, eine Schnur hängt vom Telefonkasten herab, an deren Ende sich kein Hörer mehr befindet. Zwei alte Frauen mit schwarzen Kopftüchern und Taschen groß wie Markttaschen sitzen regungslos auf einer Bank, ihre Unterschenkel über Kreuz.

Wenn wir so wenig reden, üben wir vielleicht im geheimen eine Art von Askese. Ich kann aber nicht erkennen, daß sie zu jener Geräumigkeit der Seele führt, wie sie die Meister der Askese beschreiben – ein gelöster, gleichsam in tausend Öltröpfchen zerschwebender Balsam, jedes einzelne Tröpfchen schillernd von Gotteslob und Gottesgnade, fülle die geräumige Seele und erzeuge eine zarte Drift.

Ich finde nichts Zartes oder Schwebendes in mir, fühle mich randvoll ausgegossen mit Beton. Die Hörner des Hochmuts müßten erst zerbrochen werden, sagen die Meister der Askese, das sei die Voraussetzung für eine durchgreifende Freiräumung der Seele.

Zwar sind meine Hörner des Hochmuts gerade zerbrochen, aber es ist nichts Gottgefälliges an ihre Stelle getreten, nur der Betonkummer, der sich vom Magen her im ganzen Körper ausgebreitet hat und eigentlich zu groß ist für einen Menschenleib, bequem unterzubringen nur in einem Elefanten. Selten greift mich solcher Kummer tagsüber an. Normalerweise überfällt er mich mitten in der Nacht. Ich erwache an ihm, bin umzingelt von ihm, bin einem regelrechten Kummerfluch unterworfen, der mir beharrlich zu wissen gibt: besser, du wärest nie geboren.

Wir hocken auf Plastikstühlen um einen schmierigen Plastiktisch, über uns ein Fanta-Schirm. Wer uns so sieht, muß denken: kein schöner Anblick, diese Leute sind verloren, sie sind untröstlich, jeder hockt für sich, und alle drei sind Scheintote, die jeweils in verschieden toten Fluren wohnen.

Die Malflächen der Ikonen wurden mit Hasenhautleim abgebunden, sage ich. Ein schüchterner Versuch, durch die

Abgeschiedenheit zu dringen: Weiß jemand, ob Hasenhautleim heute noch hergestellt wird?

Rumen schweigt, möglich, daß er *Hasenhautleim* nicht verstanden hat, meine Schwester blickt nicht einmal auf. Ich erleide einen Kleinmutanfall, der mich ins Schwätzen bringt, so eine komische Tuerei im Kleide der Wissensgier: Das Jahr des Heils, als Boris I. sich zum Christentum bekehrte (wie eifrig die betuliche Streberstimme, wie eifrig der von einem zum andern sich wendende Kopf mit dem wippenden Haar) – man nennt es in Bulgarien wohl das Jahr des Heils (ach was, ein anderes Wort drängelt sich nach vorn und will raus: *Strauchtomate*, man nennt es wohl das Jahr der Strauchtomate) – weil es der Anfang von allem war, oder etwa nicht? Also, wann war das denn genau? War Bulgarien nicht eigentlich ein Spätzünder in Sachen Christentum? (Ja, du Strauchtomate, für diesen Stuß hättest du eine Ohrfeige verdient.)

1981 minus dreizehnhundert.

Das war Rumen. Er schnipst die Asche von seiner Zigarette.

Meine Schwester hebt den Kopf und nimmt Stimmfühlung auf. Sie kann sogar wieder ganze Sätze sagen, wenn auch nur zu mir und nicht zu Rumen. Von Boris wisse man, daß er seinen ältesten Sohn habe blenden lassen, den, der ursprünglich zum Thronfolger bestimmt gewesen sei. Scheußlich, was? Den eigenen Sohn blenden lassen?

Scheußlich, von mir aus, sagt Rumen (separat zu mir). Aber der Sohn wollte alles verderben. Wollte zurück zum Heidentum. Heidentum, alles wie gehabt. Konnte Boris nicht zulassen. Der eigene Sohn zerstört das Werk des Vaters. Jüngerer Sohn war der bessere Sohn, so was gibt's. Jüngerer Sohn, besserer Sohn. Kommt schon in der Bibel vor. Ich auch – jüngerer Sohn. Besser für die Thronfolge. So blieb Bulgarien christlich.

Er spricht seltsam abgehackt, er ist noch nicht wieder

unser alter, leutseliger Rumen, sondern ein Mann, der seine Gekränktheit hinter einer rauhen Stimme verbirgt.

Ich erfahre plötzlich einen Glücksschub, eine Lüpfung. Während die Kellnerin uns das Essen bringt, überkommt mich wieder ein Mitteilungsdrang, der mich nervös mit dem Besteck herumfuchteln läßt: Wißt ihr eigentlich, was man sich vom bulgarischen Himmel erzählt? (Die Zinken der Gabel weisen zuckend nach oben.) Schon bei der Herfahrt ist es mir durch den Kopf gegangen. Denkt euch den bulgarischen Himmel als einen von den Erdumrissen des Landes ausgehenden, sich in den Luftraum ausbreitenden Trichter (das Messer zeichnet ein irres Kritzkratz auf den Tisch). Denkt euch hoch hinauf, sehr hoch, wo eure Augen nicht hinreichen, genügend weit weg vom Elend des Landes, wo Bulgarien nicht mehr nach Bulgarien riecht, wo nichts mehr an den nassen Fuchsmief erinnert, gemixt mit dem Stank von WC-Steinen und billigen Rasierwassern – hoch oben in reiner Luft (ich will mit dem Kopf immer höher hinauf, halte dabei die Augen geschlossen und atme tief durch) – da knackt's und knirscht's, hört ihr? – immerzu – Knacken und Knirschen, weil die Engel mit ihren großen Flügeln eng nebeneinanderstehen – der ganze Himmel stopfvoll mit Engeln, wovon sich Chöre erheben, Chöre sich setzen, Chöre entkräftet nach unten zu liegen kommen, und unaufhörlich geraten ihre großen Flügel durcheinander, verfitzen sich ineinander, der ganze bulgarische Himmel ist voller goldflammender Flügel, die knacken und knirschen, man hört das Geräusch sogar durch den Lobgesang hindurch, der natürlich ebenso unaufhörlich ertönt, da immer einige Chöre am Singen sind.

Ich lege das Besteck nieder und nehme einen Schluck Wasser.

Es gibt auch ein mexikanisches Flügelwunder, vielleicht habt ihr davon gehört. Im Grunde sieht es in der Sierra Madre nicht viel anders aus, wenn dort der Monarchfalter überwintert. Die hochgelegenen Täler voll mit Millionen und Abermillionen von Faltern, eine orangefarbene, schwarzgeäderte Flügelmasse. Weiße Punkte dazwischen, Abermillionen weißer Flimmerpunkte, immer sachte in Bewegung. Die Äste, die Baumstämme, die bemoosten Böden, alles dicht an dicht bebüschelt, die Falter hocken sogar auf Farnwedeln, hin und wieder flattern sie träge auf, um die Mittagszeit, wenn der Sonnenschein ihre Lebensgeister weckt. Aber weshalb so viele Engel im bulgarischen Himmel? Na, was denkt ihr?

Ich lege eine Kunstpause ein, während deren mich Rumen mit zusammengezogenen Brauen anstarrt.

Weil sich die Bulgaren so intensiv um die Verbreitung des Christentums gemüht haben, daß ein Engelgeschwader nach dem anderen in den bulgarischen Himmelsraum verlegt wurde, um den Kampf von oben her zu unterstützen, quasi durch eine Sängerschlacht!

Iß bitte deinen Engelsalat und sei eine Weile still, sagt meine Schwester.

Rumen hat mich die ganze Zeit über angesehen, als hätte ich einen Dachschaden. Meine Schwester hat sich nicht vom Zerschneiden ihrer Pizza abhalten lassen, sie klärt Rumen über meinen Zustand auf.

So was kommt bei ihr mindestens einmal die Woche vor, es hat weiter nichts zu bedeuten, man muß einfach warten, bis es vorbei ist.

Ich gehorche, stochere im Salat und sage vorläufig kein Wort mehr. Durchaus im Recht ist meine Schwester mit der Beschreibung meines Zustandes, aber die wahren Gründe für mein Verhalten kennt sie nicht. Aus gedrückter Lage komme ich nur heraus, wenn ich alles verleugne, was mich umgibt. Die einfachste Methode ist, geistig zu entweichen, und zwar geradewegs empor, stracks hinauf in den Himmel. Die erstbeste aufgelesene Geschichte kommt dann gerade recht, ich schnappe mir das erstbeste Wort, das nicht von Häßlichkeit und Schmutz verseucht ist, es rettet mich, ich klammere mich daran und schwätze um mein Leben.

Wenn ich als Kind allein mit dem Vater im Zimmer war und er in seiner brütenden, zusammengesackten Haltung vor mir hockte, kam eine gesteigerte Geschäftigkeit über mich, ich fing wie verrückt an zu plappern und zu trällern und auf einem Bein zu hüpfen, als hinge alles davon ab, einen Shirley-Temple-Wettbewerb des Frohsinns zu gewinnen. Papa! Papa! Schau mal, wie ein Frosch macht! Schau mal, wie eine Amsel fliegt! Nun, heute sind es nicht mehr Frösche und Amseln, heute sind es die christlichen Konstrukteure, mit deren Hilfe ich entweiche in einen konsequent durchorganisierten Himmel, einen schwäbischen Ingenieurhimmel, sauber, ordentlich, ein jeder Engel an seinem Platz, mit einer schlau eingebauten Chaoskomponente allerdings, damit es nicht fad wird, denn dieser Himmel ist übervoll, er quillt über von singenden, lobpreisenden, hin und her flitzenden Engeln.

Obwohl wir beim Kaffee entspannter zusammensitzen, ist noch nicht wieder alles gut. Wir beschließen, uns für zwei Stunden zu trennen und die Stadt jeweils allein zu erkunden.

Bestimmt wäre es das beste, in die Tombul-Moschee zu gehen, wahrscheinlich das einzige Bauwerk, das in Schumen eine Besichtigung lohnt. Ich fürchte aber, einer von den anderen könnte auf dieselbe Idee gekommen sein, deshalb streune ich nur in den deprimierenden Nebenstraßen herum – aufgebrochene Bürgersteige und kein Durchkommen, weil niemand die Autobesitzer hindert, bis an die Hauswände heranzuparken. Grindiger Beton, Müll, Rost, Krimskrams, ein Katzenkadaver, so ein dreckiges, gehudeltes Fellhäufchen, sehr für sich, und kein Totenlicht brennt neben ihm. Bessere Aussicht weiter hinten? Immerhin, jemand mit Scheuerlappen und Eimer. Ich kehre trotzdem um und bin gleich wieder auf der Hauptstraße, da ist noch Platz auf einer Bank.

Dort halten die armen Leute Wache, auseinandergerückt und verschlossen, Männer in sterchen Kunstlederjacken mit schweren, roten Händen, Frauen, meist schwarz gekleidet, mit großen Taschen vor den Bäuchen, beide Geschlechter auf die Bänke gehext als stumme Zeugen des allgemeinen Unglücks. Ein Mann produziert Schleim, ist aber so höflich, ihn in seinem Taschentuch verschwinden zu lassen. Wir sind hier nicht in einer Komödie, zum Lachen ist kein Anlaß, alle Leute wirken wie Leute, die sich selbst als Gestrandete sehen. Ihre Hoffnungen sind eingeschrumpft, versiegt ist der sprudelwarme Quell der Jugend, als der Sozialismus noch knackig wirkte und sich die Komsomolzenblusen während der Paraden blähten.

Von weit her Händlerrufe, die uns nichts angehen. Die Leute beachten mich weiter nicht und lassen sich ruhig bestaunen.

Zierliche Mädchen schlendern vorüber, manche hübsch, alle erbärmlich angezogen. Aus dem allgemeinen Ramsch haben sie sich die nuttigsten Fetzen gegriffen. Gehen Männer an ihrer Seite, so sind es die Ringertypen mit öligem Haar und Pferdeschwanz, bis unters Kinn tätowiert, so breit wie hoch. Offenbar haben beide Geschlechter nur jeweils einen Code zur Verfügung. Die Frauen signalisieren: wir sind Huren, die Männer: wir sind brutal. Während der gesamten Reise ist uns noch keine einzige elegante Frau begegnet und kein einziger Mann in einem gut geschnittenen Anzug.

Gegenüber sitzt ein altes Paar, er groß, sie klein. Wahrscheinlich sind sie schon eine Ewigkeit zusammen, es gibt nichts mehr zu reden. Genau wie bei unseren Großeltern, nur daß der Großvater mit seinem stahlgrauen und später weißen Haar besser aussah und der Kontrast zwischen großem Mann und kleiner Frau noch auffälliger war. Unser Großvater war nämlich sehr groß, die Großmutter neben ihm winzig.

Die Großmutter lernten wir Anfang der sechziger Jahre

kennen. Die Begegnung fand am Gartentor unseres Hauses in Degerloch statt. Es hätte krummer nicht laufen können. Sie war alt und durfte reisen, allerdings nicht mit ihrem Mann. Zum ersten Mal war es einem bulgarischen Familienmitglied gelungen, den Eisernen Vorhang hinter sich zu lassen. Entsprechend nervös waren wir alle, besonders unser Vater.

Ein siebenjähriges Kind war ich, Feuer und Flamme für den unbekannten Gast. Ich erwartete eine ähnlich wunderbare Großmutter, wie die schwäbische eine war, natürlich eine Spur exotischer, feenhafter, vielleicht jünger? Auch der Name der bulgarischen Großmutter klang verlockend: *Nadja* – so ein heller Zaubername für ein flinkes, seidenraschelndes Tuschelgeschöpf. Schon seit Monaten wollte ich unbedingt ihren Namen annehmen und meinen eigenen loswerden. Für die Prozedur sparte ich Geld.

Entsetzlich! Eine kinderkleine, in einen absurden wollenen Umhang gewickelte Alte, der unser Vater gerade beim Aussteigen geholfen hatte, trippelte auf mich zu. Gellend klangen mir ihre Schreie in den Ohren, während sie mich an sich preßte und küßte. Am schlimmsten war der Geruch: Rosenöl, Kampfer, Verwesung, Pygmäenwurz.

Eine wahre Abneigung wird blitzartig gefaßt. Sie brennt sich ein wie ein Mal, bei jeder neuen Begegnung steht das Mal wieder in Flammen. Daran konnten auch ihre riesigen schwarzen Augen nichts ändern, mit denen sie mich flehentlich ansah. Sobald die Großmutter in meine Nähe kam, verdrückte ich mich oder rannte weg. Obwohl ihr Geruch im Lauf der nächsten Tage anders wurde – sie entwickelte den Tick, sich jede halbe Stunde mit Nivea einzucremen, und schleppte die blaue Dose immer mit sich herum; niveariechig das ganze Haus alsbald, als läge in jedem Zimmer ein Pfund davon offen herum.

Meine Schwester konnte die neue Großmutter so wenig leiden wie ich, aber sie rannte vor den Liebkosungen nicht davon, sondern ertrug sie mit verzerrtem Gesicht. Vom Wunsch, Nadja zu heißen, war nur noch das Geld übrig. Ich kaufte einen Frosch.

Ein glückliches Paar

Die gestorbenen Bulgaren, die wir in unserem Troß mitführten, passen nicht recht zu den Bulgaren von heute. Schon gar nicht passen sie zu denen, die hier auf den Bänken herumsitzen. Sehr für sich bleiben auch die vielen Figuren, die in den Geschichten der Bulgarienfahrer während der Reise aufkreuzten. Wie ein Schwarm Mücken umflogen sie unsere Köpfe auf der großen Fahrt; sie begleiteten uns von Zürich nach Mailand, von Mailand nach Ancona, von Ancona über das Meer nach Igoumenitsa, und von Igoumenitsa auf dem Landweg bis nach Sofia.

Rechnen wir mal nach. Von den vierzig leibhaftigen Bulgarienfahrern hatte jeder im Schnitt vielleicht fünfzehn Geistleute um seinen Kopf zirkulieren, das mochten selbst erinnerte oder vom Hörensagen erinnerte sein, also grob gerechnet sechshundert tote, aber mit einiger Schwungkraft um uns kreisende Begleitpersonen, darunter etwa hundert beharrliche Flieger, der Rest drehte nur wenige Runden, war schneller wieder verloren als gekommen.

So flüchtig sich dieser Schwarm mal mehr in der Nähe, mal in der Ferne hielt, so stereotyp war das Dekor, aus dem die Erinnerten hervorgingen, um sich mit Hilfe der Wörter, mit denen wir sie drapierten, eine Weile zu behaupten. Es gab im Grunde nur drei oder vier Varianten.

Das Fischerdorf. Netze und Boote und weinüberrankte Innenhöfe gehören zu diesem Tableau. Das Meer ist blau. Ein schläfriger Wasserfriede aus Sonne, Meer, Fisch, Wein, Schatten breitet sich über die Verwandten. Sie liegen nicht wie moderne Sommerfrischler halbnackt am Strand. Allenfalls die Schuhe und Strümpfe werden ausgezogen und die Hemdsärmel aufgekrempelt. Die Frauen patschen mit bloßen Füßen im Wasser, ihre ballonhaft geblähten Röcke unter den Knien festhaltend. Schwimmen können sie nicht. Ebensowenig die Männer.

Auf dem Lande. Hier ist es glutheiß. Die Leute schaffen und reiben sich mit weißen Tüchern den Schweiß von den Stirnen, stopfen sich die Tücher unter ihre Hüte oder ihre Hauben. Mais, Sonnenblumen, Hühner, Ziegen, Schafe, Esel. Kinder wuseln herum. Die Tomaten sind nahe am Explodieren. Die schwarzen Oliven glänzen. Sie werden mit der Messerspitze aufgespießt. Der Schafskäse krümelt nicht. Er ist glatt, feucht, feinporig, frisch, er leuchtet in lammhafter Unschuld, ist weder versalzen noch verwässert. Seine Substanz ist überirdisch. Kein Schafskäse der Gegenwart reicht an ihn heran. Sicher, Koljo Wuteff verkaufte an seinem Stand in der Stuttgarter Markthalle den besten Schafskäse, der in der Bundesrepublik zu kriegen war, aber die Differenz zum mythischen Original war groß.

Nicht zu vergessen die Stadtwohnungsvariante. Sie spielt im Sommer in verdunkelten Wohnungen mit üppigen Vorhängen, wo die Männer, Hüter einer bürgerlichen Existenz, hinter bedeutenden Schreibtischen hocken. Die Männer tragen reichbestickte Samtröcke, einige wenige, die der osmanischen Tradition treu geblieben sind, haben einen Filzkegel mit Quaste auf dem Kopf. Samtportieren über den Türen. Orientalische Teppiche auf den Böden. Manchmal, heimlich, stiehlt sich so ein Hüter der Familie in die Wohnung einer Kokotte und verursacht einen Skandal.

Als sadistische Dreingabe folgt die berühmte Greuelgeschichte von Alexander Stamboliski, dem unglücklichen Premierminister, der 1923 von einer undurchsichtigen Clique aus Militärleuten, Freimaurern und Mazedoniern ermordet wurde. Kopf abgeschlagen und in einer Keksdose nach Sofia geschickt. Hände, die den *Schandvertrag von Nisch* unterzeichnet hatten, abgehackt und verscharrt. Natürlich war einer der schimärischen Verwandten dabeigewesen, just als der Deckel von der Dose abgehoben wurde, und zwar der sagenhaft gefährliche und sagenhaft bärtige Großonkel von Iwan Nedewski, unserem sanftmütigen, dicklichen Autohändler vom Olgaeck, dessen Wangen so zart und rosa schimmerten wie die Backen eines Pfirsichs.

Wild sind die Bulgaren in ihrer Phantasie. Jahrhundertelang wollen sie wilder gekämpft haben als alle Balkanvölker zusammen. Ihr Phantasieorganismus kümmert sich nicht um Zahlen und Wahrscheinlichkeit. Liest man genauer nach, stellt sich heraus, sie haben beharrlich gegärtnert und Handel getrieben (was sie sympathisch macht, aber gerade das ist ihnen selbst eher unsympathisch). Die Turbulenzen der jüngeren Geschichte halten sie von ihrer Phantasie fern.

Es fehlen: die deutsche Wehrmacht und die SS.

Es fehlt: die russische Armee.

Es fehlt: die Zerstörung des Landes, der Städte und der Dörfer durch das Sowjetsystem.

Die letzten siebzig Jahre scheinen sich für phantastische Ausschmückungen wenig zu eignen. Bulgarien, wie es ist, kommt in den Köpfen der Bulgaren kaum vor. Nur ihre Leiber sind darin gefangen.

Als hätte die Vorstellung des zerrauften, geknickten Bulgarien mich für immer gelähmt, so kraftlos sitze ich auf der Bank. Was will ich denn überhaupt hier? Es weht ja immer noch ein unangenehmer, nicht kalter, nicht warmer Wind. Wie schwierig alles erscheint, nur das Unglück der Bulgaren scheint unwiderleglich, selbst wenn die Bulgaren in den seltenen Momenten, da sie aufwachen, von ihrem Glück faseln wie Trunkene.

Das Glück der Großeltern ist so ein schwindelerregender Fall.

Sie galten als glückliches Paar. Philemon und Baucis auf einer Parkbank im Doktorgarten, Tauben fütternd, puttputt, tschiep-tschiep, schaut her, ihr unglücklichen Paare auf der ganzen Welt, wie sich Nadja und Lubomir an den

Staubbädern der Spatzen weiden, über ihren Scheiteln die funzelnden Sparlichter genügsamer Greise. Mit großer Zähigkeit hielt die bulgarische Familie an dieser Legende fest, bekräftigte sie immer wieder mit der Formel vom *mustergültig glücklichen Paar*.

Rumen hatte unseren Großvater zum Paten, er kannte die Großeltern von klein auf und verbrachte unzählige Nachmittage bei ihnen, bis seine Familie in einen anderen Stadtteil zog. Ihm haben wir es zu verdanken, daß wir allmählich mit einer anderen Version bekannt wurden. In Stücken rückte er damit heraus, was ihn einige Überwindung kostete.

Seltsam waren sie nämlich, selbst in den Augen eines pietätvollen Bulgaren, der aus empfindsamen Landesgefühlen heraus gewisse Dinge ungern an Frauen aus dem Ausland verrät, schon gar nicht an eine böse wie mich.

Seltsam, sehr seltsam sogar. Die Großeltern wohnten damals in Sofia, in einem der in den sechziger Jahren hochgezogenen Wohnkomplexe am Boulevard Lenin, oben im siebten Stock. Unten auf der sechsspurigen Bahn floß der Verkehr, oben unter dem Dach, brüllheiß im Sommer, in einer winzigen Zweizimmerwohnung, hockten die Großeltern. Auf dem umlaufenden Balkon hoppelten Kaninchen; in den vom Großvater gezimmerten Kästen gurrten die Tauben. Ein puppengroßes gekacheltes Bad war das Kleinod der Wohnung, denn aus der Dusche kam warmes Wasser, ein Luxus.

Alle – die Nachbarn, Apostoloff als Bub, etliche Freunde, die Schwestern der Großmutter und deren Männer, die Tochter und deren Mann mitsamt Kindern – kamen regelmäßig zum Duschen in die Wohnung der Großeltern.

Duschte der Schwiegersohn, duschten die beiden Enkel, duschte der kleine Apostoloff, hielt es die Großmutter nicht lange im Wohnzimmer. Sie wurde hektisch, fing an zu murmeln, dann öffnete sie die Tür zum Bad, um die Männer und Buben in ihrer Nacktheit zu bestaunen. Regelmäßig wurde sie vom Schwiegersohn angeherrscht. Sofort zog sie sich zurück, schloß die Tür so leise, als wäre da nicht mehr als ein Luftzug unterwegs gewesen, ging aber schon in der nächsten Woche wieder auf die Pirsch.

Mit einem Wort: sie war nicht bei Trost. Murmelte vor sich hin, verdrehte die Augen, daß man nur noch das Weiße sah, bekreuzigte sich unentwegt, verwechselte die Namen auch der nächsten Angehörigen, obwohl sie keineswegs dement war, täppelte immerzu ruhelos durch die Gegend, zupfte an den Leuten herum, ließ niemanden in Ruhe. Dennoch hieß es, *Großvater und Großmutter waren ein glückliches Paar.*

Er: war prüde. Ihn beschäftigten unentwegt Ermahnungen an die Jugend. Er war graphoman, schrieb wie ein Rasender.

Sie: haßte es, wenn er schrieb.

Er: trieb jeden Morgen Gymnastik mit kleinen Hanteln, um in Form zu bleiben.

Sie: redete auf ihn ein, während er mit seinen Hanteln auf dem Fußboden lag.

Er: haßte es, wenn sie ihn bei seiner Gymnastik störte.

Sie: liebte Ikonen und hing inbrünstig an der orthodoxen Kirche.

Er: verachtete jede Religion als eine abergläubische, rückständige Geisteshaltung. Ikonen waren ihm zuwider.

Sie: trippelte wie ein Vogel und ermüdete schnell.

Er: ging mit langen Schritten und legte große Ausdauer beim Gehen an den Tag.

Sie: haßte es, wenn er wegfuhr, was selten genug vorkam. Wenn aber doch, so kam ihr theatralisches Talent voll zum Zuge. Nie gesehene Krankheiten blühten, sie bekam Herzrasen, konnte nicht mehr atmen, mußte vom Notarzt ins Krankenhaus gefahren werden, wo man sie nach drei Tagen ergebnislosen Herumdokterns wieder entließ.

Er: wetterte gern. In Leserbriefen. In Briefen an die philatelistische Gemeinde. In Briefen an die esperantistische

Gemeinde. In Briefen an die kaninchenzüchtende Gemeinde. Im Tagebuch.

Sie: haßte es, wenn er schrieb.

Generell wetterte er gegen den Sport, da sich dieser zu sehr der Vergnügungssucht widme. Ebenso wetterte er gegen die Schlagersänger, da sie niedere Gesinnungen beförderten. Überhaupt wetterte er gegen Massenkonsum jeglicher Art. Der Konsumismus war eine Seuche, ein Fall von Korruption, der aus dem Westen kam und auf den Kommunismus übergriff. Seine Sorge wirkte insofern abenteuerlich, als er niemals Kommunist gewesen war, sondern radikaler Tolstoianer. Das einfache, gerechte, ländliche Leben, danach strebte er. Ein Leben ohne Gewalt und vor allem ohne Religion, zumindest keine kirchlich organisierte. Wo hörte das natürliche Bedürfnis auf, wo begann der verweichlichende Luxus? Solche Fragen beschäftigten ihn unaufhörlich.

Soweit das Konstrukt eines Paares, wie es sich aus Erzähltem erschließt, kaum aus eigener Erfahrung. Mit neun Jahren, als ich zum ersten Mal nach Bulgarien mitgenommen wurde, lernte ich den Großvater kennen. In der Gebäudeeinheit *Sieg der Zukunft* präsentierte sich ein Bilderbuchgroßvater. Würdevoll, schlank, sich sehr gerade haltend, ein Mann von zurückhaltend gütigem Wesen, wie es schien. Unerschütterlich.

Seit Tagen trage ich eine Mappe mit mir herum, die Rumen uns übergeben hat. In ihr liegen einige vom Großvater beschriebene Papiere mitsamt Übersetzungen, die von Rumen stammen, dazu ein Bündel Photos, die uns die Familie überlassen hat.

Dieser abscheuliche Wind! Man muß die Blätter festhalten, damit sie nicht fortgeweht werden. Noch Zeit für einen Kaffee. Schräg gegenüber befindet sich ein Lokal mit abschirmendem Vorbau. Fast alle Tische sind frei, und ausnahmsweise spielt keine Musik.

Das Papier, das der Großvater verwendet hat, zeugt von

Armut. Es ist holzhaltig, und sein Zerfall hat schon begonnen. Weil auch bei schlechter Ware Knappheit herrschte, ist die gesamte Blattfläche, Vorder- wie Rückseite, engzeilig ausgenützt.

Holzfällertyp. Burt Lancaster mit buschigen Augenbrauen.

Der Großvater soll in seiner Jugend ein jähzorniger, rauflustiger Tyrann gewesen sein, ein Anarchist, der sein Mädchen mit Gewalt entführte, um es gegen den Willen beider Elternhäuser zu heiraten. Die Photos in der Mappe erwecken den Eindruck von einem starken Mann, der auf eine wilde Art gut aussieht.

Auch sie hatte durchaus ihre Reize. Ein zauberhaftes Photo zeigt ein bleiches Stummfilmgesicht mit Riesenaugen und einem Mund, kaum größer als der Nabel einer Orange. Es ist etwas Geziertes um die junge Frau, man sieht ihr an, sie wird niemals mit festen, geraden Schritten durch die Welt laufen, sondern immerzu trippeln.

Die Geschichten aus der Jugend unserer Großeltern wollen nicht mit der kleinteiligen Enge zusammengehen, in der sie viele Jahrzehnte ihres Lebens fristeten. Sie wurden beide sehr alt, erst starb die Großmutter mit fünfundneunzig Jahren und danach der Großvater mit achtundneunzig Jahren.

Sie stammte aus einer vermögenden Kaufleutefamilie aus Plovdiv und war die jüngste von vier Schwestern. Er stand unter der Fuchtel seiner Mutter, einer resoluten, machthungrigen Frau, die hundertundneun Jahre alt wurde, Lehrbücher schrieb und an der Einführung des Grundschulsystems in Bulgarien während der Wende zum zwanzigsten Jahrhundert mitwirkte. Sein Vater hatte einige Semester Philosophie in Leipzig und Wien studiert, wovon eine kleine Bibliothek zeugt, die ich geerbt habe. Rostbraune und blaugrün gesprenkelte Pappbände, Seite um Seite randvoll mit Notizen des Urgroßvaters, geschrieben mit spitzestmöglichem Bleistift in exakter lateinischer Schrift.

Der Sohn verschleppte die Braut, ohne daß Geld in seinen Taschen gewesen wäre. Er begann das abenteuernde Leben eines Tunichtguts, der das Lernen verweigert hatte, sich aber langsam fing und emporarbeitete. Erst im Straßenbau, dann als Prokurist, schließlich, als Direktor einer Genossenschaftsbank, brachte er es sogar zum zweiten Bürgermeister seines Heimatortes Pasardschik, bis mit der Machtübernahme der Kommunisten alles ein jähes Ende fand. Er kam ins Gefängnis und wurde anschließend in einen Steinbruch geschickt, wo ihm nach Jahren harter körperlicher Arbeit die bescheidene Stelle eines Buchhalters zugewiesen wurde. Danach kamen dreißig Jahre Rente, die so karg ausfiel, daß Kinder und Schwiegersöhne helfen mußten, um die Großeltern über die Runden zu bringen.

Wie es bei der Verwandlung eines Raufboldes in eine prüde, eifernde Buchhalterseele zugegangen sein soll, der vom Leben auf dem Lande à la Tolstoi träumt, darüber gibt es keine Erzählungen. Selbst den engsten Verwandten ist die Verwandlung nicht erklärlich, und darum bleibt der Lebenslauf des Großvaters zu weiten Teilen im Obskuren. Mir kommt es so vor, als spiegele sich etwas von der beklemmenden Geschichte Bulgariens darin, der radikalen geistigen Schrumpfung ins Enge, Paranoide, Kassenwarthafte.

Als Wärter eines ingeniösen, von ihm selbst konstruierten Käßchens endete der Großvater. Diesen allerletzten Posten hatte er über fünfundzwanzig Jahre inne. Seine Sorge galt dem Aufzug in dem Gebäude, in dem er wohnte. Um das nötige Geld für die Wartung einzutreiben, baute er einen kleinen Kasten, den er oberhalb des Türknaufs anbrachte. Nur wenn man eine Münze einwarf, ließ sich die Tür entriegeln und der Aufzug benutzen. Auch darüber führte der Großvater Buch. Lange Listen verzeichnen die gesammelten Beträge und die alle paar Jahre nötigen Ausgaben für die Instandsetzung. Seitdem der Großvater tot ist und niemand Geld für die Wartung eintreibt, ist das Ding so verkommen, daß man nicht mehr damit fahren kann.

Nicht weniger rätselhaft ist die Metamorphose der Groß-mutter. Aus einem verwöhnten jungen Ding, das so gut wie keine Ausbildung besaß, schon gar keine praktische, wurde eine verängstigt herumhuschende Sklavin, die sich vor den Tobsuchtsanfällen ihres Mannes fürchtete, noch viel mehr aber vor dessen Mutter, in deren Haus sie alsbald gezwun-gen war zu leben.

Die Schwiegermutter hatte das Heft in der Hand und haßte die junge Frau, die sie für unfähig hielt, eine lästi-ge Idiotin, nur dazu da, angeherrscht zu werden. Von der Urgroßmutter behaupten die Verwandten steif und fest, sie habe Hühner mit dem Schwert geköpft, und zwar noch im hohen Alter. Mir erscheint das wenig glaubhaft. Hühner mit dem Schwert köpfen? Geht das denn? Auch wenn die Geschichten reichlich übertrieben sind – am gnadenlosen Charakter der Herrin über ein kleines Haus mit Veranda, Küche, fünf Zimmern und einem Hof mit Schuppen, Stall und Gemüsebeeten besteht kein Zweifel.

Jackie

Die Kellnerin ist zauberhaft. Ein schmales Wundermädchen mit mandelförmigen Augen und langen, sehr langen, aber echten Wimpern. Sie ist schüchtern und aus Schüchternheit um ein Winziges ungeschickt. Vom Kaffee sind paar Tropfen über den Rand der Tasse in die Untertasse gelaufen. Sie ist untröstlich. Ich versuche sie auf englisch zu beruhigen und ernte ein Lächeln, das mich verwandelt.

Enthusiasmus bricht aus. Oh, die Bulgaren sind überirdisch schön, überirdisch gut, eine Unterhaltung in ihrer Sprache wäre vielleicht seraphisch.

Ein kurzer Brautflug. Der Kaffee schmeckt schlimm. Die tropfende Tasse darf die Mappe nicht beschmutzen.

Eine spezielle Mappe, eher ein Mäppchen, ursprünglich weiß, jetzt grau, versehen mit dem Aufdruck *Kolektanto* und weiteren Aufschriften, die in ein Rundsiegel gefaßt sind, das um einen stilisierten Erdball mit darin eingeschlossener Fackel kreist: *Amica Rondo – Klubo de la Esperantistoj – Filatelistoj*. Es war die Lieblingsidee unseres Großvaters, die Philatelisten mit den Esperantisten zu verbinden und sie unter dem Dach der Lehren Tolstois zu versammeln. Diesem Zweck gemäß gab er ein Bulletin heraus, das er selbst zu weiten Teilen verfaßte und auf eigene Kosten drucken ließ, Bulletin, welches er sechsmal im Jahr versandte, obwohl er die Portokosten dafür kaum erübrigen konnte. Nach getaner Arbeit wartete er sehnsüchtig auf Reaktionen, die zu seinem Leidwesen – wenn überhaupt – nur spärlich eintrafen.

In Sofia liegen noch Stapel von Aktenordnern in einer

Besenkammer. Sie enthalten seine Korrespondenz in Esperanto, nicht nur Briefe, die er aus verschiedenen Ländern empfangen hat, sondern auch die säuberlich getippten Durchschläge der eigenen Episteln, alle engzeilig, die Maximalbreite der Maschine ausnützend. Es fällt auf, daß seine Briefe seitenlang sind und die Antworten, die er erhielt, kurz.

Die Originalblätter mit der wie eine winzige Raupe um sich schlagenden Schrift erzeugen beim Betrachten eine leichte Panik, jeden Fitzel Papier hat der Großvater bedeckt. Alles umsonst. Vielleicht heißt die Botschaft solcher Blätter: alles Geschreibsel ist umsonst.

Ich bin verzweifelt. Ich lebe in der Gewißheit meiner Minderwertigkeit. Ich sage mir: Lubomir, warum machst du dich lächerlich mit deinen Briefen und Petitionen. Siehst du denn nicht, daß selbst deine engsten Freunde dir nicht mehr schreiben. Borko Liachow, Georgi Penew, Koljo Gentschew, und selbst der, auf den du die größten Hoffnungen gesetzt hast, der Doktor Kantarew, selbst ihm ist es zuviel geworden, sich mit deinen »Philosophien« zu beschäftigen. Er hat dich mit zwei, drei Zeilen als »Antwort« auf deine langen Briefe abgespeist. Stojan Bakaliew antwortet nicht mal auf deine Fragen, sondern weicht aus und beschäftigt sich mit dem Rheumatismus seiner Frau. Wlado Futscharow hat dir zu verstehen gegeben, daß es ihm unangenehm sei, über sozialethische oder politische Themen zu korrespondieren. Doch siehe an, Chaim A. Israel, dem ich geschrieben hatte wegen seines Artikels über die sexuelle Erziehung der Kinder, er schreibt mir, meine Ansichten stimmten mit den seinen voll und ganz überein. Ich fühle mich geschmeichelt. Es bedeutet, ich bin nicht ganz verloren, wenigstens für heute einmal nicht.

Eine Gefängnisarbeit. Ein Gefangener schickt Tag für Tag Briefe in die weite Welt, und man liest sie so recht und schlecht, bis sie niemand mehr liest, nur der Zensor beugt sich noch über die Briefe mit halb verhangenen Augen, bis sie ihm zufallen über dieser faden Arbeit; irgendwann hört auch er auf, sich damit zu befassen.

Die wenigen Stücke, die uns Rumen aus der Unzahl an Tagebüchern, Episteln, Eingaben, Beschwerden, Nachträgen, Artikelchen in Fachmagazinen übersetzt hat, zeugen von einem in die Enge getriebenen Menschen, der sich um lächerlicher Kleinigkeiten willen aufreibt, den die unbegreifliche Nachlässigkeit seiner Mitmenschen schier um den Verstand bringt, dem überall Verständnislosigkeit begegnet, der überall Verrat wittert und sich darüber erbittert.

Mit dem Sofioter Zentralverband der Kaninchenzüchter legte er sich an, weil in einer Ausstellung Chinchilla-Kreuzungen fälschlicherweise als *Chinchilla* etikettiert worden waren, der *Blaue Wiener* und der *Silberne Angora* auf eine Würdigung vergeblich warteten. *Der am Eingang ausgestellte Modellkäfig war mangelhaft. Die blechernen Eßnäpfe waren unbequem. Das Befruchtungskästchen war viel zu klein. Und so, wie es innerhalb der Gitter aufgestellt war, hätte das Weibchen gar nicht die Möglichkeit gehabt, in sein Nest zu kommen.*

Und dann dieses Monster von einem Tagebuch. Er schrieb und schrieb und schrieb. Tausend Seiten? Zweitausend Seiten? Fünftausend? 1965 hörte er damit auf. *Unterschied zwischen einem scheinbaren Freispruch und einem wirklichen* lautet die letzte Eintragung mitten auf der Seite.

Danach blieb die Seite frei.

Als er die Nachricht vom gewaltsamen Tod seines ältesten Sohnes in Deutschland erhielt, war der Großvater vierundsechzig Jahre alt. Er ließ sich einen Bart wachsen, was gerade bei ihm, einem Mann, der auf eine peinlich exakte Rasur hielt und zweimal täglich zum Messer griff, sehr ungewöhnlich gewirkt haben muß. Nach vierzig Tagen, der üblichen strengen Trauerzeit, kam der Bart wieder ab. Er, der eingefleischte Atheist, ließ sogar eine Totenmesse für seinen Sohn lesen.

Während all der vielen Jahre, die er noch zu leben hatte, verbrachte er den Todestag seines Sohnes immer auf dieselbe Weise. Frühmorgens stand er auf, zitternd vor Kummer, aß nichts, sprach nicht und verließ das Haus, worauf er gegen Abend nach einem langen Gewaltmarsch zurückkehrte und sich schweigend, ohne einen Bissen zu sich zu nehmen, ins Bett legte.

1968 setzt das Tagebuch wieder ein mit: *Was unmöglich scheint, ist einer Amerikanerin möglich.* Gemeint ist Jacqueline Kennedy, der Skandal, den ihre Hochzeit verursachte. Eine Haßliebe unseres Großvaters. Vom Typ her könnte sie ihm gefallen haben, obwohl er das wohl niemals zugegeben hätte – klein, zart, großäugig, und darin entfernt der Großmutter ähnlich. Ihre Taschen, ihre knapp geschnittenen Kostüme, ihre Frisur, die Sonnenbrillen, die Schuhe, ihr Lebenswandel, nichts entging dem Großvater, und er mißbilligte alles. Wenn Jacqueline O. im Bikini und auf hohen Schuhen in sein Tagebuch stolperte, geriet der Schreiber in Hitze und blies den großen Zapfenstreich der Tugend. Es war sonnenklar, daß die Frau keine einzige Tugend besaß, dafür aber Laster in Hülle und Fülle.

Sie verschwendete Geld. Die Villa auf der Insel Skorpios kostete nur neunhundertsechzig Millionen Schweizer Franken und war eigentlich zu billig für die Ansprüche der neuen Frau Onassis. Wenn sie nicht täglich eine Million ausgab, bekam sie eine Nervenkrise. Sie besaß sechshundertsiebenundfünfzig Paar Schuhe zuviel, und kein einziges darunter, in dem man ordentlich laufen konnte. Ihre Schmuckschatullen quollen über, und das Geld kam nicht den Armen zugute. Nach London flog sie nur, um die einschlägigen Preziosengeschäfte aufzusuchen. Sie ernährte sich von Hummer und Kaviar. Sie war kalt und einsam, trotz der vielen Leute, die unablässig um sie herumwimmelten. Auch wenn die bestellten Geiger auf der Yacht sich nächtelang um den Verstand fiedelten, sie lag allein im Bett, zog die Knie an den mageren Leib und weinte. Sie liebte ihre Kinder nicht und schenkte ihnen weder ihre Fürsorge noch eine verantwortliche Erziehung. Sie war verdorben. Ach, schrieb der Großvater, im Grunde gebe es über diesen beklagenswerten Fall noch viel zu erzählen, er aber schweige, da sich diese Frau ganz von selbst in ihr Verderben stürzen werde.

Wenn ich mir ansehe, wieviel Arbeit sich Rumen mit der Übersetzung aufgeladen hat, bekomme ich Gewissensbisse. Er hat es freiwillig getan, er hat uns die Übersetzungen als Geschenk überreicht. Der Großvater hätte ihn dafür gelobt, so akkurat und fehlerfrei, wie Rumen die Arbeit verrichtet hat. Ich aber fühle doppelten Tadel. Weil ich Rumens Anstrengungen kaum gewürdigt habe, ihn selbst, der uns durch die Gegend fährt und sich um unser Wohl kümmert, so achtlos behandle.

Weil – verdammt noch mal, das Gewissen packt die Konturen eines Mannes aus, groß, knochig, mit buschigen Augenbrauen, da drüben, da, am Betonmast gegenüber steht er oder scheint zu stehen, einige wenige Striche halten ihn zusammen.

Sein ruhiger Blick ein einziger Tadel.

Wenn er könnte, würde er mich verstoßen. Verstoßen, *das* Wort gefällt denen da drüben, es erntet Applaus; von der Seite, auf der er sich befindet, schallt schwach herüber Applaus und mischt sich in die Asphaltgeräusche, die der Strom der vorüberfahrenden Wagen erzeugt; Applaus, wie er welken, knochenlosen Händen entflieht, denn die dort drüben setzen den schwankenden Mann wieder in seine Rechte. So würdelos, meinen die mit dem Applaus, so heruntergebrannt in seinem Stolz darf man keinen von uns fortleben lassen, der für das Fleisch und Bein von euch da hüben gesorgt hat, darf es nicht mal in Gedanken.

Sich verstoßen, tun das die Toten vielleicht auch untereinander? Oder bedeutet Widerwille bei ihnen, falls er denn weiter gehegt wird, nur unruhiges Auseinanderflattern?

Vom Vater zum Sohn haben sich keine Briefe erhalten,

vom Sohn zum Vater auch nicht. Wurden keine geschrieben, oder sind sie verloren? Vielleicht wollten sie einander schreiben, aber es verkrampften sich ihnen jedesmal die Hände, sobald sie nur das Datum niederschrieben.

Von hinten kommend, in Ohrnähe, will mir jemand weismachen, daß er jetzt ein freigelassener Sohn sei und tun und lassen könne, was er wolle. Oben sammelten sich die Söhne regelmäßig in einem Heer, um gegen das Vaterheer anzukrachen, behauptet er.

Und du? frage ich. Bist du nicht etwa auch Vater?

Töchter zählen anders, sagt der Vater, außerdem seid ihr nicht gestorben, deshalb bin ich hier oben bloß Sohn.

Was für ein Unfug! Tote sind vor allem alt, auf einen Schlag wurden sie unwiderruflich ins Alter geworfen. Gleichgültig, ob als Säugling, Sohn, Witwer, Großvater gestorben, sind sie viel älter, als ein lebender Mensch je werden kann. Ihre familiären Bande? Unerheblich. Ich bin jung, blutjung, gemessen an jedem von euch da oben.

Zeit zu gehen. Meine Kellnerin lächelt beim Empfang des Geldes so verschämt, daß ich dieses Lächeln weitertrage.

Am Auto warten die Mitfahrer schon, auf eine schauspielerhafte Weise entspannt, als habe ihnen eine wichtige Instanz eingeredet, es sei besser, Frieden zu halten. Mir ist es recht, so kann ich mich wieder auf der Rückbank einrichten und meinen Gedanken nachhängen. Während ich einsteige, beugen sich die beiden eifrig über die Motorhaube, auf der sie eine Straßenkarte entfaltet haben, und gleiten mit den Fingern voraus ans Schwarze Meer.

Rumen raucht und fährt wieder in gewohnter Lässigkeit, zügig, aber unterbrochen von seinen abrupten Bremsmanövern. Da vorne wurde beschlossen, nicht direkt ans Meer, sondern vorher noch eine Schleife zu fahren ins archäologische Reservat, nach Madara.

Warum nicht. Archäologisches Reservat, Indianerreservat, Reservat für Bewohner mit bulgarischer Volkstracht, Schiwkow-Reservat, mir sind alle Reservate gleich lieb.

Bald sind wir aus der Stadt heraus, und es geht aufwärts, unter einem Felshang müssen wir das Auto abstellen.

Ein leerer, dünner Himmel über Madara, von weitem wird der Reiter zögernd kenntlich. Ein aus dem Stein geklopftes Relief, durchaus monumental, zierlich und bescheiden aber, verglichen mit dem Koloß, den wir vorher besichtigt haben. Wie vor einem Rätselbild mit darin versteckten Objekten gibt es eine Sekunde der Irritation, bis das Zugehörige deutlich hervor, Unwesentliches in den Hintergrund tritt. Das Pferd hebt graziös ein Vorderbein. Der Hund springt mit fliegenden Ohren. Wind und Wetter haben an den Figuren, vor allem an dem hingekauerten Löwen genagt. Das Begleittier des Hieronymus im Gehäus ist hier erlegt, nicht gezähmt, vielleicht kannte man die Vorteile eines gezähmten Löwen in dieser Gegend nicht, eines Löwen, der zum Beispiel die heiligen Studien bewachen kann und auch für Haustiere ungefährlich ist. Bei Dürer schläft der Löwe friedlich neben einem Hund. Löwentötung, das Privileg der heidnischen Herrscher. Was in Wirklichkeit grausam ist, zeigt sich hier porös, verwaschen, sandfarben, nicht blutgerötet.

Welch einzigartige Erkenntnisse vermag ein gezähmter Löwe zu verschaffen. Heilige und Philosophen vertrauen diesbezüglich auf den Löwen. Warum ist Hans Blumenberg so ein aufregender Philosoph? Er war Löwenphilosoph. Nachts hatte er einen versöhnlichen Löwen neben seinem Schreibtisch liegen, der's aber doch auf die eine oder andere Kraftprobe ankommen ließ. Blumenberg ist an seinem Löwen gewachsen. In der beständigen Nähe eines Löwen würde selbst ich mir mehr zutrauen. Sein Fellgeruch, noch dampfend von früheren Morden, der gewaltige Atem, der aus seinem Maul strömte, sie würden mir zum Beispiel völlig andere Ideen über den Vater eingeben. Wilde und zugleich sanfte. Ein Löwe rechnet nicht ab, er rechnet überhaupt nicht. Vater? Der Löwe würde gähnen und vor Überdruß sein Haupt zur Seite fallen lassen. Strick? Der

Löwe würde mal kurz mit dem Quast seines Schwanzes auf den Boden klopfen, und damit wäre das Thema ein für allemal erledigt.

Das Felsrelief stammt aus dem frühen Mittelalter. Wir stolpern noch ein wenig herum und schauen ins Land, dann steigen wir ins Auto und fahren Richtung Meer.

Ans Meer

Richtung Schwarzes Meer bin ich schon einmal gefahren. Das ist lange her. Während meiner ersten Bulgarienreise war ich ohne die Familie unterwegs. Lilo hatte mich eingeladen, wir fuhren zu dritt, sie, ihre Tochter und ich. Meine Schwester verbrachte die Ferien unterdessen in einem Kinderheim in den Schweizer Bergen.

Bis Sofia war es herrlich. Lilo chauffierte einen taubenblauen Mercedes Cabrio. Meistens fuhren wir mit offenem Verdeck, Lilo in einen roséfarbenen Schal gehüllt, mit weißen, durchbrochenen Handschuhen und einer mondänen Sonnenbrille auf der Nase. Lilo war der Traum aller Lastwagenfahrer und jedes Arbeiters, dem es gelang, auf dem staubigen Autoput zwischen Zagreb und Belgrad einen Blick auf sie zu werfen. Die Grenzer setzten beim Heranrollen des Wagens überkorrekte Mienen auf, wurden von ihr aber im Nu erweicht, bis ins Mark ihrer sturen Grenzerknochen hinein. Mehr aus Freude, noch eine Weile mit der Frau in Kontakt bleiben zu dürfen, denn aus Berufspflicht inspizierten sie den taubenblauen Märchenwagen, öffneten die Motorhaube, öffneten den Kofferraum, ließen sich die Schweinslederkoffer zeigen und konnten sich gar nicht daran sattsehen, wie die überaus verlockende Frau deren Schlösser schnappen ließ. Seidene Unterkleider, spitzenbesetzte Hosen, ein Beautycase von Samsonite gefüllt mit Nagellackfläschchen und Schmuck, lauter Dinge, von denen es funkelte und blitzte, wie wenn man von einer Schatztruhe den Deckel hob; und alles in wohliger Ordnung. Wie stolz sie war auf ihre hübschen Sachen!

Sie hatte eine Eselsgeduld, ihr machte so etwas einfach

Spaß, sie sah darin keine Schikane, sondern ein lustiges Abenteuer mit verdrucksten Männern in Uniform, vor denen sie mit bezaubernder Grazie ihre Sonnenbrille abzog, die Locken ausschüttelte und girrend und lachend ihre weißen Zähne und ja, natürlich, aber bitte gern, auch Paß und Führerschein zeigte.

Sehr im Gegensatz zu unseren Eltern, die mit zwielichtigen Pässen, als *heimatlose Ausländer* an jede Grenze heranfuhren, zornrot der Vater, hektisch die Mutter, auch sie absurderweise zur heimatlosen Ausländerin geworden, weil die beiden 1945 geheiratet hatten, als das neue Staatsbürgerrecht noch nicht in Kraft getreten war und eine Deutsche, die einen Ausländer heiratete, automatisch ihre Staatsbürgerschaft verlor.

Brütend, in einer Wolke aus Unglück und unterdrückter Wut, hockten sie vorne im Citroën und benahmen sich wie Verdächtige, der Vater war noch Stunden danach dunkel gelaunt wegen der Schmach, die er wehrlos hatte ertragen müssen, die Mutter konnte von ihren eifernden Posen nicht lassen und verwünschte die gesamte faschistoide Welt. Mit unseren Eltern zu verreisen war eine Pein, mit Lilo die Grenzen zu passieren ein Vergnügen.

Während der Fahrt saß oder vielmehr lag ich meistens hinten. Freiwillig, die Rückbank war schon immer mein Lieblingsplatz. Ich war neun. Um diese Zeit begann ich ein Gespür für die Qualen der Eifersucht zu entwickeln. Um Eifersüchtige machte man besser einen Bogen, es war klüger, sie nicht zu reizen. Lilos Tochter, drei Jahre jünger als ich, war extrem eifersüchtig, die kleinste Gunstbezeugung, die Lilo mir erwies, machte sie rasend. Es erschien also nicht ratsam, allzu nah an ihre Mutter heranzurücken und damit Anspruch auf einen Platz anzumelden, der allein der Tochter gebührte. Außerdem war der Blick auf die Straße für mich wenig interessant, ich fühlte mich wohler auf der Rückbank. Ein bequemes Kopfkissen war zur Verfügung. Wenn es zu sehr windete, kroch ich unter die Decke, vor grellem Licht schützte mich eine Kindersonnenbrille. Damit der Wind es nicht verflatterte, war das Haar mit einem Tuch festgebunden.

Im Liegen, während der Fahrt, ohne ein hemmendes Autodach zwischen Auge und Himmel, ließ sich das Theater dort oben in doppelter Bewegtheit genießen. Der jugoslawische Himmel zeigte sich tiefdunkelblau und doch eigenartig glühend, was vermutlich auf die Tönung der Sonnenbrille zurückging.

Flaumige, bläßliche Wolkenherden zogen über ihn hin, Wolken mit lang ausgezogenen Schweifen, Wolken, die durch gedrehte Nabelschnüre miteinander verbunden waren, dann wieder gestauchte Wolken mit mächtig aufgeblasenen Häuptern, dazwischen sich kreuzende Kondensstreifen. Sie hatten zum Gegenspieler die Sonne, die mit heißen Strahlen nach den Wolken zielte, alle Wolken wegbrannte, Sonne, die ihren Platz am Himmel lodernd behauptete, bis sich eine neue Wolkengruppe formierte und prachtvoll wuchs.

Die Schaukämpfe in weiter Höhe erzeugten eine erhabene Erregung. Alles war zu meiner Unterhaltung bestellt. Lilo, Lilos flatternder Schal, der Mercedes, die cremefarbenen Lederpolster, uns überfliegende Vögel, die ziehenden Himmelbilder. Freie, flüssige, schmiegsame Welt. Eltern weg, Schwester weg, juhu! Alles bewegte sich für mich, lief wie geschmiert, dröhnte für mich, zwitscherte für mich, ließ perfekte Kolben im perfekten Takt laufen, schickte mir Träume, drückte mich sacht gegen die Rückenlehne, wo ich mich sicher fühlte wie nie zuvor. Ich mußte ein bedeutendes Geschöpf sein, wenn soviel Aufwand getrieben wurde, um ein für allemal mein Unglück zu verscheuchen.

Ich war glücklich.

In Sofia war damit Schluß. Man hatte mich ausgesetzt. Lilo hätte mich genausogut im Dschungel allein lassen können. Da saß ich nun in der ranzigen, überstopften Wohnung der Großeltern in einem neuen Unglück, das zugleich ein uraltes war. Saß auf einem der hochlehnigen, schwarzen Stühle aus besseren Tagen, bezogen mit olivgrünem Samt, auf dem sich großblättriger Wein ineinanderrankte.

Die Stühle blieben nicht lange leer. Viele, viele Verwandte waren zu meinem Empfang gekommen, verwirrend viele, sie fanden kaum Platz. Nur der Großvater kam mir wie ein vernünftiger Mensch vor, weil er ruhig am Kopfende des Tisches saß, kein Wort sagte und mich wohlwollend musterte.

Die Großmutter kannte ich ja schon und wich ihr, wie üblich, aus. Zur Einstimmung wurde mir ein Tellerchen mit *sladko*, einer Süßigkeit, vorgesetzt, irgendeine Obstmumie saß da in einem außerordentlich zähen Sirup wie in Bernstein fest, bräunlich die Farbe, am schlimmsten der Geschmack. Das Zeug war so süß, daß es schmerzte.

Ich schob den Teller weg, aber für mich selbst gab es kein Entkommen, ich saß fest, übergossen, umspeichelt, umklebt vom fremden Redefluß und den Liebkosungen der aufgeregten Verwandten.

Eingeprägt haben sich mir die Schwestern der Großmutter. Die älteste war schon sehr alt und konnte nur noch am Stock gehen. Eine ruhige, abwartende Natur zunächst, die sich dann aber in jähen Ausbrüchen Geltung verschaffte, indem sie sich gewaltig räusperte, als warte in ihrer Brusthöhle ein Riesenbatzen Schleim auf eigenes Rederecht.

Den Trupp der Schwestern führte Tante Zweta an, eine Kokotte mit Zigarettenspitze. Ich sah ihren Mund, und sogleich fiel mir ein Wort der schwäbischen Großmutter ein: *Hure Babylon*. Dieser Mund! Er konnte nur der Hure Babylon gehören. Von Natur aus ein dünnlippiger, war er gewaltig über die Lippenkontur hinausgeschminkt, daß ein halb teuflischer, halb kasperlehafter Rotmund entstanden war, an den Rändern verschmiert, fast bis über die halbe Wange lief das Geschmier, so ein überbeweglicher, dauerbewegter, vom Lachen aufgerissener Mund; Mund mit schlechten Zähnen dahinter, vor dem mir entsetzlich graute, weil ich fürchtete, auch von ihm einen Kuß empfangen zu müssen, was gottlob unterblieb.

Ich muß ein zutiefst humorloses Kind gewesen sein.

Tante Zweta war kurios, aber ich erkannte den verzweifelten Witz, den Stolz nicht, die sie aufbrachte, wenn sie in den gedrückten Verhältnissen, worin damals alle Menschen gekleidet gingen, als wären sie auf eine Ameisenprozession abkommandiert, sich aus alten Vorhangstoffen feuerfarbene, großblumige Kleider schneiderte und damit der allgemeinen Trostlosigkeit ringsum die Stirn bot oder vielmehr den Mund, einen leuchtenden Mund, einen alle kommunistische Gleichmacherei verspottenden Provokationsmund.

Auch sonst war Tante Zweta eine interessante Erscheinung. Sie rauchte, um ihre Verruchtheit zu betonen, und ärgerte damit den Großvater. Mir waren ihre Reden nicht verständlich, weil sie nur Bulgarisch sprach, während einige Verwandten brockenweise Deutsch, manche ziemlich gut Französisch konnten, was ich damals zwar auch nicht verstand, doch wurde es möglich, in dem deutschfranzösischen Mischmasch die ersten Annäherungen zu erzielen.

Sie war mager und krummbeinig, von Natur aus keine schöne Frau. Aber da waren die grünlichen Augen und das eher helle, wenn auch nicht blonde Haar, dem sie durch Färben eine rotblonde Note verlieh. Überquellendes, überlebendiges Gefahrhaar. Augen- und Haarfarbe genügten, um sie bei den wie Irrsinnige auf die Farbe Blond fixierten Bulgaren zu einem begehrten Objekt zu machen. Später erfuhr ich, Tante Zweta habe in ihrer Wohnung eine riesige Truhe stehen gehabt, darin verwahrt hunderte Liebesbriefe von verschiedenen Männern neben verblichenen Tanzkärtchen, gepreßten Blumen, Nekrologen und Stapeln von Kartengrüßen mit weißroten Bommeln, wie sie zur Feier des Frühlingsanfangs verschickt werden.

Eine alte, rostrote Puderdose mit flaumigem Quast, der als Deckel obenauf saß und, wenn man ihn abhob, nach altem Mehl roch (das Gebilde sah aus wie ein miniaturisierter

Puffhocker aus der Zeit Toulouse-Lautrecs), Schildpattfächer und Korallenkette, eine bestickte Wäschetasche, das sind die Hinterlassenschaften der Tante, die ich viele Jahre, nachdem sie gestorben war, einmal in die Hand nahm. Es hieß, ein liebestoller Mann habe sich wegen ihr umgebracht.

Ich weiß nicht, weshalb der kindliche Manichäer in mir so streng unterschied. Lilo, die ja auf einer ähnlichen Klaviatur des Weiblichen spielte, durfte alles tun, was bei uns zu Hause verpönt war. Tante Zweta erschien mir wie ein Zerrbild des geliebten Neverle, und darum entsetzte sie mich. Außerdem war sie alt. Und für alte Frauen galten andere Gesetze. Hier galten die Gesetze der schwäbischen Großmutter und ihrer elf Geschwister, die, ohne daß man an ihrer Kleidung etwas Wesentliches hätte ändern müssen, auf einem Tafelbild des achtzehnten Jahrhunderts hätten verewigt werden können.

Wie ehrwürdige Lutheraner sahen sie aus, alle schwarz gekleidet, alle hochgeknöpft. Ihre Köpfe ruhten auf weißen, gestärkten Krägen, außer im Gesicht und an den Händen zeigten sie niemals Haut. Die Frauen waren überaus reinlich und schminkten sich nicht, sie rochen ein bißchen nach Seife und nach höchstens einem Tropfen Kölnisch Wasser. Ausnahmslos trugen sie das Haar zum Knoten gebunden. Es erscheint mir bis heute als das einzig richtige Erscheinungsbild einer alten Frau. Ich bin darauf geprägt wie eine von Konrad Lorenz handaufgezogene Graugans auf ihren Futtermeister.

Dann gab es noch Tante Mila. Eine gänzlich andere Natur. Groß, breit, bäuerlich, von gutmütigem Wesen, wie man auf den ersten Blick sah. Sie war nicht geschminkt und hatte eine Schürze um, stand meistens in der Küche, schwitzte und kochte, trug Teller auf und Teller ab. Von den anderen Schwestern wurde ihre Bereitwilligkeit, als Arbeitstier zu dienen, gern mißbraucht.

Ich weiß nicht mehr, wie lange ich in Sofia ausharren mußte. Drei Tage? Fünf Tage? Länger? Die Sofia-Zeit dehnte sich ins Unendliche. Man unternahm Ausflüge mit mir ins Vitoscha-Gebirge, schleppte mich in die Frauenabteilung eines labyrinthischen türkischen Bades, das in eine dampfende Riesenhöhle mündete, wo's gluckerte und tropfte und überall nackte Frauen hockten, sich die Schmutzwürstchen von ihren Häuten reibend, unter der Aufsicht von korpulenten Aufseherinnen, die prinzipiell keine Antwort gaben, wenn man von ihnen etwas erbat. Das Schwingen der Bastwische, das Klatschen der Tücher, die Stimmen der Frauen, alles klang überscharf aus dem Wassernebel.

Am meisten fürchtete ich die Nacht. Nachts schliefen die Großeltern Kopf an Kopf in einer Ecke des Wohnzimmers, in zwei Kojen, die im rechten Winkel zueinander standen, die beiden Wände über ihnen voller Ikonen. Mir wurde das Bett auf dem Sofa bereitet, im anderen Teil des Wohnzimmers. Nachts wuchs die Fremdheit ins Ungeheure, man hatte mich mit wildfremden Leuten zusammengesperrt. Das bißchen an Sympathie, das sich tagsüber vielleicht gebildet haben mochte, nachts wurde es widerlegt. Ich war verdammt zum Selbsthören und zur Geruchswehr. Von drüben her schnarchte es, ich lag reglos und still und hatte zwei Fingerrücken an die Nase gepreßt, um den Geruch von drüben abzuwehren. Der Atem, wie er über die Fingerrücken hinging, machte ein ziehendes Geräusch. Jeder Schnarchlaut jagte Gedanken empor. Drei Eigenatmer im Zimmer. Was atmete in mir so drangvoll und laut?

Damals hatte sich die Altersform des Großelternpaares noch nicht voll ausgeprägt.

Es war noch nicht passiert.

Der Vorher-Nachher-Effekt war deutlich. Nachher hatte der Großvater seinen Jähzorn abgelegt. Er hatte sich zum Sonderling verkapselt, die Großmutter alle Scheu verloren und endgültig das Sagen übernommen. Sie zahlte ihm alles heim, was er ihr in Jugendjahren angetan haben mochte. Als sein Ertauben voranschritt, sprach sie absichtlich leiser, damit er immer größere Mühe hatte, sie zu verstehen.

Den alten Streit zwischen Ikonodulen und Ikonoklasten hatte die Großmutter zur Zeit jener schrecklichen Nächte schon für sich entschieden. Obwohl der Großvater Ikonen haßte, hingen sie über seinem Kopf, seinem Bauch, seinen Beinen. Er mußte unter einem heiligen Elija schlafen, von dem Farbstücke weggeplatzt waren, weil die Ikone im Feuer gelegen hatte. Ein Lehrer in Pasardschik hatte zu Demonstrationszwecken ganze Stapel von Ikonen verbrannt. Der im goldenen Wagen zum Himmel auffahrende Elija, dessen abgeworfener Mantel zur Erde herabsegelt, konnte von Tante Mila gerettet werden, wenigstens zum Teil, und seither mußte der Großvater seinen Kopf Nacht für Nacht unter dem halb verkohlten Himmelfahrer zur Ruhe betten.

Die Ikone gibt es noch. Sie hängt jetzt im engen Flur unserer Cousine Atanasia. Ursprünglich gewiß ein schönes Exemplar, ist sie an den Rändern kohlschwarz, das Gesicht des Heiligen, sein Nimbus, die Hinterbacken der Pferde, der Wagen, der wolkige Himmel sind mit schwarzbraunen Hitzeflecken besät. Nur Elijas blauer Mantel ist prachtvoll erhalten, mit seinem rosafarbenen, golddurchwirkten Pelzbesatz fliegt das gute Stück zur Erde herab, einer Gruppe staunender Zeugen vor die Füße.

Und noch eine Ikone im Flur der Cousine kam mir bekannt vor. Sie mag, als es den darunter schlafenden Großvater noch gab, in etwa über seinen Knien gehangen haben. Ein Segenskreuz auf braunem Grund. Der leidende Jesus sieht darauf weniger leidend aus als üblich, seine Füße ruhen auf einem bequemen Brettchen, die Löcher in Händen und Füßen, aus denen das Blut in dünnen Fäden läuft, sind nur angedeutet. Rechts und links der Hände, in den Ecken des Querbalkens, befinden sich Sonne und Mond und sehen mit gutmütigen, runden Augen, die eher zu einem Pfannkuchen passen als zu den erhabenen Gestirnen, auf das Haupt des Erlösers. Zu seinen Füßen liegt eine mittelalterliche Stadt, gemalt in heiteren Farben, darunter türmt sich ein wellenförmiger Fels, in dem lauter Totenköpfe mit aufgerissenen Mundhöhlungen schlummern.

Mundhöhle auf, Mundhöhle zu.

Eine Gespensternacht wurde meiner Schwester beschert, als sie Jahre später auf demselben Sofa schlief. Die Schwester war damals siebzehn und nun ihrerseits zum ersten Mal auf Bulgarienfahrt. Die Großeltern wirkten schon verfallen. Sie zirkulierten leidvoll, ein kleines Knochenbündel um ein großes Knochenbündel, in ihren Zimmern. Es war inzwischen geschehen.

Die Mundhöhle des Großvaters stand nachts offen. Er schnarchte. Was eines Nachts die Großmutter dazu trieb, das Licht anzuknipsen und sich auf seine Brust zu setzen. Während er um Atem ringend erwachte, fuchtelte sie mit dem Zeigefinger vor seinen Augen herum und zischte auf ihn ein. Ein Inbild des Schreckens. Während unserer Fahrt erzählte meine Schwester Rumen davon. Der lachte, weil er als kindlicher Sofaschläfer ähnliche Szenen erlebt hatte. Was hatte es mit dem geheimnisvollen Gezisch auf sich? Die zaundürre Großmutter, ihre Haare gelöst, wie ein Alp auf der Brust des Großvaters hockend, *habe sich bloß vergewissern wollen, ob er noch lebe.*

Tagsüber, wenn der Nachtspuk vertrieben war, faßte ich zum Großvater ein wenig Vertrauen. Er wollte nichts von mir und zerrte mich nirgendwohin. Allerdings kam mir seine Beschäftigung mit den Kaninchen und Tauben ziemlich enttäuschend vor. Damals wußte ich natürlich nichts von Tolstoi und seinen Ideen vom einfachen Leben. Hätte ich sie verstehen können, wären mir die Bemühungen des Großvaters, solche Verhältnisse auf seinem Balkon herzustellen, noch viel absurder erschienen. Ein handtuchschmaler Balkon, der über Eck um die beiden Zimmer lief, von dem man auf die sechsspurige Autobahn hinuntersah, gegenüber auf einen scheußlichen Wohnblock und etwas schräghin auf einen struppigen Park mit niederen Gehölzen. Auf dem Balkon war es so laut, daß man sich nicht unterhalten konnte. Mit dem schwerhörigen Großvater, der eigentlich das beste Deutsch von allen Verwandten sprach, wenn er denn sprach, sowieso nicht.

Auf dem Balkon am Boulevard Lenin sehnte ich mich nach unserem Garten in Degerloch. Er erschien mir riesengroß, ein Gelände der Freiheit und des Abenteuers, das Auslaufgebiet für Katze, Hund und Kind. Auch fremde Hunde waren willkommen. Besonders die Hunde, die mit den Freunden unserer Eltern zu Besuch kamen, waren Persönlichkeiten mit bizarren Eigenheiten, die man so schnell nicht vergaß. Aber Tauben und Kaninchen? Mir blieb unbegreiflich, warum sich ein alter Mann mit so faden Geschöpfen abgab, auch wenn es ein anziehendes Bild war, wie die Tauben dem Großvater ihre Huld bezeugten, indem sie ihm auf die Schultern, auf Kopf und Hände flogen, er dann wie ein Friedensmann die Arme reckte, weit über die Betoneinfassung seines abscheulichen Balkons hinaus – als lade er den Himmel zu einem Fest, oder nein, umgekehrt: als lade er den Himmel ein, ihm unter die Arme zu greifen und ihn mitsamt seinen Tauben zu entführen.

Nach einigen Tagen kamen Lilo und ihre Tochter mich abholen. Wir fuhren ans Meer.

Varna

Nach Varna ist es nicht weit. Bevor die Stadt in Sicht kommt, stehen auf der staubigen Lastwagenroute die Prostituierten. Es ist brühwarm. Schwitzwetter. Die Frauen sind zum Erbarmen. Nie habe ich so häßliche, so elende Prostituierte gesehen, ihre Leiber in knallfarbenes Plastik geschnürt, an den Füßen tragen sie Stiefel. Es verdingen sich Frauen fast jeden Alters, sie stehen vor den müllübersäten Böschungen und grinsen die Fahrer verzweifelt an. Irrsinnige Hoffnung, sich für einen winzigen Betrag mit einem Mann hinters Gebüsch verziehen zu dürfen oder zu ihm in die Fahrerkabine zu klettern und auf den nächsten Parkplatz zu fahren. Die Qualen der Hölle, wie Dante sie ausgemalt hat, scheinen mir plötzlich harmlos, es sind poetische Qualen, Feuer, die nicht wirklich brennen, Schwären, die für den poetischen Genuß eitern. Hier, im Sonnenglast, kommt alles verschärft zum Ausdruck, das große Widrige wie das kleine Widrige, Schweiß, Sperma, Urin, die Abszesse, das Blut, Schreie, Schläge, Juckreiz, Fliegen, zerbrochene Flaschen, Plastikdreck, Brennesseln, Getreidespelzen, die sich in die Haut bohren. Das Schicksal der bulgarischen Landstraßenhuren ist ebenso grausam, wie es das Schicksal der Leprösen über viele Jahrhunderte hinweg war. Doch weit und breit kein Christusfolger in Sicht, der ihnen die schmerzenden Füße salbte oder wenigstens eine von ihnen erlöste.

Die Huren, die Zankoff unserem Vater in die Praxis schickte, führten ein vergleichsweise nobles Leben. Obwohl er gut an ihnen verdiente, scheint unser Vater nicht fähig gewesen zu sein, seine eingefleischte Verachtung gegenüber käuflichen Frauen zu überwinden. Wie mir lange nach seinem Tod eine ehemalige Praxisgehilfin anvertraute, wurde sie von ihm zornig angefahren, weil sie einer dieser Patientinnen in den Mantel geholfen hatte, einer schwer erkrankten zumal. Auf Anhieb empfand ich diese Geschichte als wahr. Während das meiste, das sonst über ihn im Umlauf ist, unseren Vater ins Geheimnisvolle, Genialische, Unverstandene entrückt, wird hier schnörkellos von einer Reaktion erzählt und von sonst nichts. Kein Grund, an der Berichterstatterin zu zweifeln; sie hat einen gutmütigen Charakter und war ihm elf Jahre treu ergeben.

Varna sieht besser aus als Schumen, das zeigt sich schon beim Hineinfahren. Immerhin, den Hauptboulevard säumen Palmen. Um ihre struppigen Wedel, die träge nach Nordost schwingen, ist so eine Meeresahnung. Aber für eine Stadt, die am Wasser liegt, eine sehr alte Stadt sogar, ist sie bitter enttäuschend. Nicht einmal ein schwacher Abglanz der berühmten französischen oder italienischen Meerstädte. Wo sich der Blick auftut in eine Gegend, die ein bißchen Charakter zu haben verspricht, stehen Großblöcke herum, brütend in ihrer stupiden Allmacht, und der sehnsuchtsvolle Blick gleitet zurück zu den gerupften Palmen, weil sich nichts Besseres bietet.

Wir hatten damit gerechnet, leicht Zimmer zu finden, es ist ja noch keine Ferienzeit. Aber nein, wir blitzen überall ab. Klar, in dem Monsterblock, dem größten Hotel der Stadt, sind Zimmer frei.

Die Eingangshalle erschiene einem immer noch leer, selbst wenn zwanzig Busladungen voller Gäste gleichzeitig hereinströmten. Mit ihrem rhombengemusterten Teppichboden (grünlich, gräulich, auberginefarben, ein dicker Rhombus trägt jeweils zwei kleine Rhomben als zickige Krönchen zu Häupten) wirkt sie wie das Aufmarschgelände zu einer monumentalen Fußpilzhölle. Das einsame Personal an dem kilometerlangen Empfangstresen ist schwer zu erreichen. Wird einen überhaupt jemand hören, wenn man die Stimme zu einer schüchternen Frage erhebt? Alles macht einen muffigen, abgewirtschafteten Eindruck. Vor allem riecht's. Es riecht durchdringend nach Reinigungsmitteln, Reinigungsschlämmen, die, wie ich mir vorstelle, jeden Morgen aus Eimern über diesen Teppichboden gekippt werden, dann liegen die Pilzbüschel in seifig schmierigem Morast und verwandeln die ihnen ursprünglich feindliche Chemie mit emsig sich regenden Pilzärmchen, durch unablässig sich öffnende und wieder schließende Pilzmünder in freundlichen Nährschlamm.

Ein Hotel für Leute, die sich gern in Gefahr begeben. Obendrein ist es nicht einmal billig, wie wir von Rumen erfahren, der gesenkten Kopfes den langen Hallenweg zu uns zurückgetrottet ist.

Nach vielen vergeblichen Versuchen landen wir in einer zwar kleinen, aber nicht minder häßlichen Herberge. Es muß Jahre her sein, daß die Fenster das letzte Mal geputzt worden sind; Graufilm auf den Scheiben, der das Sonnenlicht giftig reflektiert. Stickluft herrscht in der Kammer. Bei geöffnetem Fenster dringt der Maschinenlärm der Baukolonne von gegenüber mit Wucht herein. Meine Migräne, die auf solche Unterkünfte nur wartet, sie flackert in genüßlicher Vorfreude. Frei nach der buddhistischen Devise, laß die Qualen deinen Körper passieren, ohne dich eigens um sie zu kümmern, lege ich mich aufs Bett und beschließe, die nächsten zwei Stunden, komme was wolle, auf diesem Bett zu verbringen, ohne mich zu rühren.

In einem miserablen Hotel an exquisite Hotels zu denken, in denen man mit Freuden genächtigt hat, entspricht vielleicht nicht ganz der buddhistischen Methode, aber es hilft. Tabakoff zum Beispiel kann man nicht genug rühmen für die Sorgfalt, mit der er die Hotels für unsere Reise ausgewählt hatte. Jeweils das beste am Platze, keinesfalls das protzigste. Allein schon deshalb wird mir der Mann in der Nachschau immer sympathischer. Wahrlich, er hatte vorzüglich für uns gesorgt.

In Zürich blickten wir unter den weißblau gestreiften

Markisen unserer Balkone auf den großen See hinaus. Die Züricher Seeluft setzte eine träumerische Beschwingtheit frei. Mir war, als dünstete der See ein weiches, schillerndes Gewebe aus, zarte Schwaden lagen frühmorgens auf ihm. Eos, die Rosenfingrige, berührte die Schwaden, tupfte da, wo der See bloßlag, leicht an seine geriffelte Oberfläche und glitt über sie hinweg. In meinem Seepromenadenzimmer, an der vom Wasser erfrischten Luft war die Welt für einige Stunden vollkommen.

Ich dachte sogar in versöhnlicher Weise an unseren Vater. In all dem Vatergeflatter, das um uns ist, gibt es einen Vater oben und einen Vater unten, es gibt den Vater beiseit, es gibt den schwatzhaften und den stummen Vater, vor allem aber den hohen und den niedrigen Vater. In Zürich wehte ein fröhlicher Vater, unbekümmert um alle Klassifikationen, über den See heran und inspizierte das Zimmer. Er machte winzige, bejahende Geräusche. Der Schatten seines Zeigefingers ruhte eine Weile auf dem Gemälde mit den getüpfelten Vogeleiern. Ich war nahe daran, ihn singen zu hören.

Auch wenn wir von der schönen Stimme unseres Vaters nichts wissen wollen und alle Erinnerungen bekriegen, die damit zusammenhängen, so ist es vielleicht doch an der Zeit, ein Wort für ihn einzulegen.

Auch der Vater braucht hin und wieder eine Richtung, in der es aufwärts geht. Ein Vater darf sich nicht immer zum Ende hinneigen. Auch er hat manchmal ein nützliches und fröhliches Leben geführt, war hell und leicht. Hinauf mit ihm also, freudig steigend hinauf.

Wie hieß das Lied, das du immer gesungen hast?

Weiß nicht, sagt der Vater, irgendeins.

Beliebt, reich, freudig, sage ich, warum nicht immer so?

Verantwortung, sagt der Vater, ein einziger Krampf.

Wenn ihn etwas über die Maßen freute, kam Heiterkeit über ihn, die ihn fortriß, und er fing an zu singen und zu summen. Anders als die viel trockeneren Schwaben, anders als das trockene Wurmlinger-Nest, in das er sich gesetzt hatte, besaß er die tänzerische Gabe des Leichtseins. Außerdem hatte er Sinn für Luxus und war, ohne lange zu rechnen, jederzeit bereit, große Summen dafür hinzugeben. Das Protzige und Alberne zog ihn nicht an. Er besaß einen subtil entwickelten Sinn für die Schönheit, die diskreten Übergänge vom Realen ins Irreale. Das beweisen die wenigen Gemälde, die er gekauft hat. Oder die Anzüge, die er sich hat machen lassen: aus fabelhaften Geweben, welche die Färbungen fast so gekonnt zur Geltung brachten, wie Schmetterlingsflügel es vermögen.

Zur Vollkommenheit in Zürich trug auch das Schuhwunder bei. Ohne daß ich danach verlangt hätte, fand ich am Morgen meine Schuhe in raschelndes Seidenpapier gewickelt vor der Tür, die zwei Päckchen mit einem goldenen Papiersiegel verschlossen. Ich weiß nicht, aus was für Märchentöpfen die Schuhcreme stammte, welche die Angestellten auf ihre Lappen rieben, ob die Leute beim Schweizer Militär geschult worden waren und zu guter Letzt noch mit einem Batzen Spucke den Spiegel erzeugten. Die Schuhe glänzten wie für eine Parade, obendrein rochen sie gut: lederhaft würzig mit einem kleinen Beiruch von Mandelöl.

Abends, an zwei langen Tischen, die für uns reserviert worden waren, wurden wir vergnügt. Die Ansprache Tabakoffs machte uns zunächst verlegen, aber es dauerte nur wenige Minuten, da wurde der Gastgeber fröhlich, und seine Stimmung sprang auf uns über. Die schwäbische Bulgarenclique war bester Laune, niemand hatte damit gerechnet, daß Tabakoffs Großzügigkeit so spektakulär ausfallen würde. Aus Kindertagen wehte eine vertraute Stimmung heran, eine Feststimmung, wie wir sie kannten, wenn sich die Bulgaren einmal pro Jahr zu ihrer Weihnachtsfeier versammelten.

Die orthodoxe Weihnacht fand nach dem Julianischen Kalender statt, in der Nacht vom 6. auf den 7. Januar. In Stuttgart, wo die wenigsten Bulgaren religiös waren, glich das Fest einer riesigen Familienzusammenkunft mit Tanzvergnügen. An den religiösen Hintergrund erinnerte eine Stange, an der eine Pappkrone mit goldenem Papierstern befestigt worden war. Gefeiert wurde in einem Wirtshaus in der Innenstadt, das einem Bulgaren gehörte. Selbstredend kamen nur bulgarische Speisen auf die Tische. Ein großes Pitabrot mit silberner Glücksmünze. Schopska-Salat, Baniza, gefüllte Paprika, gefüllte Auberginen, saure Weinblattrouladen, ein komisches rotes Püree mit schwierigem Namen und ein Kompott aus getrockneten Früchten. Der Saal war über und über mit Blumen geschmückt. Es ging ausgelassen zu, wir Kinder tanzten miteinander oder kurvten im Rudel um die Tische. Von gutmütigen Erwachsenen wurden wir spaßhalber zum Tanz aufgefordert. Das Fest dauerte die halbe Nacht, am Schluß taumelten wir als Drehwürmer um die eigene Achse, schliefen während der Heimfahrt erhitzt und glücklich auf der Rückbank ein.

Der eigentliche Charme lag darin, daß hier alle zusammenkamen, die irgend mit Bulgarien zu tun hatten, unabhängig von ihrer sozialen Stellung, den Berufen, die sie ausübten. Auf den umlaufenden Bänken saßen die Männer in ihren dunklen Anzügen und sahen aus, als hockten sie allabendlich da, hockten in ihren bulgarischen Provinzstädtchen noch ein bißchen vor der Haustür beieinander. Der Elektrofachhändler neben dem Import-Export-Mann, der Handelsvertreter für Trikotagen neben dem Autohändler, der stolze Besitzer eines Gemüsestandes in der Markthalle neben dem Doktor und der wiederum neben dem Rosenzüchter. Die blonden, dauergewellten Frauen tauschten, wenn sie nicht tanzten, den neuesten Stuttgarter Klatsch aus, und der Kneipier wachte darüber, daß alles in Schwung blieb und sein französischer Wein – kein bulgarischer, denn der war selbst für die bulgarischen Patrioten zu schlecht – eifrig nachgeschenkt wurde.

Dontscho Gitzin. Der Rosenzüchter! Ihn hatte ich völlig vergessen. Er lebte noch und seine Frau offenbar auch. Sie hatten ihre Plätze schräg gegenüber an der anderen Tafel. Also war Tabakoff doch nicht der einzige, der den alten Verein überlebt hatte. Es paßte zum Rosenzüchter, daß ich ihn längst im Grab wähnte, während er täppelnden Schrittes auf seinen Stuhl zusteuerte, vornübergebeugt, nachdem er vorher unter Mühen aufgestanden war, um Tabakoff etwas ins Ohr zu sprechen, vorsichtig aufgrund seiner Gebrechlichkeit, unvertraut mit dem Luxus, der ihn umgab, mit tastenden Händen die Stuhllehne abgreifend, bevor er sich setzte.

Der Rosenzüchter war das Kuriosum des Vereins gewesen. Ein dünnes, unscheinbares Männchen, welk schon in Jahren, als er noch ziemlich jung gewesen sein mußte. Er arbeitete bei der Stuttgarter Verwaltung und war für die Aufstellung und Wartung der städtischen Müllkörbe zuständig. Seine Passion jedoch war das Rosenzüchten, das er in einem Schrebergarten über den Weinbergen von Fellbach betrieb. Er war auf altenglische Rosen spezialisiert, stark duftende, gefüllte Sorten mit klingenden Namen, die er in einem eigenartig mürben Tonfall und mit rollendem R aussprach: *Cottage Rrrrose, Morrtimerr Sacklerr, Sisterr Charrrity.* Der Klang seiner Stimme beim Herzitieren der geliebten Rosennamen ist so ziemlich das einzige, was ich von ihm in den Ohren zurückbehalten habe. Zum Rosenzüchter gehörte nämlich, daß er schwieg und nur im äußersten Fall den Mund auftat, nur wenn es überhaupt nicht anders ging. Seine Hasenaugen schweiften verzweifelt herum, als suchten sie etwas, man hörte schwaches Geseufz, dann sagte er etwas oder vielmehr, er sagte so gut wie nichts. Böse Zungen erzählten, er habe volle acht Jahre seine Frau angeschwiegen um einer Kleinigkeit willen, mit der sie ihn geärgert hatte. Die Frau bot wenig Anlaß für Ärger. Sie war die liebenswürdigste aller angeheirateten Bulgarenfrauen, nicht im mindesten streitlustig. Sie war auch keineswegs verschwätzt, sondern im Gegenteil überraschend klug, obendrein fleißig. Sie arbeitete als Bauzeichnerin in einem Architekturbüro und kümmerte sich um drei Kinder.

Eine Professorin für Festkörperphysik haben die Gitzins großgezogen, Iris mit rotem Haar, aus Cincinnati herübergeflogen, und Stefan und Alexander, die Gründer und Besitzer einer Messebaufirma im Allgäu, die an diesem Abend wie Säulen neben ihren Eltern saßen. Obwohl die Gitzins keine Leiche überführten, hatte Tabakoff sie eingeladen, und die ganze Familie war gekommen.

Warum Tabakoff den umständlichen Weg über Zürich, Mailand und weiter über das Meer nach Griechenland gewählt hatte und nicht den einfachen über Belgrad? Er liebte das Meer. Auf der gewählten Strecke lagen die Hotels, die ihm behagten. Er konnte die Serben nicht leiden.

Vielleicht hatten ihn auch die griechischen Ursprünge seiner Mutter dazu bewogen, einer Mutter, aus jenem sagenhaften Geschlecht der Phanarioten stammend, das sich am Schwarzen Meer lange behauptet hatte und unter osmanischer Herrschaft keineswegs erloschen, sondern in bedeutende Stellungen aufgerückt war. Mit dem Clan der Kantakuzenos soll Tabakoffs Mutter verwandt gewesen sein – wahrscheinlich ziemlich entfernt.

Daß die Mutter als direkter Abkömmling des mächtigen Clans den kommunistischen Braten nicht gerochen und sich rechtzeitig abgesetzt haben soll, ist kaum vorstellbar.

Geschichten flatterten nur so aus Tabakoffs Ärmeln, über Abdul Hamid II. etwa, den letzten Großherrscher des Osmanischen Reiches, genannt *Der Verdammte* oder auch *Der Ängstliche* oder *Der Mißtrauische*. Unser in Florida reich gewordener Geschäftsmann scheute sich nicht, dem ewig klammen Herrscher mit dem Spitzbart noch über das Grab hinweg Ratschläge zu erteilen, wie sein marodes Finanzsystem zu retten gewesen wäre.

Bagdad-Bahn! rief Tabakoff und wunderte sich, daß wir so wenig wußten.

Das Schwarze Meer hätten die Phanarioten in der Hand

gehabt – Tabakoff schrie seine Geschichtskürzel förmlich heraus und hob dazu die Faust.

Beim Nachtisch hatte ich den Platz gewechselt und saß in seiner Nähe. Ruhiger geworden, beschrieb er uns seine Mutter als eine großgewachsene, stolze Frau (ich hörte einen Kopfschmuck rasseln, obwohl Tabakoff ihn mit keinem Wort erwähnte), und noch ein Bild drängte sich mir auf: Tabakoffs Mutter hielt das Schwarze Meer wie einen Schwamm empor und preßte es aus, Wasser lief über ihre Unterarme. Die Worte *Mutter* und *Meer* erzeugten in Tabakoff einen derart feurigen Schwung, daß er hin und wieder an seiner Glatze herumgreifen mußte, um sich zu beruhigen.

Wir durften an Tabakoffs Meerseligkeit teilhaben. Vorerst war es aber noch nicht soweit. Am nächsten Tag rollten die Limousinen in unerschütterlichem Gleichmaß aus der Garage, als hätten sie es vorher geübt. Die Chauffeure mit den Schirmmützen luden unsere Koffer ein, und weiter ging's Richtung Mailand. Es bleibt ein Rätsel, wie Tabakoff es geschafft hatte, daß der schwarze Wurm die Grenze nach Italien unbehelligt passieren durfte. Wir erregten überall Aufsehen. Auf den Autobahnen beugten sich Beifahrer aus den Fenstern – ihr Staunen in den gemächlich vorbeiziehenden Öffnungen prägte sich mir ein, als hätte ich sie mit Kameraaugen aufgenommen –, Kinder winkten wie verrückt und hielten Stofftiere an die Luft, am Straßenrand blieben die Leute stehen und sahen uns nach, bis wir verschwunden waren.

Daß uns nach dem Züricher Wunderhotel eine Steigerung geboten würde, damit hatten wohl nicht einmal die Verwöhntesten gerechnet.

Das *Principe di Savoia*. Jesus, was für ein Name!

Jesus wird mich mit einer stahlharten Migräne schlagen, wenn ich seinen Namen weiter mißbräuchlich führe.

Verlegen standen wir im Eingang herum. Nicht wenige von uns sahen nervös an sich herunter, zupften da und dort an ihrer Kleidung, blickten sich beim Eintreten scheu um, zweifelten, ob sie die richtigen Leute für diesen Palast seien. Nicht so Marco und Wolfi, besonders der Energiewirt nicht, der sich unter die spektakuläre Jugendstilkuppel begab, als wäre er ein Dicker aus dem Märchen und ergreife natürlicherweise von seinem Haus nun Besitz. Blicke, die ihn aus halbverhangenen Gästeaugen streiften, konnten ihm nichts anhaben. Es war im Gegenteil so, als flögen diese Blicke gegen die Angreifer zurück und richteten bei ihnen den Schaden an.

Meine Schwester und ich begegneten den Zwillingen schon wenige Minuten später wieder, als wir das zur Präsidentensuite gehörende Schwimmbad ausprobierten. Tabakoff hatte die Suite für sich gemietet, uns aber zum Schwimmen eingeladen. Als wir klopften, telefonierte er im Bademantel und wies uns, die wir mit unseren Bündeln nicht recht wußten wohin, lässig den Weg.

Von zwei Fensterreihen bot sich ein Ausblick, zu mächtig für unsere eingeschüchterten Herzen. Unwillkürlich faßte ich meine Schwester am Arm. Mildes, leicht gerötetes Abendlicht flutete herein und ließ das Becken leuchten wie ein türkisfarbenes Großjuwel. Zwei Delphine schwammen reglos auf seinem Grund, schwammen Kopf an Schwanz, Schwanz an Kopf, in einen Kreis aus schwarzweißen Steinen geschlossen. Lauter Gedanken wie fallende Sterne, sobald man in dieses Wasser sich ließ. Aber die Zwillinge waren schon da. Marco patschte mit den Händen auf die Oberfläche, er war in einer Art Hüpftraining begriffen, viel Wasser spritzte und wogte und schäumte um seinen Leib. Wolfi schwamm eisern seine Bahn wie ein Rekordler, zierliche Schwimmgläser an schwarzen Gummibändern waren um seinen Kopf geschnallt. Zug um Zug wandte er den Kopf nach links, nach rechts. Einmal mehr bewunderte ich meine Schwester, diese leicht sich fassende Person, die einfach losschwamm und ihren Weg fand, nicht schnell, nicht lahm, während ich, ewig gehemmt, Wasser verschluckend

und zwischen den Brüdern zickzackend, kaum mich vor-
wärtsbrachte in dem savoyischen Prinzengewässer.

Am nächsten Morgen, beim Frühstück im Wintergarten
(o ihr heranrollenden Servierwagen, köstlich beladene, wer
dichtet auf eure lautlos sich hebenden Silberdeckel die passende Hymne), erlebten wir einen anderen Tabakoff. Ohne
Rücksicht auf wer da kam und ging, hatte er sich die Zeitung vorgenommen. Wer ihn grüßte, wurde nicht wieder-
gegrüßt. Er schien seine Gäste nicht mehr zu kennen.

Wolfi, der uns beim Schwimmen nicht gekannt haben
wollte, wollte uns auch beim Frühstück nicht kennen und
verschanzte sich gleichfalls hinter einer Zeitung. Ich hatte
das Zwillingstheater endgültig satt und setzte mich zu den
Gitzins in der Absicht, einen Platztausch in der Limousine
einzufädeln.

Roxy

Mit einiger Besorgnis sieht Rumen dem Abend entgegen. Schon vor Tagen hat er mit einem ehemaligen Schulkameraden telefoniert, der in Varna wohnt. Wie vorauszusehen war, erfolgte eine Einladung. Der Kamerad ist kein gewöhnlicher Bulgare. Er mochte in der Schule gewöhnlich, vielleicht umgänglich, vielleicht lustig gewesen sein. Jetzt nicht mehr. Saschko Trendafilow ist zu einem lokalen Mafiaboß aufgestiegen, hat nach harten Gebietskämpfen um die begehrten Strandstücke seinen Teil gewonnen. Bei diesen Kämpfen ist es alles andere als harmlos zugegangen. Mehr als hundert Tote haben die Abstechereien und Schießereien gekostet, inzwischen ist der Boden verteilt, die Kämpfe sind abgeflaut, können aber jederzeit wieder ausbrechen, sollte da jemand neu ins Geschäft drängen oder sich zur Wehr setzen wollen. Saschko Trendafilow ist zu einem gefährlichen Mann herangewachsen. Und, was die Sache noch pikanter macht, er hat die Frau seines früheren Bosses geheiratet, den er eigenhändig umgelegt haben soll. Aber das ist bloß ein Gerücht.

Keineswegs war Rumen darauf erpicht gewesen, den Kontakt herzustellen. Mehr im Sinne von *wie das Leben so spielt* hat er uns vom kleinen, verzweifelten Saschko erzählt, dem man die Lösung der Mathematikaufgaben in Form von zerknüllten Zetteln zuwerfen mußte. Wir wurden neugierig auf die Sphäre der Macht und lockten Rumen aus der Reserve. Jetzt können wir nicht mehr zurück. Einmal in Zugzwang geraten, wird uns klar, in was für eine komplizierte Lage wir Rumen gebracht haben. Auf eine heranrückende Migräne werde ich mich nicht herausreden können.

Er ist nervöser als sonst, raucht und lacht ohne Grund und reibt sich mit dem Jackenärmel den Schweiß von der Stirn, stochert dermaßen hektisch mit den Gängen im Getriebe herum, daß mir schlecht wird. Wir fahren bergauf, eine frisch geteerte Straße, die in Kurven einen etwas außerhalb im Norden gelegenen Hügel umrundet. Eine Zeitlang fahren wir an einer hohen Mauer vorüber, frisch verputzt, mit ziegelrotem Anstrich, dann halten wir vor einem Tor.

Mit einem Tor und daß es bewacht sein würde, haben wir gerechnet. Auch mit Kameras. Nicht gerechnet haben wir mit einer über vier Meter hohen schweren, zweiflügligen Metallkonstruktion, die ein Burgtor nachahmt mit herausgetriebenen Querbalken und vorstehenden Nagelköpfen.

Ich bin seit biblischen Zeiten da, sagt das Tor, obwohl es höchstens drei Jahre alt ist.

Rumen steigt aus und spricht in einen Apparat, da schwingen die Flügel zur Seite, und zwei Wachposten, elektronisches Gerät um die Köpfe, Gewehre im Anschlag, präsentieren sich. Wir wissen nicht recht, was tun, auch Rumen ist verwirrt, weil die beiden Männer so unbeweglich dastehen. Er setzt sich ins Auto und würgt den Motor ab. Dann winkt uns einer der Posten durch. Im Schleichgang fährt Rumen den Weg entlang bis vors Haus. Die Auffahrt wirkt nicht mehr burgähnlich, sie hat etwas Schloßartiges, den Weg flankierend stehen zwei Pavillons, allerdings keine von der luftdurchlässigen, französisch zierlichen Sorte, sondern blockhafte Gebilde, entfernt an preußische Wachhäuser erinnernd, die man unbegreiflicherweise ins Oktogon zerzogen hat. Es blüht überall wie wild, als wären die Rabatten mit Champagner begossen worden. Das Gebäude ist extrem langgestreckt, ein Sockel von Natursteinen, darüber braun und dunkelblau abgegrenzte Flächen, im zweiten Stock wölben sich gegliederte Fenstervorbauten heraus.

Ganz in Weiß, gemessenen Schrittes, kommt uns ein Mann entgegen, der Hausherr, wie sich herausstellt. Er fingert schon an Rumen herum, als dieser noch kaum ausgestiegen ist, küßt ihn, kneift ihn in die Wangen. Garantiert echte bulgarische Gesten. Da reiben sich behaarte Brustkörbe aneinander, Hände schlagen auf Schulterblätter, Dröhnen, Stöhnen, Jauchzen, das Drama der wiedergefundenen Herzen wird nach allen Regeln der Kunst aufgeführt.

Ich sage zu meiner Schwester: Gelobt seien die Engländer, die einem nur höchst widerwillig die Hand geben.

Uns gibt Trendafilow artig einen Handkuß und verkündet in knatterndem Englisch: Frrends of Rumen my frrends.

Wir nehmen Witterung auf. Einen Mann deuten, der andere umgelegt und dabei gewonnen hat, das reizt.

Er riecht nach einem, der sich für das Maß aller Dinge hält. Kein Urviech, aber noch urtümlich genug, um den Geruch des eigenen Gemächts nicht zu scheuen. Erstaunlicherweise für einen Bulgaren geht er nicht in einer Wolke von Rasierwässern einher. Das längere, schwarzglänzende Haar trägt er zurückgestriegelt, sein locker fließendes Hemd hätte, wenn es schwarz gewesen wäre, auch einem Popen gehören können. Er ist weder fett noch dürr, weder groß noch klein; kein Zug ist an ihm herausgetrieben, eher wie einen Schnörkel hält er sich dies lange, zurückgeklebte Haar. Aber halt, da ist doch etwas. Saschko hat einen zarten Überbiß, so ziemlich die ungefährlichste Zahnstellung, die ein Mann haben kann. Wer nichts von ihm weiß, könnte ihn für einen alles in allem sympathischen Kerl nehmen.

Der Hausherr führt uns in eine niedere, aber enorm breite Halle, Fußboden aus Natursteinen, darüber persische Teppiche, bestimmt keine schlechten. An den Seiten stehen merkwürdige Dinge zur Schau, teils in Vitrinen, teils frei aufgepflanzt und durch ein Punktlicht erleuchtet wie in einem ethnographischen Museum, lauter Dinge, die von verschiedenen Völkern im Lauf ihrer Kämpfe hervorgebracht wurden und wieder in die Erde gesunken sind: Teile von Rüstungen, Waffen, Geschirren.

Wir sind gehalten, uns in Ruhe umzuschauen, Saschko

erklärt Rumen Objekt für Objekt, und danach empfangen wir von Rumen die Erklärungen zu den griechischthrakischrömischen Reiterschlachten, deren Überbleibsel dem bulgarischen Boden entrissen worden sind.

Eine Zerfleischungsszene mit Löwe und Hirsch auf einer Steinstele. Ein steinerner Pferdekopf, dem die Mähne wie eine Bürste hochsteht, sein Maul aufgesperrt wie zu einem empörten Schrei, ein feines Nervengeflecht zieht sich um seine Nase. Da warten bauchige Amphoren in ihren Ständern auf die Antwort, weshalb man sie so groß erschaffen hat, ohne daß sie von selbst stehen können. Ein Steintisch mit Drachenfüßen, niedrig wie eine Bank. Schwertknäufe, die in gebogene Widderköpfe ausgehen. Stangen mit Aufsätzen in Form von Hirschköpfen. Der Oberteil eines bronzenen Helms mit Kopfnaht und einem Bürzel hinten, etwas klein für heutige Bulgarenschädel. Eine durchlöcherte, versilberte Beinschiene schwebt über ihrer schwarzen Stele und rückt damit in die Klasse eines magischen Objekts, mit dem man Beinweh heilen könnte.

Gekreuzte Schwerter an den Wänden, aber auch ein schwarzer Filzmantel, belegt mit lauter Goldplättchen. In den Vitrinen ist eine Sammlung Pfeilspitzen ausgebreitet, die ordnungsliebende Hände fächerförmig auf ein Tuch genäht haben, auch lanzettartige Goldbleche in Fischform sind dabei und viele, viele Besatzbleche von Zaumzeugen und Sätteln. Jede Menge Münzen, Sporen, Gebißstangen. Dann kommt das Prunkstück der Sammlung: ein entzückender goldener Reiter mit flatterndem Gewand, der auf etwas eindrischt, das weggebrochen ist.

Wahrscheinlich hat man ganze Kurgane für Saschko ausgewühlt und ihm die Schätze kniend dargereicht.

Laut Rumen hatte Saschkos Vater eine Affäre mit der exzentrischen Tochter von Schiwkow, Ludmilla. Ludmilla, das korpulente Mordsmädchen mit der mickrigen Stimme, glaubte an die Heilkraft magischer Steine, an die Magie heiliger Bulgarenschätze, vor allem aber an die prophetische

Kraft ihrer selbst. Was archäologische Grabungen in den siebziger, achtziger Jahren zutage gefördert hatten, ließ sie sich persönlich vorlegen und las es als Zeichen. Sie war davon überzeugt, ein tausendjähriges Wunderreich der Bulgaren stünde nahe bevor. Nach einem Unfall trug sie in der Öffentlichkeit einen Turban um den Kopf geschlungen, vielleicht, um zu verbergen, daß mit diesem Kopf etwas nicht mehr ganz richtig war. Man munkelte, eine Silberplatte sei in die Hirnschale eingepaßt worden. Ein tatarischer Silberplattenmythos wie bei Joseph Beuys. Ludmillas Kopf ruhte und rastete nicht, bis er für Ludmilla eine Genealogie ausgetüftelt hatte, die bis ins Jahr 324 vor Christus zurückreichte. Sie bescherte der Familie Schiwkow bedeutsame Wurzeln, soll doch einer ihrer Vorfahren ein herausragender Krieger unter Alexander dem Großen gewesen sein, ein thrakischer Modellkrieger, der seine Braut bei der Massenvermählung von zehntausend Soldaten mit zehntausend persischen Bräuten gewann, jener symbolträchtigen eurasischen Völkerverschmelzung, die Alexander gestiftet hatte.

Weiter geht's, der Hausherr schreitet in seinem weißen Gewand voran, und, ach ja, *der* hat sich bisher gar nicht gemeldet, hat vollkommen ruhig in einer Ecke gelegen: ein grauer Molosserhund erhebt sich, wahrscheinlich ein Neapolitaner, und trottet, nachdem er beim Aufstehen einen Batzen Spucke aus seinen Falten verschüttet hat, hinter seinem Herrn her. Ein friedfertiges Tier, schwer aufzuregen. Mich fasziniert er sofort, ich erkundige mich bei Trendafilow nach seinem Namen: Roxy, eine Dame also, die auch brav stehenbleibt und schaut, als ich Roxy zu ihr sage.

Der nächste Raum ist ebenfalls nieder und breit, jedoch von einer flachen Kuppel überwölbt, mit einer Holzsonne, umringt von Holzsternen auf dunkelblauem Grund.

Kühl hier drin.

Im Stil wird die Mitte gehalten zwischen einem orientalischen Empfangsraum, dem Wohnzimmer eines reichen Bauern und einer Bärenjägerhütte. Sollten Gäste in ganzen

Haufen hereinströmen, säßen sie bald auf umlaufenden Diwanen und streckten die Füße unter die niederen Tische. Etwas von einem Tempel hat der Raum auch. Zwei Tempelstufen führen zu den abgetrennten Arkaden vor den Fenstern. Hölzernes Schnitzwerk um die erhöhten Sitze dort. Pelziges und Dickes an den Wänden, Bärenfelle, Webzeug mit Troddeln, dazwischen Trachtengürtel mit schweren Behängen.

Es geht einige Stufen hinab. Nach dem nächsten Durchgang ist der Boden pfirsichfarben gekachelt, die Wände sind glatt und auch pfirsichfarben, wir durchqueren einen modernen Raum, mit Freischwingern, grasgrünen Clubsesseln und einer riesigen Bar mit hunderten von Flaschen, zwischen roten und goldenen Halbsäulen ordentlich aufgereiht. Davor ein Tresen mit Blattgoldquadraten. Wären die vielen Flaschen nicht, könnte man das für den großzügigen Vorraum eines Starfriseurs nehmen, Hochglanzmagazine liegen in Stapeln herum. Nirgendwo ein Buch.

Und – nein, ich glaube es nicht: an der Wand gegenüber – Jackie! Tatsache! Jackie aus der Jackie-Serie von Warhol, ich steuere sofort darauf zu, offenbar eine frühe Serie, *Andy Warhol, Sixteen Jackies 1964*, das postkartengroße Schild daneben verkündet es stolz, sechs lächelnde Jackies mit weißer Pillbox, zehn Jackies als Witwe, schöner noch als die lächelnde – schwarz, aufrecht und um den Mund weich verschwebt und woanders. *Holy Jackie, Holy Time in Eternity, Holy Eternity in Time*, wie Allen Ginsberg in glücklichen LSD-Tagen einst psalmodierte.

In einem Museum ginge ich mit kurzem Blick daran vorüber, hier aber – ich merke, wie die Erregung das Kopfweh aufjagt, einen Moment wird mir schwindlig. Mit meiner Schwester kann jetzt nicht geredet werden, zwar ist sie vom Raumwechsel überrascht, aber die Stellen im Tagebuch hat sie noch nicht gelesen. Rumen begreift. Saschko lächelt ölig, er sagt nichts, kostet die allgemeine Verblüffung aus und geht, sobald er genug davon hat, uns voran nach draußen.

Wieder kommt ein alter Bekannter in Sicht: der nächste Pool. Diesmal ein großer. Flirrender, glitzernder, prächtiger Riesenpool, gesäumt von Palmen in Kübeln. Eine Frau sitzt unter einem Sonnenschirm, ein Chihuahua springt von ihrem Schoß, so ein Kläff-Kläff-Kläffer von der übelsten Sorte, heiser, neurotisch, der hört überhaupt nicht mehr auf, tut so, als fahre er auf Rumens Hosenbeine los. Mit jedem Schritt, den Rumen vorwärts macht, verdrückt er sich schrill aufkläffend nach hinten, springt schließlich zurück auf den Schoß und grollt und knurrt von da aus weiter. Währenddessen steht der Mastino reglos wie eine Skulptur und schaut Richtung Meer.

Das Gebäude, das vorne ein gerader Riegel ist, öffnet sich hinten als halbes Oval mit Balustrade in eine weite Anlage hinein. Ich flüstere *vorne Wiedergeburt, hinten Washington* meiner Schwester zu, aber das trifft es wohl nicht ganz. Der Pool liegt als Blickfänger in der Mitte. Der Rasen ist grüner als grün, wahrscheinlich wird er alle drei Stunden mit einer erfrischenden Farblotion besprenkelt. Weiter rechts, hinter den Oleanderbüschen – das Geviert mit dem Drahtmaschennetz dürfte ein Tennisplatz ein.

Wir werden mit Saschkos Frau bekannt gemacht. Lässig hält sie uns im Sitzen die Hand hin, was den Chihuahua wieder frisch auf Touren bringt. Stühle werden gerückt. Ein Diener kommt angeschwirrt mit einem Tablett voller Aperitifs.

Unten, ziemlich weit weg, liegt die Masse Meer, unbeweglich und grau.

Sie spricht viel besser Englisch als ihr Mann, auch ein flüssiges Französisch. Unser Besuch freut sie nicht unbedingt. Auf einen flüchtigen Blick aus einigen Metern Distanz ist das ein Stück Nippes, eingepaßt in dunkelbraune Locken. Stimmt nicht. Die Augen sind außerordentlich, von einem tiefen, intensiven Blau, keine schwimmenden Augen, sie haben etwas unheimlich Präzises. Am meisten überrascht mich: sie ist deutlich älter als Saschko, es könnten sogar zehn Jahre sein. Für die Bulgaren, wie wir sie kennen, eine Ungeheuerlichkeit. Eine gut erhaltene Frau über fünfzig, so sieht sie jedenfalls aus, und Saschko ist so alt wie Rumen, höchstens Mitte vierzig. Auf seinen Lidern liegt sogar noch ein wenig Fett aus Kindertagen.

Es ist eine Kunst, beim Reden so wenig die Gesichtsmuskeln in Anspruch zu nehmen.

Ob wir vor dem Essen nicht eine Runde schwimmen wollen? Drüben in den Kabinen liegen Badeanzüge und Handtücher bereit. Meine Schwester und ich lehnen dankend ab, aber Rumen kann sich nicht entziehen, er wird von Saschko am Oberarm gepackt und zu den Kabinen geschleppt. Wenig später treten sie wieder heraus, der Hausherr in langem, weinrotem Bademantel mit Wappen vor dem Herzen, Rumen im wappenlosen Weißblau eines Matrosen, die Mäntel fallen auf Liegestühle, und zack, mit hochgerissenen Knien sind die Kerle steißlings ins Wasser geplumpst.

Roxy legt sich hin. Zeit für ein kleines Frauengespräch. Wir werden gefragt, wie wir Bulgarien finden, und bekommen die Antwort gleich serviert: beautiful land, very hearty people, strangers are welcome everywhere. Genau die Art von Konversation, bei der Läuse anfangen, auf mir herumzulaufen. Ich lasse die Eiswürfel im Glas zirkulieren und nehme einen Schluck Campari. Das falsche Getränk, wie ich sofort merke, nicht für diesen verschreckten Magen, jetzt, um neunzehn Uhr zehn.

Ich überlasse meiner Schwester den Auftakt der Konversation, obwohl das ein Fehler ist. Schon nach wenigen Minuten stellt sich heraus, daß die Dame des Hauses meine Schwester nicht leiden kann. Mich nimmt sie hin. Eine altbekannte Erfahrung. Schwierige Frauen kommen mit mir besser aus als mit meiner Schwester. In meiner Schwester wittern sie die Konkurrentin, eine Erosdienerin, die im Halbschlaf plaudert und von jedem Mann leicht zu wecken ist; mich nehmen sie diesbezüglich nicht für voll. So auch hier. Von der Hausherrin ernte ich das Wenige an

Zuneigung, das sie für eine Frau gerade noch erübrigen kann.

Mit einem kleinen Hundeschwatz will ich uns aus der Klemme führen und bringe es sogar fertig, den fipsigen Köter in ihren Armen zu loben. Der zittert und zittert. Sie setzt ein strichdünnes Lächeln auf: Roxy and Kato are very good friends. Mir leuchtet zwar nicht ein, weshalb ein Molosser, Schulterhöhe einsvierzig, einsfünfzig, mit dieser hysterischen Ratte befreundet sein soll, aber natürlich widerspreche ich nicht, sondern finde es süß.

Kato starrt mich aus rausgeschraubten Augen an.

Ich mache ein bißchen haha, nicht immer an den korrekten Stellen. Die ist eine Granate, denke ich, der personal trainer in Sachen Grausamkeit und Geschäft. Halbgarer Mann mit Überbiß. Knallhartes Weib. Roxy! flüstere ich. Kato antwortet mit einem Kläff. Roxy läßt die Schnauze am Boden, nur ihre Stirnfalten ziehen sich hoch, und ja, für einen Moment trifft mich ihr sanftes, braunrotes Auge.

Meine Schwester plaudert vor sich hin, das plätschert ins Unbestimmte, ich kann mich unmöglich darauf konzentrieren. *Keine Bücher im Haus.* Haben wir heute nicht den 24. Mai? Fest des bulgarischen Schrifttums, Fest der bulgarischen Bildung und Kultur, Fest von Konstantin Kyrill, dem Philosophen, und seinem Bruder Method? Des von ihnen geschaffenen Alphabets? Altbulgarisches Schrifttum undsoweiter? (Daß die berühmten Brüder niemals im Land waren und ihre Schüler das Alphabet entwickelt haben, wird von den Bulgaren gern vergessen.)

Herrgottzack, wahrscheinlich kein einziges Buch in diesem Haus. Das ist eine Kampfansage, das ist die Weigerung, von den Toten zu lernen.

Und du? Was gelernt? Wie gelernt? Was willst du überhaupt. Was? Dunstschichten über dem Meer, Schicht auf Schicht, das schleiert so. Sonne tief unten. Das sticht. Was gelernt? Von wem? Alles falsch. Kinder eines Homunkulus sind wir. Der Plural von Homunkulus, Homunkuli?

Jetzt geht das Gehämmere los, die Migräne hämmert's rein: falsch. Alles falsch. Wir hatten die richtigen Eltern, sind aber die falschen Kinder. Grundfalsche Kinder. Saudumme Kinder. Brave, ängstliche, saudumme Kinder. E-kel-erre-gen-de Kinder.

Vor lauter Weißnichtwieweg von diesem Gehämmere nehme ich noch einen Schluck Campari, einen gewaltigen, ein Teil schwappt über und läuft zu den Mundwinkeln run-ter, Roxy wirft mir einen Blick zu, einen grundgütigen, was täte ich ohne dich, Roxy. Herrschaftssechser, grundfalsche Kinder, fromme, doofe Kinder, unsere Eltern hätten Terro-risten gebraucht, nicht diese doofen frommen Kinder, die sie gekriegt haben, keinen Moment der Ruhe hätten wir ihnen gönnen dürfen, wir hätten sie aufbringen, aufreiben, aufkratzen müssen, spätestens mit vier hätten wir uns wie Stalinisten, Maoisten, Faschisten aufführen müssen, *Empo-rio- nein, Empi-ri-o-kritizismus*, zwölf, vierzehn, achtzehn Buchstaben, *Was tun*, schön kurz, *Über die Linie*, auch kurz, *Das Übel an der Wurzel packen*, zu lang zum Zählen, beschwichtigt haben wir statt dessen, waren brav, daß es ei-nem zum Hals rauskommt, Schluß damit, aber nein, Roxy ist auch brav, o ja, Roxy brav und schön, zum Faltenkrie-gen schön, grau auch, nein nicht rauchgrau – glanzgrau, so ein Spe-he-zialglänzerfell, achtzehn Buchstaben, für extra-fromme Charaktere, die – die – leuchten wie-hie –

Sofort aufs Klo. (Drei Buchstaben.) In einer verfluchten Minute bin ich fällig. Meine Schwester erkundigt sich nach dem Weg. Ich merke noch, Roxy steht auf und begleitet mich bis zur Türschwelle, der Diener weist mir den Weg. Jetzt nützt eisernes Gehen nichts mehr. Jetzt heißt es un-auffällig beschleunigen. Noch gehen, aber noch nicht ren-nen. Da ist sie, die Tür, Tür zu. Klodeckel hoch und raus.

Das hämmert, das schrillt, ich taumele, trotzdem ist mir leichter, und natürlich, brav geputzt wird mit angefeuchte-tem Klopapier, obwohl mir beim Runterbeugen sofort wie-der schlecht wird. Beim Aufrichten der Nachknall, als würde die Schädelnaht gesprengt. Wasser ins Gesicht. Mund ausspülen. Warum habe ich denen nicht glatt auf den Tisch gekotzt, frage ich mich auf dem Rückweg. Warum bin ich erst mit zwölf wild geworden und habe versucht, unsere Mutter verrückt zu machen, Mutter, die völlig abgewandt im eigenen Kummer lebte, ins Geldverdienen verbissen, mit dem Vertreterkoffer für Arzneisachen jeden Morgen um sieben in den VW gestiegen und abends zu müde, um sich für systematisch betriebene Provokationen mit Hilfe von Mao Tse Tung zu interessieren, nur für Straßenkarten, wie komme ich von Weilimdorf nach Tuttlingen, von Doktor Wilfried Pfleiderer zu Doktor Achim Metzger, was ich ihr längst nicht mehr verdenken kann.

Die habe ich auch übersehen. Links, am Rande der Böschung und schon halb verschwunden, steht was osterinselhaft Kopfiges, das Richtung Meer schaut. Aus Holz. Bestimmt eine moderne bulgarische Skulptur, ein von Roxy angekauter Riesenprügel, wer weiß. Den würde ich Roxy zuliebe in meinem Garten auch aufstellen. Der Hund hat am Terrassenausgang auf mich gewartet und geleitet mich nun zurück, läßt sich neben mir mit einem tiefen, ergebenen Seufzer, einem Grunzer fast, wie ihn nur geübte Melancholiker fertigbringen, auf die Steinplatten fallen.

Die Männer sind noch im Wasser, aber jetzt klingeln Telefone, gleich zwei hintereinander, und jetzt erst sehe ich, da ist eine kleine Telefonstation am Rande des Beckens aufgebaut, Halterungen für sechs Telefone, ehrlich, sechs. Saschko nimmt ab, sagt was, legt den einen hin und nimmt den andern auf, redet her, redet hin, ich bewundere diese Vielschwätzerei mit verschiedenen Apparaten. Modernes Zungenreden, eidechsenflink. Mir nicht gegeben.

Rumen sucht kopfunter die Stille des Wassers. Habe ich erwähnt, daß unser Rumen trotz schlabbriger Riesenhose im Butterblumendekor gar nicht schlecht aussieht? Bißchen stämmig zwar, der Mann, die bäuerischen Vorfahren sind noch nicht herausgezüchtet, und ziemliche Matte vor der Brust, was bei mir keine Begeisterung hervorruft, aber jetzt mal strikt im Sinne der Kristofolge betrachtet: der Mann führt sich auf, als wolle er optisch – auf bescheidene Weise zwar, aber doch irgendwie entschieden – unseren Vater nachahmen. Recht nett, wie er den Kopf hebt und ihm beim Schütteln das Wasser aus den Haaren flitzt, wie es einst unserem Vater aus den Haaren geflitzt ist.

Für christlichen Segen ist auch in diesem Haus gesorgt, wie wir von Saschkos Frau erfahren. Sie haben sich eine Privatkapelle einbauen lassen, und darin lebt eine wertvolle Ikone, die wir nachher anschauen müssen, und ja, der Metropolit von Varna ist persönlich hergeeilt, um die Kapelle zu weihen. Bestimmt hat Saschko jedesmal, wenn er einem Gegner die Hoden abgeschnitten hat, inbrünstig seine Hodigitria geküßt – Hodenmutter, sagt die Migräne, was natürlich Unfug ist – nein, eine herbe mantelumwallte Wegführerin mit Kind hat er geküßt, vom Pinsel des Evangelisten Lukas mit überirdischer Sorgfalt aufs Brett getupft.

Die Männer schwimmen einträchtig nebeneinander her, für den Killer schwillt wieder elektronischer Applaus aus seinen Apparaten, die in einem Crescendo alle zugleich klingeln.

Potpourri

Langsam hat sich die Dämmerung vom Meer kommend über das Land geschoben. Wir brechen auf. Rumen steuert den kleinen Wagen wie ein Fahrschüler zum Tor hinaus. Mit unseren aufgewühlten Köpfen können wir uns nicht einfach so ins Bett legen, wir fahren in den belebten Teil der Stadt, finden aber keinen passenden Ort. Rumen hält plötzlich mitten auf der Straße, steigt aus und geht zu einer Frau, die vor einem Hauseingang kauert, gibt ihr etwas, wahrscheinlich ein Almosen. Er zieht energisch die Wagentür hinter sich zu und fährt weiter.

Wir wandern am Strand entlang in der Hoffnung auf ein Lokal mit Terrasse, von der aus man aufs Meer schauen kann. Noch nie habe ich einen so häßlichen Strand gesehen. Überall Drecksbuden mit dröhnender Musik, die Art von Musik, mit der man einen Bürgerkrieg anfängt.

Ich bleibe zurück und kotze auf den Strand, scharre das bißchen Schleim mit Sand zu.

Rumen ist aufgeregt, er erzählt und erzählt, bohrt mit den Schuhen im Sand und will, daß meine Schwester alles versteht. Mir ist immer noch schlecht, ich möchte umkehren. Den Weg ins Hotel finde ich, aber meine Schwester muß Rumen überzeugen, daß ich ihn wirklich finde und in solcher Verfassung lieber für mich bleibe. Wir winken, ich ziehe davon.

Entlang der struppigen Palmen wandere ich zum Hotel. Einiger Verkehr, aber kaum Menschen auf der Straße. Hie und da muß noch ein Klacks Magensaft raus, immer weniger, eher beiläufig, vielleicht ein hündischer Zwang, die

Straßen Varnas zu markieren mit dem Rest an Verachtung, der noch übrig ist.

Im Hotel fühle ich mich schlapp. Ich kann aber nicht ertragen, wenn ein Bein über das andere zu liegen kommt. Ich kann auch nicht ertragen, wenn sich die Fersen parallel in die Matratze bohren. Es ist, als sei den Fersen eine widerliche Hirnverbindung möglich, Blitze und psychedelische Wellen hinter den geschlossenen Lidern erzeugend. Tabakoff zuckt auf, der gute alte Tabakoff mit seiner Imponierglatze, und da rapple ich selbst durch mein Hirn, nicht so bildscharf wie Tabakoff, die Eigenbilderzeugung ist ja immer etwas vage, trotzdem bin ich's, und zwar mit meinen Krankheitstheorien, die mir so flott von der Zunge gehen, Eigenhaßtheorien – Schleimbeutelentzündung, hatte Alexander Gitzin gesagt, er leide unter Schleimbeutelentzündung.

Schneller, als ich es vermochte, hatte meine Schwester gehandelt und sich einen neuen Sitzplatz gesucht. Zu meiner Überraschung hatte auch Marco unserem Wagen ade gesagt. Nur Wolfi war geblieben. Anstelle der Entflohenen waren Alexander und Iris eingestiegen.

Schleimbeutelentzündung, sagte Alexander.

Was ist das für ein Quatsch, fragte ich roh.

Alexander deutete auf seinen linken Oberarm.

Von Kranken muß man sich fernhalten, sagte ich. Ob man will oder nicht, die Krankheiten springen auf einen über, und hinter dem Kranken erhebt sich schon das Meer der Weißkittel und faßt nach ihm. Ein Kranker wird nie gesund, wenn man ihm Mitgefühl schenkt. Kranke muß man herablassend behandeln, dann rudern sie sich aus der Misere heraus, weil ihnen kein anderer Ausweg bleibt als Tod oder Leben.

Iris lachte, Alexander war etwas verstimmt, doch siehe da, ein schwaches Lächeln kroch über Wolfis Gesicht. Ich hatte einen unerwarteten Verbündeten in Sachen Krankheitsabscheu gefunden.

Die Theorie ist natürlich Mist. Meine Person ist der Gegenbeweis. Meiner Krankenverachtung nach müßte ich erzgesund sein. Aber sie findet mich, diese Dreicksmigräne, es kümmert sie nicht, was ich denke, mir zum Trotz zuckt sie, drückt und quetscht und sticht hinter den Augen, peinlich peinlich, diese Theaterkrankheit habe ich nämlich vom Vater übernommen, der war auch so ein Migränelappen. Rachsüchtige Triebe stecken dahinter, schlagen mit Stahlruten zu, erzeugen einen perversen Seelenorgasmus, und zack, wird einem eingebleut, was für ein verlogenes Stück man ist, und zack, wie elend diese ewige Ich-ich-ich-Schwelgerei, und bitte, öffnet das Grab in meinem Kopf, damit es ein Ende nimmt mit dieser kümmerlichen Nörgelexistenz, die im Bett sich wälzt und greint und mit den Zähnen knirscht.

Bitte was?

Je Mitleid gehabt? Ich höre.

Keines. Mit der sterbenden Mutter nicht, mit überhaupt nie einem Menschen, höchstens mit verwahrlosten Straßenkötern und struppigen Katzen, nicht mal anfassen konnte ich die Mutter vor lauter Grauen, wer hat ihr die Zehennägel geschnitten, nicht ich, meine Schwester war's, und deshalb bleibt sie von Kopfweh verschont, Schwester, die ich hasse mit ihrem leuchtenden Gesundheitskopf, Fürsorgekopf, Kopf, der alles hat, was ich nicht habe.

Iris Sinclair, die einen Amerikaner geheiratet hat, und Alexander Gitzin, das sind Kinder, wie Eltern sie sich wünschen. Lustige, allzeit bereite, sanftmütige Kinder. Iris gefällt jedem; eine quicklebendige Intelligenz springt ihr förmlich zu den Knopflöchern heraus. Ihre rotblonden Löckchen sind elektrisch geladen. Iris will alles wissen, untersucht alles, sie hat kleine, zerknitterte, nicht ruhig zu haltende Finger und brachte mit diesen Fingern eine köstliche Unruhe in unsere Limousine, heiter wurde ich davon und sehnte mich keineswegs mehr nach einer privaten Schlummerfahrt. Sogar Wolfi taute auf und begann mit Alexander ein Gespräch über Messebau, was Alexander die Möglichkeit gab, uns von seiner Firma zu erzählen. Er war stolz auf seinen Erfolg, gewiß, aber ohne jede Angeberei. Solide an die Dinge des täglichen Lebens geschweißt – Alexander kam mir vor wie das Urbild eines Schwaben, Haut und Haar allerdings ins Dunklere geschmolzen als bei den Schwaben üblich. Ich faßte ein solches Vertrauen zu ihm, daß ich ihn bitten wollte, meine Finanzen zu verwalten, die Wohnung zu renovieren und einen Plan zu machen, wann ich arbeiten solle, wann essen, spazierengehen, fernsehen, wann lesen. Wäre ich Alexander früher wiederbegegnet, er hätte mir einen Rat gegeben, wie ein vernünftiger Mensch seine Eltern behandelt. Vielleicht hätte es gewirkt, solange unsere Mutter noch am Leben war.

Obwohl – jetzt kommen mir Zweifel. Mit gütlichem Zureden war da nichts auszurichten. Daß der ehrenfeste Alexander mit unserer rabiaten Mutter fertiggeworden wäre, ist mehr als zweifelhaft, Mutter, die nicht einfach mit einer Zigarette zwischen die Lippen geklemmt in ihrem Sessel starb, wie ich immer gedacht hatte, sondern nach einem Wutanfall.

Auch sie eine Christusempörte, die sich auf dem Sterbebett zu einer großen Szene aufschwang. Eigentlich nicht mehr bei Kräften, den Kopf kaum heben könnend, mit ruhelos wandernden Augen, irgendwie ungläubig, mit leicht schielenden und fast frechen Mädchenaugen die Decke absuchend, mümmelnden Mundes, in brummelndem Tonfall immer wieder *so*, *und was jetzt* hervorbringend oder *so*, *jetzt hemmer den Salat*, ihre abgezehrten Greisenarme steckendünn, bäumte sie sich plötzlich auf, packte, was auf ihrem Nachttisch stand, warf all das Zeugs, Teller, Becher, Pillen, Löffel, Schachteln, nach einem Kruzifix, das an der Wand hing, zielte und traf's. Tropfnaß die Wand, die Bescherung am Boden. Unsere Mutter am Ende.

Nein, sie meinte nicht den Erlöser, der am Kreuz geendet hatte, sondern den unwürdigen Namensvertreter, mit dem sie verheiratet gewesen war. Kein Wort des Hasses, keine Schmähungen, kein Fluch waren je über ihre Lippen gekommen, nicht einmal harmlose Vorwürfe, mit denen sie sich hätte Luft verschaffen und ihren Groll mindern können, zumindest uns gegenüber nie. Sie duldete nicht, daß die übriggebliebene Familienhorde in Worten ihre Rache nahm. Ausgerechnet sie, die Meisterin scharfer Sprüche und haltloser Verruchtheitsgesten, benahm sich zahm. Den Mann war sie nie losgeworden. Der Mann mußte intakt bleiben mit nobler Krawatte um den Hals. Dabei wurde sie von ihm bis auf die Knochen gequält, bis auf die Knochen heruntergeschabt wurden ihre Gefühle, noch im hohen Alter hatte sie Alpträume vom Schlitzen und Erhängen, Erhängen und Schlitzen, unwirksam bekämpft mit viel zu vielen Schlaftabletten. Sie lebte in Kälte, Ordnung, Sauberkeit, mit achtzig Zigaretten am Tag (immer gut gelüftet, Kippen sofort entsorgt), tadelloser Kontoführung und einer unbändigen Wut auf Jesus Christus.

Ein düsteres Stilleben taucht auf, die Mutter kurz vor ihrem Tod, wie sie Nacht für Nacht am hohen, erleuchteten Fenster über das zerstückelte Degerloch schaut, die unschönen Dächer von Degerloch. Blutwolken über den Dächern von Degerloch. Kalter Beton der achtziger Jahre. Ein harter Mond über den Neonleuchten. Tankstellenluft. Kleingehäuseltes. Nachbarn erzählten, sie habe regungslos am Fenster gestanden, ewig lang, wenn das Bild auftaucht, packt's mich. Unser Vater war nämlich auch so ein entsetzlicher Fenstersteher gewesen, Hals tief im Nacken versenkt, worttaub, womit er die Gastgeber verstörte. Im Haus einer Freundin auf dem Killesberg, von deren Wohnzimmer aus man auf die Stadt schauen konnte, stand er düsteren Sinnes, stand ewig lang da und war vom Fenster nicht wegzukriegen, Stuttgart, Stadt der Hügel und Lichter, Schattenstadt der zähen Schaffer, kein Zweifel, er war zu ernsthaften Darbietungen in der Lage, während die ratlose Gesellschaft, nicht recht wissend, wie über die Runde kommen, ihre mühsamen Gespräche mit scheuen Blicken nach ihm hin über die Zeit schleppten. Bilder, die sich wie Säure ins Hirn fressen von diesen einsamen elterlichen Fensterstehern, die mit Fixerblicken an der Nacht hingen.

Die alkoholisierte Rauchkanaille, die unsere Mutter war. *Rauchkanaille*, das ist durchaus ehrenvoll gemeint. Denn etwas hatte sie: sie hatte ihre Eigenheiten, und die lebte sie aus, unbekümmert darum, womit der Rest der Welt sich gerade beschäftigte. Das Fernsehen war ihr gleichgültig. Sie besaß nie ein Gerät, starrte nie in diesen Kasten, nicht einmal während der Mondlandung. Sie fand es nicht einmal der Mühe wert, Fernsehen abzulehnen, sie saß gleichgültig daneben, wenn ihre Freunde davon fasziniert waren, und rauchte still vor sich hin. Das wichtigste Medium ihrer Zeit existierte für sie nicht, nicht mal im Alter. Da beschränkte sie sich auf die *Stuttgarter Zeitung*, führte den Hund ins Weidachtal, natürlich nicht mehr den Dackel, der war ja längst tot, sondern einen großen, bedächtigen Berner Sennenhund, mit dem ging sie ins Wirtshaus, rauchte, trank Weißweinschorle, aß wenig und las Bücher. Außerdem schrieb sie recht gut; pfiffig und flott im Ton sind die Briefe, die sich erhalten haben. Und dann hatte sie diesen Fingertick. Ihre Hände waren die wichtigste Zutat zu ihrer Person, sie legte sie bewußt hin oder setzte sie so in Szene, daß sie unweigerlich auffielen. Lackierte, schlanke Finger, welche die Zigarette eine Spur nachlässig, zugleich betont elegant hielten.

Unsere Mutter war Fingerphilosophin, sie leitete daraus ihre Menschenkenntnis ab. Die Hände meiner Schwester waren *zu zart*, meine schienen ihr irgendwie besser zu gefallen, obwohl sie sonst kein gutes Haar an mir ließ, aber meine Hände waren *in Ordnung*. Jedenfalls habe ich die stahlharten Nägel von ihr geerbt, meine Schwester hat weiche. Unser Vater hatte *musische und zugleich muskulöse Finger*, gottlob ohne Haare darauf, wie ich ergänzen möchte. Was bei diesem Fingertick zutiefst komisch ist: außer zum dekorativen Herumliegen waren die Hände unserer Mutter nicht recht zu gebrauchen, zumindest nicht für feinere Arbeiten. Die Finger unserer Mutter wurden nervös, wenn es darum ging, mit einem Fadenende nach einem Nadelöhr zu zielen.

Und bewimmelt von diesen hypernervösen Fingern, während Reiskörner von den Stirnlappen rieseln und die Flämmchen im Hintergrund immer spärlicher flackern, stellt sich allmählich Schlaf ein.

Trotz des warmen Wetters, das sich durch die offenen Fenster ankündigt, erwache ich in schneeköniglichen Freuden. Der Kopf ist leicht. Ein euphorisierendes Schwebgas hat ihn gefüllt. Der Übermut läßt ihn höher und immer höher aus dem Nacken herauswachsen. Solange der Kopf ein Schmerzkopf ist, steckt er gepreßt in berstenwollender Schale. Jetzt ist überall Platz und Luft, für ihn, für Arme und Beine, Luft, Luft, Luft. Die plötzliche Freiheit von Schmerz läßt den Körper in argloser Welterwartung aus dem Zimmer – nein, nicht gehen – wandeln. Oh, es macht nichts, daß die Frühstücksecke schmierig aussieht. Fröhlich schwirre ich vor meinen Mitfahrern durch die Tür, um ein Café zu suchen. Draußen ist es weniger warm als gedacht.

Noch etwas ist anders. Wie ich meine Kameraden so rötlich überschämt vor mir am Tisch sitzen sehe, hege ich einen gewissen Verdacht.

Geht's wieder?

Ausgezeichnet.

Jesus, da bin ich aber froh, sagt meine Schwester und seufzt so inbrünstig, als hätte Jesus gerade das Lazaruswunder an mir verübt. Das schlechte Gewissen hat sie beflogen, ihre übliche Morgenruhe ist dahin, die schlanken Finger zwirbeln einen Kaffeelöffel an der Luft herum. Als die zwei im Chor anfangen zu sprechen, stocken und kichern, ist die Sache vollends klar.

Rumen erklärt nun salbungsvoll, daß wir heute den ganzen Tag lang dem Diktat meiner Wünsche gehorchen müßten. Die Verlegenheit zwingt ihn, sich von einem bürokratischen Sprachungetüm zum nächsten zu retten; er bekräftigt meine Wunschdiktatur, ja, das Diktat meiner Wünsche will ihm obendrein auch noch Befehl sein.

Ich lache frei heraus, was auf meine Verliebten eher verstörend wirkt, da sie sich gar nicht vorstellen können, wie schnell ihre Tarnung aufgeflogen ist. Schön ist meine Schwester. Ihr schmelzender Charme, der sich in den letzten Jahren etwas versprödigt hatte, hält das Gesicht wieder glatt; rosig überhaucht beißt sie in etwas, das für ein Croissant zu gummiartig und für einen Wecken zu weich ist (wie ich gerade gemerkt habe, als ich in ein ähnlich ominöses Ding biß). Das Unvermögen der bulgarischen Bäcker soll uns aber nicht die Heiterkeit rauben.

Eure Wunschdiktatorin denkt, wir sollten die Küste entlangfahren und schauen, wo wir bleiben, sage ich.

Gut, sehr gut, sagt Rumen, wir fahren und schauen.

Wie recht du wieder mal hast, sagt meine Schwester, Varna bringt nichts. Schauen wir zu, daß wir fahren.

Eine halbe Stunde später sind wir soweit. Meine Schwester bettelt geradezu darum, ich möge mich doch auch mal nach vorne setzen und die Küste genießen, aber nein, ich will nicht, jetzt will ich das auf keinen Fall mehr.

Während wir aus Varna hinausfahren, überdenke ich die neue Lage. Meine Schwester habe ich lange nicht mehr verliebt gesehen. Sie gefällt mir in diesem flirrenden Zustand. Und Rumen ist, wenn ich über die eigenen erotischen Idiosynkrasien hinausblicke, keine schlechte Wahl.

Meiner Schwester ist diese Liebelei herzlich zu gönnen. Sie war längst fällig. Nur bringt mich das in eine verzwickte Lage. Mich leise davonschleichen und die beiden nicht weiter stören geht nicht. Erschrecken würden sie, wenn ich in Burgas den Zug nehmen und nach Sofia fahren wollte. Sie würden das auf keinen Fall zulassen, Rumen würde darauf bestehen, mich zu chauffieren, und ich hätte ihnen damit nur die Zeit, die sie gemeinsam in Bulgarien verbringen können, verkürzt. Meine Schwester klammert sich jetzt geradezu an mich, sie ist ängstlich darauf bedacht, den Dreibund zu erhalten, weil das zart geknüpfte Zweierband noch zu aufgeregt in alle Winde flattert, als daß sie ohne mich auskommen könnten.

Was die Lage erheblich kompliziert: meine Schwester und ich, wir reden nie über Männer. Wir reden über Bücher und auch sonst über alles mögliche, aber niemals, es sei denn in Floskeln, werden Männer berührt, mit denen wir zusammen sind. Ein Heikelgebiet. Obwohl ich meine Kommentare gern direkt nach draußen feuere, hocke ich hier in einem vertrackten Schanzwerk fest. Da wird viel geschwiegen, selten ein wenig Süßholz geraspelt, da werden dem einen oder anderen Mann Grüße bestellt, die nichts wollen und nichts sollen, und es wird brav vorgetäuscht, der Gegrüßte habe seinerseits zurückgegrüßt. Kein auch nur annähernd wahres Wort ist mir je herausgerutscht, wofern es um die Männer meiner Schwester ging.

Als Verliebte irrten wir auf getrennten Wegen. Schon während der Gymnasialzeit hätte der Unterschied kaum größer ausfallen können. Ich liebte die hochtourigen Flitzköpfe oder das Gegenteil davon: staubtrockene Knarzer. Und nichts dazwischen. Meine Schwester hingegen, herrje, meine Schwester trieb es mit den aalglatten Schwiegermutterlieblingen, mit diesen notorischen Blumen- und Pralinenmitbringern, unserer Mutter garantiert zur Freude. Ich aber schleppte Kerle an, bei denen ihr garantiert die Haare zu Berge standen: einen Rasputin, einen total verlederten Politkommissar und einen finnischen Afghanistanfahrer, der ziemlich LSD geladen hatte, als er unserer Mutter die Hand verweigerte und leicht schlingernd an ihr vorbeisteuerte, um sich auf das rote Sofa zu fläzen.

Der Perser, den meine Schwester geheiratet und von dem sie zwei Kinder hat, ist so ein Schwiegermutterliebling. Äußerlich ein durch Salatöl gezogener Sky Dumont, nur zierlicher, eben persischer. Kein Ayatollah mit Bart. Eher ein Jubelperser. Allerdings kann man sich ihn mit Schlagstock in der Hand auch nicht vorstellen. Er hat eine Halterung für die Kleenexbox in seinem Mercedes anbringen lassen, weil er immer was abtupfen muß. Daß der Mann untreu ist, ist weniger schlimm. Treue wird maßlos überschätzt. Schlimm ist seine süßliche, weichliche, scheinsanfte, manipulative, grundverlogene Egomanie. *Als die Sonne heute morgen aufging, dachte ich an dich, Cherie.*

Würden wir über Männer reden, müßte ich meine Schwester fragen, wie sie so ein Sätzchen nimmt. Warum die Lektüren, die sie so innig begleiten, so wenig auf ihr Liebesleben abgefärbt haben. Und wir müßten darüber reden, wieso sie sich derart stur an Spieldosenausgaben unseres Vaters hält. Ihr Mann ist nämlich auch die Sorte Arzt, die hauptsächlich mit Frauen zu tun hat. Er ist allerdings Schönheitschirurg und wäre auch in jeder Vorabendserie die passende Besetzung für einen Schönheitschirurgen.

Würden wir uns wechselweise in die Zange nehmen, müßte auch ich Auskunft geben. Was hat es mit den blonden Knochengerüsten auf sich, in die du so vernarrt bist? hätte meine Schwester jedes Recht zu fragen. Zu welch idiotischen Umwegen führt die Vatervermeidung? Wenigstens sind bei mir die Lektüren, die ich bevorzuge, und die Männer, die mir gefallen, eher miteinander versöhnt, könnte ich zu meiner Verteidigung anführen.

Heikel, mehr als heikel wäre es, kämen wir auf Kinder zu sprechen. Auf die verwöhnten, zutiefst unglücklichen Kinder meiner Schwester. Auf mein radikales Desinteresse an Kindern.

Obwohl ich mich gerade leicht und frei genug fühle, um einmal anders zu denken – es müßte doch möglich sein, die Familie meiner Schwester unbeschwert zu sehen, gerade so, als wären es kuriose Liliengewächse, Frankfurter Lilien, lieblich in ihrer Art, wie sie da so keck in der Beethovenstraße gedeihen – aber sobald ich vom Lilienbild abkomme, stellt sich nichts Schönes ein.

Denke ich an die Frankfurter Kinder, denke ich an die überstopften Kinderzimmerhöllen, denen sie gerade entwachsen sind. Wie sie viermal im Jahr in entlegene Weltgegenden gezerrt wurden und darüber jegliches Interesse an der Welt verloren haben. Halbe Erwachsene sind's inzwischen. Der geschwätzige Sohn, der ein erbärmlicher Aufschneider ist, hat schon das siebzehnte Rennrad verschlissen und fährt jetzt ein Cabrio (immerhin, er interessiert sich für Geld, das ist eine deutliche Leidenschaft, wenn auch eine kalte). Und dann die vermopste, depressive Tochter, die keinerlei Zeichen gibt, daß sie sich je für etwas begeistern, geschweige denn irgend etwas je können wird.

Warum um Gottes willen hat meine Schwester, dieser liebenswürdige Buchmensch, so wenig Zartsinn und Neugier in ihren Kindern geweckt? Zum ersten Mal empfinde ich Mitleid mit ihnen. Sie kommen mir wie Verdammte vor, die durch eine schlimmere Als-ob-Welt irren, als wir es je mußten. Nicht einmal die Tragik ist ihnen vergönnt.

Mohnaugen

Trotzdem, Unglück her oder hin, heute nehme ich alles leicht. Mich freut, wie die da vorne sich so eifrig mit Zeigen und Hinweisen beschäftigen – sieh mal da, sieh mal dort –, mit wechselweise entliehenen Augen entdecken sie alles neu. Sie arbeiten als Komplizen, meine Schwester weiß schon, wo Rumens Zigaretten stecken, holt das Päckchen heraus und zündet ihm eine an. Wie rasch sich meine Schwester umstellt. Das hat mich immer an ihr erstaunt. In der Beethovenstraße müssen die Gäste auf die Terrasse, wenn sie rauchen wollen, der Perser duldet kein Aschenstäubchen auf und keine Rauchschwade um seine Memphis-Möbel und die kuhfellbezogenen Liegen, die überall herumstehen.

Unser Vater schwankte zwischen exzessiv und asketisch, er rauchte, trank, schlemmte, und dann wieder nicht. Er war ein großer Markthalleneinkäufer, liebte es, dort seinen bulgarischen Kumpel zu treffen. Er kannte auch alle Griechen, Italiener und Jugoslawen, die dort ihre Stände hatten, scherzte mit ihnen, prüfte das Obst wie ein Kenner, verteilte ärztliche Ratschläge, brachte Medikamente mit. Die wenigen Male, die ich mit ihm einkaufen war, zeigten mir den Vater als den beliebtesten Menschen von der Welt. Er wurde mit beidhändigen Handschlägen begrüßt, man umarmte ihn, klopfte ihm auf die Schulter und erwies dem Zwerglein an seiner Hand Referenzen wie einem Würdenträger. Wenn er bepackt mit knisternden Papiertüten aus der Markthalle kam, war er beschwingt. Stolz breitete er seine Waren in der Küche aus, gelobt von der Großmutter, die eine exzellente Köchin war. Sie berieten und schäkerten miteinander, umschwänzelt vom hüpfenden Dackel, dem der Vater ein halbes Würstchen schenkte.

Wir fahren und fahren, fahren an der versauten Küste entlang. Überall Baustellen, Müllberge, aufgebrochenes Erdreich, Lastwagenverkehr, und dazwischen, hier allerdings seltener als im inneren Land, tauchen auch wieder Eselkarren auf. Die Stalinklötze und die Nachfolgebauten im weicheren Brutalisierungsstil sind inzwischen von einer Walt-Disney-Architektur eingekesselt. Überall rundliche, kindische Gebilde, die an marzipanrosa Torten erinnern. Aufblasbare Plastikmonster grinsen ein böses Willkommen aus der Luft. Nach Rosa ist Eiskremgelb die beliebteste Farbe.

Ich merke, daß der Vater ein Auge auf uns hat. Wie, weiß ich nicht. Aber es ist geöffnet, das Vaterauge. Halb schlafend, halb wach ruht der Vater am Rand des Horizonts. Das Auge, das über dem Horizont liegt, betrachtet die Küste mit uns, seine geliebte Schwarzmeerküste, von der er uns immer in glühenden Farben sprach.

Als hätte meine Schwester die Gedanken erraten, wendet sie sich nach mir um: Erinnerst du dich, wie Papa von den Fischern erzählt hat?

O ja, daran erinnere ich mich, und wie! An die Kraft, den Mut, die Geschicklichkeit der bulgarischen Fischer reichte nichts und niemand heran. Diese Fischer waren seine Heroen. Noch vor Sonnenaufgang fuhren sie hinaus auf das tückische Meer, das glatt im rotgoldenen Frühlicht vor ihnen lag. Ein lächelndes, täuschend braves Meer. Aber dann – Finsternis! Unser Vater ließ das Schwarze Meer sich ordentlich wellen, es kochte und gischte, Männer gingen über Bord und wurden von tapferen Kameraden gerettet, die Haut wurde ihnen von den Händen gerissen, wenn sie nach den Tauen griffen, die wie Schlangen sich wanden, blinkende Fischleiber wimmelten in den Booten – doch gottlob, irgendwann beruhigte sich das aufgebrachte Meer wieder, die Männer kehrten heim und wurden belohnt. Von den Frauen, die sie sehnsüchtig erwarteten, von den herrlichen Früchten und Fischen, die sie verzehrten, und von der wilden Schönheit einer Küstenlandschaft, die alle anderen Landschaften übertraf. Und wenn er das Licht ausknipste, damit wir bald einschliefen, erzählte er weiter von der sagenhaften Unterwasserwelt des Meeres, von Leuchtfischen, die, winzige Laternen vor die Köpfe gehängt, durch die nachtschwarzen Wässer zogen, von schimmerndem Plankton, das einem, wenn man nachts im Meer schwamm, in funkelnden Schleiern zwischen den Händen wegglitt. Von elektrisch geladenen Fischen erzählte er, die in Höhlen lagen und furchtbare Schläge austeilen konnten, oder von Medusen, die nur, wenn sie als Glipsch im Sand lagen, häßlich waren, im Meer aber, o im Meer, waren sie schöner als Nixen und schleierten mit unnachahmlicher Eleganz durch ihren Lebensraum.

Ich weiß nicht, ob unser Vater mit der Fauna des Schwarzen Meeres wirklich vertraut war. Wohl eher nicht. Er übertrieb gern, wenn er in Fahrt war. So zum Beispiel behauptete er steif und fest, daß nur die Fischer wahre Philosophen seien. Wer nicht stundenlang aufs Meer starrte und beim Netzeflicken Geduld lernte, war überhaupt kein Philosoph.

Wie mir naturgemäß erst später aufging, stand das in merkwürdigem Kontrast zu der Tatsache, daß unser Vater außer Nietzsche und Schopenhauer wahrscheinlich keine Philosophen gelesen hat. Vielleicht ein bißchen Platon in seinem bulgarischen Gymnasium. Obwohl gerade der Philosoph, noch vor dem Poeten, in höchsten Ehren bei ihm stand. Bevor ich das Wort schreiben konnte, wußte ich, der Philosoph war der herrlichste Mensch, den es geben konnte. Er stand über allen anderen, womöglich sogar haushoch über dem Vater. Als ich Jahre später hörte, Hegel sei ein weltberühmter Philosoph gewesen, und zwar ein schwäbischer, glaubte ich das nicht. Es fehlte ja Hegel das Meer. Wie hätte er da Philosoph sein können.

Degerloch mußte ein besonders langweiliger Ort sein, dachte ich manchmal nachts. Das bißchen Hügel, der fade, kanalisierte Neckar, den man von uns aus nicht einmal sah, keine Leuchtfische, kein Meer als Philosophenschule, keine Indianer, überhaupt kein einziger Mann weit und breit, der einen gefährlichen Beruf ausübte.

Papa, hättest du gedacht, daß deine Küste eines Tages so häßlich aussehen würde?

Von weit her sieht's anders aus.

Na, das muß aber sehr weit entfernt sein. Von hoch oben ist das Schwarze Meer womöglich nicht mehr als ein blauer Fleck. Im übrigen ist es weder blau noch schwarz, sondern grau. Ein völlig unscheinbares, um nicht zu sagen ödes Meer. Weder von seiner Schönheit noch von seiner Heimtücke ist im Moment etwas zu spüren.

Ich wüßte gern, wie dem Vater Degerloch vorgekommen ist, damals. So öde, wie mir das Schwarze Meer heute vorkommt?

Weiß nicht, sagt der Vater, zu lange her. Kümmert mich auch nicht.

Vielleicht leiden die Toten unter schlimmerem Gedächtnisschwund, als wir es tun. Vielleicht sind sie so kraftlos, daß sie gar nichts herbeschwören können, nicht einmal, was sie haßten oder liebten. Tote haben weniger Kraft als ein Knitterhäutlein. Für Haß oder Liebe muß man ordentlich im Saft stehen.

Gehaßt haben wird unser Vater Degerloch nicht. Aber geliebt? Degerloch war nach dem Krieg kaum zerstört, ein etwas schläfriger Vorort, der in zwei Teile zerfiel – den reicheren Teil mit stattlichen Häusern Richtung Wald und einen kleinbürgerlichen Teil jenseits der Epplestraße Richtung Sauerkrautfelder. Dann wurde die Autobahn hereingezogen, der alte Dorfkern verstümmelt. Der kleinbürgerliche Teil Degerlochs sah binnen weniger Jahre aus, wie all die grauenhaft breiigen Filderorte aussehen, mit ihrer verkommenen Architektur, den Straßenschneisen, dem verhäuselten Kleingrund mit Ziergehölz und Garage, der Betonhütte als Mülltonnenversteck, in die zu Schmuckzwecken Kieselsteine eingedrückt sind.

Degerloch hat sich vom Schlachthieb des Straßenbaus nie mehr erholt. Heute wäre es mir eine Pein, müßte ich dort wohnen. Als der Vater noch lebte, sah es nicht so schlimm aus.

Oder? War es damals schon schlimm?

Der Vater schweigt. Falls sein Auge noch offen steht, ist es aufs Meer gerichtet. Vielleicht ist er inzwischen ein Schwabenfeind. Obwohl alles so traulich zwischen ihm und den Schwaben anfing.

Die Hauptlegende von seiner glorreichen Ankunft im Schwabenland erzählt: als er 1943 nach Tübingen kam, um einen Kommilitonen zu besuchen, gab er seinen Wintermantel am Bahnhof ab. Es war warm geworden, und der Mantel wog schwer. Als er zurückkehrte, bat ihn der Bahnhofsvorsteher noch um einen Moment Geduld. Es stellte sich heraus, seine Frau hatte sich inzwischen des Mantels angenommen, einen Knopf festgenäht und eine schadhafte Stelle ausgebessert. Der Vater soll tief beeindruckt gewesen sein und beschlossen haben, in Tübingen weiterzustudieren.

In der Mutter seiner künftigen Frau hatte er alsbald einen ähnlich fürsorglichen Menschen gefunden.

Ob der Vater unsere Mutter überhaupt nur wegen der Großmutter geheiratet hat? frage ich meine Schwester.

Wie kommst du bloß auf solche Schnapsideen?

Nach einer Weile, in der sie mit schnellen Kopfwendungen kreuz und quer in die Gegend geschaut hat, gibt sie nach. Immerhin mag es bei seinen Heiratsabsichten geholfen haben. Für ausgehungerte junge Männer während und nach dem Krieg muß sie eine ideale Schwiegermutter gewesen sein, geschickt und großherzig, wie sie war.

Deutlich wie selten sehe ich die Großmutter vor mir. Das hochgesteckte graue Haar. Ein schwarzes Kleid mit stoffbezogenen Knöpfen, darauf der durchbrochene weiße Kragen, in der Mitte von einer Brosche zusammengehalten.

Sie hat überhaupt alles zusammengehalten.

Meine Schwester und ich sind aber schon zu lang, um auf ihrem Schoß Platz zu finden. Die Großmutter will uns daran gewöhnen, daß der Vater weg ist. Euer Vater ist in den Himmel aufgestiegen. Im Himmel hat er es gut.

Ich habe vergessen, wie sie diesen Aufstieg begründet hat. Schrecklähmung. In der Verstörung zieht sich alles zusammen, nichts dringt herein. Da kann kommen wer will, da kann gesagt werden was auch immer. Als großmuttergeprägtes Kind gehorchte ich automatisch, empfing automatisch den Trost ihrer Worte, ließ ihre sanftmütigen Handflächen tun, was sie immer taten, atmete den reinen Geruch ein, den ich normalerweise liebte. Trotzdem, bei mir zog der Himmel. Nicht sofort, aber im Lauf der kommenden Tage und Monate. Meine Schwester war schon zu alt für solche Geschichten. Sie starrte konzentriert zu Boden.

Wobei die Großmutter mit einem nicht gerechnet hatte: den Vater im Himmel zu wissen und nicht als verwesenden Haufen im Grab war zwar beruhigend, hatte aber den Nachteil, daß ich mich beobachtet fühlte. Das ging so lange gut, als die Großmutter am Leben war. Sie war die Himmelsgarantin, die mit Gesang und Gebetbuch das Unheimliche in Schach hielt. Sie wußte, an welcher Stelle Moses im Himmel saß, wo die Apostel, wo Jesus. Unser Vater saß etwas weiter entfernt und befaßte sich mit Jesus. Er war ja neu im Himmel und mußte warten und lernen. Wie lange dieser Wartezustand dauern würde, wußte die Großmutter nicht zu sagen, bei seinem Eifer und den guten Anlagen wohl nicht allzulang. Nach der Wartezeit würde er frei sein und käme in der Not, uns zu beschützen.

Die Großmutter starb wenige Monate nach dem Vater. Ab da keine Himmelsmittlerin mehr weit und breit. Ich las die *Odyssee*, da ging es im Himmel anders zu, las Bücher, in denen der Himmel nur noch Farbe war oder von Bombenwerfern durchkreuzt wurde. Meine Schwester hatte ihren ersten Freund und kehrte sich ab. Mir blieb der Dakkel. Seither haben im tiefsten Kummer nur Tiere die Kraft, mich abzulenken.

Kein ruhiger, gütiger Vater schlummerte im Himmel über Degerloch und erwachte in der Not, um mich zu retten. Er hatte ein böses, entzündetes Auge auf mich, öffnete und schloß es nach seinen Regeln. Ein Strafauge, das mich verfolgte. Mit vierzehn Jahren nahm ich zum ersten Mal LSD, da lag das blutunterlaufene Strafauge über ganz Stuttgart gebreitet und scheuchte mich in langen Sprüngen den Killesberg hinunter. Zitternd saß ich in der Linie 6 nach Degerloch bergauf und sah die Vaterblicke das Dach der Straßenbahn durchbohren. Nicht mal eine bombenfeste Ideologie, der Betonleninismus mit all seiner aggressiven Kraft, der nun jahrelang mein Denken verbarrikadierte, kam dagegen an. Menschen verfaulten in ihren Gräbern. Aus und fertig. Revolutionshelden lebten fort, aber nur im Gedächtnis der Menschen. Religion war Opium fürs Volk.

Ich brauchte aber bloß ein bißchen Hasch zu rauchen oder LSD zu nehmen, und schon entlud sich ein christliches Gewitter über meinem Haupt. Jakobsleitern, Vatergeflatter, himmlische Chöre, richtender Zeigefinger, Wörter wie *Blutwursttheater* und immer wieder der Geruch der Großmutter, die da oben mit einem Schwamm den chaotischen Himmel reinigte. Sie schloß dem Vater das Auge, sorgte für Ordnung, momentweise für helles Entzücken und köstlichen Leichtsinn.

Bist blind, mein lieber Gott, so bin ich deiner los.

Es drängte mich, die in solchen Tumulten gegebenen Wörter zu verwenden, in einem Roman. Aus einem hochgeklappten Kanaldeckel entstieg ein Jesusgeschöpf mit leuchtenden Mohnaugen und reiste nach Südamerika. Nicht in klassischer Jesusmanier mit Fischerboot und Aposteln und Übers-Wasser-Gehen, eher wie ein Vampir. Wo der Jesusfolger hintrat, gab's Revolution und Gemetzel. In Ecuador, in San Salvador, in – keine Ahnung mehr wo. Als Tarnname benutzte er *Müller Mayer M.*

Unsere Mutter entdeckte die Papiere und war alarmiert, schlimmer noch, sie stellte mich nicht einfach zur Rede, sondern gab *Müller Mayer M.* heimlich an einen ihrer Freunde weiter, der früher einmal für den Birkhäuser Verlag gearbeitet hatte. Ein belesener alter Schwuler, der sich mit einem Kranz von Bewunderinnen schmückte, denen er launig mitteilte, daß sie nichts wüßten. Er saß, ich stand. Hochmütig saß er im Sessel, winkte mich heran und gab mir zu wissen, Schreiben sei eine Kunst. Genüßlich zitierte er besonders alberne Stellen und nannte mich fortan das Revolver Emmchen. Es war damals nicht schwer, meinen Haß auf die Mutter zu schüren. Der Mann hatte einen todsicheren Weg gefunden.

Diese unangenehme Erinnerung weckt heute Heiterkeit. *Revolver Emmchen* traf den Nagel auf den Kopf, bloß war's der falsche Zeitpunkt.

Das Fingertheater!

Jetzt fällt mir auf, daß der Mann denselben Fingertick hatte wie meine Mutter. Auch seine Finger waren schlank, die Nägel sorgfältig manikürt, wenn auch nicht lackiert, und er trug einen auffälligen Siegelring. Als er damals aus dem Sessel heraus mit mir sprach, kam ein glanzvolles Finger- und Zigarettentheater zur Aufführung, so ein Obenhin-Spiel mit ziehenden Schwaden, betontem Wegpusten und angestrengtem Sinnieren. Wie dumm, daß sich der Humor erst spät einstellt. Heute ließe ich mir eine Frechheit gern gefallen, wenn sie mit so viel Opulenz inszeniert würde. Damals war ich eine unsympathische Halbwüchsige voll Rachsucht und Wut.

Nessebar

Ohne Störung fahren wir dahin, obwohl die Gegend beileibe nicht ansprechender wird. Im Gegenteil, das verbaute Land zieht sich zusammen. Überall kleine Casinos, eher Betonschuppen, die mit neonbeleuchteten Spielkarten und gelüpften Zylindern werben. Nur Rumens Fahrstil hat an Geschmeidigkeit gewonnen. Kein Lastwagen kann ihn aufregen, er läßt Nebenfahrer sich locker einfädeln, bremst mit abgemessener Vorsicht und beschleunigt sanft.

Nessebar. Das berühmte Fischerdorf, in dem ich damals mit Lilo und ihrer Tochter gewesen sein soll. Ich kann nichts wiedererkennen, nicht einmal die Mühle am Eingang der Halbinsel, was nicht viel heißt, weil mein Gedächtnis für Orte nicht sonderlich entwickelt ist. Ich erinnere mich an ein hölzernes Schiff mit Piratenflagge, ein alter Großsegler, auf dem zwecks Anlockung von Touristen ein junger Esel seinen wolligen Kopf für Streichelhände in Bereitschaft halten mußte.

Wir parken vor einem kleinen Gebäude mit Vorgarten nahe dem Strand. Wahrscheinlich hat Rumen gemerkt, daß mir die Liebeshändel nicht entgangen sind, vielleicht hat ihn mein Wohlwollen überrascht. Liebeswellen, Liebespflichten, Liebesverstörung, das kommt und geht, man muß nur warten. Mit Schwung öffnet er die Tür und reicht mir galant die Hand zum Aussteigen. Indem er theatralisch die Stirn runzelt und sich im schwäbischen Tonfall versucht, sagt er vergnügt: Nun wollen wir mal gemeinsam das bulgarische Hotelelend betrachten.

Das Hotel gehört einer griechischen Familie. Die Wirtin verströmt eine lässige Tüchtigkeit. Korpulent, aber nicht fett. Kräftig, aber nicht grob. Die Zimmer sind groß, es herrscht der griechische Kahlstil, aber es ist bei weitem das beste Hotel, das wir auf unserer Dreiertour bisher gefunden haben. Es gibt eine Terrasse, die auf das Meer schaut, das Gärtchen darunter windet sich in Stufen hinab und wird offensichtlich mit viel Liebe gehegt. Da sind schwache Pflänzchen an Stöcke gebunden, um die stärkeren sind Ornamente aus Kieseln gehäufelt. Wir loben die Anlage in verschiedenen Sprachen und haben die Wirtin damit gewonnen. Sie serviert zur Begrüßung Kaffee.

Bei der Belegung der Zimmer denke ich, wozu das Getue, sie sollen sich doch ein Doppelzimmer nehmen, schweige aber. In Liebesdingen anderer darf man sich nicht einmischen.

Wir spazieren nicht auf der Meerseite, sondern über verschlungene Wege ins Fischerdorf, auf einem Steg, der das Festland mit der Insel verbindet. Über der alten Wehrmauer auf der felsigen Seite kleben verschachtelte Holzbauten mit Terrassen. Das könnten Landeflächen und Nistplätze für große Seevögel sein, Albatrosse zum Beispiel, wobei es Albatrosse am Schwarzen Meer wahrscheinlich gar nicht gibt.

Eine der ältesten Siedlungen Europas, eine thrakische Gründung, eine griechische Kolonie mit Apollotempel und Befestigungsanlagen, Kirchen, Kirchen und nochmals Kirchen, ein Auf und Ab zwischen blühendem Handelsplatz und Fischerdorf – Rumen erzählt feurig, er ist in seine alte Reiseführerhaut geschlüpft. Das zieht sogar ein Grüppchen deutscher Touristen an, die einen Kreis um uns bilden.

Plötzlich legt er den Finger an die Nase, blickt die Neuankömmlinge streng an und sagt scharf: Man will es vom UNESCO-Kulturerbe streichen wegen blödsinniger Bauvorhaben, dabei ist es schon blödsinnig verbaut! und verscheucht damit das Grüppchen.

Er zwinkert mir zu: Das bulgarische Elend, wie es leibt und lebt.

Erst mal hinauf, sagt meine Schwester, damit wir einen Überblick gewinnen.

Sie springt voran, nimmt zwei Stufen auf einmal, ihre Gelenkigkeit signalisiert Übermut. Sie war schon in Kindertagen die Beweglichere, lief schnell, schwamm gern, turnte gern, ich war eine Sportniete, hockte lieber herum, war nur beim Pingpong aus der Reserve zu locken. Darin war ich allerdings meiner Schwester überlegen, vielleicht, weil ich gern zuschlug.

Auf den Steintreppen kommen uns Engländer entgegen. Es ist schwer, einen ungestörten Blick zu gewinnen. Die oberen Häuser sind typische Schwarzmeerbauten mit steinernem Erdgeschoß und dunklem Holzaufbau, vielfach verschnörkelt und verziert, mit allerlei Erkern, Balkonen und Gesimsen von stattlicher Größe. Überall Gaststätten mit Terrassen und Balkonen, rote Decken auf den Tischen, Zierkrüge, angenagelte Weinschläuche an den Außenwänden; Fässer, alte Karrenräder und leuchtende Geranien flankieren die Eingänge.

Wir finden auf einem der hölzernen Balkone Platz und schauen aufs Meer. Eigentlich ein wunderbarer Ort, um sich niederzulassen, die Aussicht beruhigt. Aber die Beschallung ist so bestialisch laut, daß an Genuß überhaupt nicht zu denken ist. Rumen versucht mit einem Kellner zu verhandeln, ob man das leiser stellen könnte. Er wird nicht verstanden. Auch in gleichmütiger Verfassung bin ich widerlicher Beschallung nicht gewachsen. Meine Schwester flieht zuerst. Wir probieren es beim nächsten und übernächsten Wirtshaus. Jedesmal dasselbe. Eines kommt uns leiser vor, wir unterziehen den Balkon einer Prüfung, es gibt eine lange Diskussion, welcher von den beiden freien Tischen am weitesten vom Lautsprecher entfernt steht.

Wir bestellen. Kaum ist die Bedienung fort, wird die Lautstärke aufgedreht. Und nun erleben Rumen und ich ein verblüffendes Schauspiel: die Gesichtszüge meiner Schwester verzerren sich. Vor lauter Ingrimm zieht sich der

Kopf zwischen die Schultern. Plötzlich haut sie mit beiden Fäusten aufs Holz (wie schmal ihre Handgelenke sind, zum Dreinschlagen überhaupt nicht geschaffen), der Aschenbecher – Pfauenaugendekor! – fliegt in die Luft und zerschellt am Boden. Sie brüllt. Tatsache, meine Schwester brüllt. Damit nicht genug. Die Brüllerei bringt sie erst recht auf Touren, sie packt einen Stuhl und schmettert ihn Richtung Lautsprecher, trifft aber nicht. Der Stuhl, so ein klobiges Bauernstuhlimitat, ist offenbar stabil. Er zerbricht nicht. Meine Schwester steht mit gesenktem Kopf da und wird dabei von einer hysterischen Popmusikerin verhöhnt, die auf sie hinunterkreischt.

Rumen und ich, wir sitzen unbeweglich nebeneinander. Zum ersten Mal erlebe ich *verkehrte Welt*. Ich bin für Chaos zuständig, nicht sie. Meine Schwester starrt zu Boden, die Hände wieder zu Fäusten geballt. Sie dreht sich um, marschiert hartbeinig an einigen Tischen entlang – längst hat sich an den vollbesetzten Bänken alles nach ihr umgedreht und staunt, wie's weitergeht. Und wirklich, es geht weiter. Sie stellt sich vor die Schwingtür zum Saal und brüllt hinein. Die genaue Satzfolge? Ich weiß nicht, weiß nur, *Arschlöcher* und *Scheißdreck* kommen vor, mehrfach, was mich kaum weniger verblüfft als die Aktion mit dem Stuhl. Wie ihre Frisur, wie ihre Handtasche, wie ihre zierliche Armbanduhr – zu meiner Schwester gehört, daß sie sich der Fäkalwörter konsequent enthält.

Tohuwabohu, Kellnerinnen, der Wirt, alle kommen angerannt, Gäste erheben sich oder recken die Hälse. Meine Schwester dreht sich um und steigt merkwürdig steif, Hände immer noch geballt, langsam die Stufen zur unten gelegenen Terrasse hinab, schimpft aber weiter vor sich hin, was jetzt von weitem wie *harrrrr, harrrrr*, unterbrochen von Zischlauten, klingt.

Jacke und Handtasche hat sie vergessen. Darum muß ich mich kümmern, während Rumen mit dem Wirt verhandelt, doch auch da Eskalation, von allen Seiten erregtes Geschrei, ich zupfe Rumen am Jackett, um ihn zurückzuhalten, aber das reicht nicht, ich muß ihn rückwärts zerren, was er sich nicht gefallen lassen will (wie der Dackel, denke ich, knurrt und schnappt, wenn man ihn im Eifer des Gefechts festhält), doch nun sind wir an der Treppe, und allein um das Gleichgewicht zu wahren, muß Rumen sich umdrehen und ist damit der drohenden Keilerei entzogen.

Nicht wie die Sieger, aber auch nicht wie Geschlagene ziehen wir davon. Meine Schwester ist schon eine ziemliche Strecke voraus, bergab, Richtung Meer. Wir treffen sie entspannt an eine Mauer gelehnt. Sie schaut in den Himmel. Ein dichter grauer Film hängt über Land und Meer.

Na, sagt meine Schwester, geht's euch jetzt besser.

Sie wendet den Kopf und sieht uns mit einem seltsamen Ausdruck an. So schauen Leute aus, wenn sie gerade aus einer Ohnmacht erwacht sind, denke ich, obwohl ich noch keinen Menschen aus einer Ohnmacht habe erwachen sehen. Diesem Ausdruck haftet etwas Frisches und zugleich Entlegenes, aus geheimen Lichtquellen Unterleuchtetes an. In so ein Gesicht hineinzufragen, was eigentlich los war, ist gar nicht möglich.

Wollen wir uns das innere Dorf vornehmen? Meine Schwester löst sich von der Mauer. Der Erregungsherd ist vollständig gelöscht. Ich händige ihr Jacke und Tasche aus. Herrje, sagt sie, das war wohl nötig, und faßt mich zutraulich am Arm.

Einmal im Jahr darf ein Mensch explodieren. Rumen gefällt sich im Ton der wissenschaftlichen Feststellung: Ich explodiere zweimal im Jahr.

Wer wann wie wie oft explodiert, das ist ein schönes Thema, wir ziehen es nach allen Seiten, während wir uns durch Nessebar schlängeln. Bald bricht die Unterhaltung ab. Zu viele Touristen schieben sich durch die Gassen. Es ist laut. Ohne Zweifel, die Häuser sind schön, oder vielmehr, sie waren es. Würde man nur den hölzernen Teil oben betrachten, könnte man sich in den Anblick verlieben. Auf dem

Niveau aber, auf dem sich unsere Köpfe befinden, ist es ein Alptraum.

Jedes Erdgeschoß, jeder Keller ist in einen Souvenirshop umfunktioniert worden. Früher waren das kühle Räume für die Waren mit vielleicht ein paar Bottichen neben dem Eingang oder Wassertrögen, in denen glupschäugige Fische schwammen. Heute quellen die Erdgeschosse über, quellen mit unsäglichem Ramsch zum Eingang hinaus, übermannshoch ist das Zeug gestapelt; vor allem beschallt jeder Ladenbesitzer in absolut irrsinniger Lautstärke die Straße. Eine Ohrhölle. Eine Galle ist geplatzt und schüttet Lärm aus. Das hat mit den krachfreudigen italienischen, brasilianischen, ägyptischen Zuständen nichts gemein. Nicht einfach laut und kräftig pulsiert das Leben hier, es ist in einen Mahlstrom geraten. Verzerrt, verschmettert, verwummert, verklirrt; Kreischladungen der internationalen Hysterie werden auf die Straße gekippt, und kein Ausweichen möglich. Ein träger, breiiger Strom von Menschen, Leuten mit meterbreiten Gesäßen, hindert an der Flucht.

Bitte sehr, die Kirchen, die Kunstschätze, das Kunstschöne –

Mit zermürbten Ohren kann man nichts sehen. Stephanoskirche, Erzengelkirche, da drüben, das scheint die Pantokratorkirche zu sein, berühmt ist sie, und wahrscheinlich zu Recht, gewiß auch aufregend mit ihren schmalen, fast flackernd schmalen Bändern im Wechsel von Ziegel- und Naturstein. Ich hätte mir gern die eingelassenen Keramiknäpfe angeschaut, *Keramiknäpfe* klingt gut, von ihnen war in einem Reiseführer die Rede, aber inzwischen bin ich derart verstört, daß ich nichts anschauen will und nichts anschauen kann.

Dummerweise haben wir Hunger. Wir landen etwas abseits in einem düsteren Raum. Mangelndes Licht hat manchmal Vorteile, so kann man den Fraß nicht allzugenau studieren. Rötlicher Matsch mit einer kräftigen Beimischung von

Schmieröl. Wir kehren Nessebar den Rücken und wandern auf der Meerseite Richtung Hotel.

Zum Schwimmen ist es noch zu kalt. Nur hie und da der Kopf eines eisernen Schwimmpioniers in der Ferne und sein verlassenes Badetuch im Sand. Mir scheint der Zeitpunkt gekommen, da ich der Zweisamkeit nicht länger im Wege sein sollte. Eine Ausrede von wegen zurücklaufen und mir Nessebar von unten anschauen wird erfunden, und meine Verliebten ziehen davon.

Pro forma gehe ich einige hundert vertrödelte Schritte weit zurück, bis die beiden nur noch zentimetergroß sind, dann finde ich einen alten, verrosteten Stuhl, der halb im Sand vergraben steckt, lasse mich nieder und strecke die Beine von mir.

Am Horizont fasert der Grauschleier auf. Die späte Nachmittagssonne kommt langsam durch. Es ist angenehm warm. In meinem halbversunkenen Stuhl habe ich es bequem, Touristen stapfen durch den Sand, gottlob direkt am Meersaum, nicht als Schattenwerfer vor meinen Knien. Oben kurven Seevögel und sägen am Horizont mit ihren Schreien. Das Wasser ist ruhig, in dünnen Falten, die sich kaum brechen, läuft es gegen den Strand.

Wie anders noch vor wenigen Tagen! Das adriatische Meer kam in Rage, als wir es auf der Fähre überquerten. Es begann harmlos. Ein braves, gehorsames Abendmeer empfing uns. Die Limousinen machten bei den übrigen Fahrgästen ungeheuren Eindruck, als sie über die vorgeschobenen Metallplanken in den Bauch des Schiffes fuhren. Wir waren vorher ausgestiegen. Zwei ältere Paare standen beisammen und vermuteten, daß da ein Staatspräsident mit seinem Troß unterwegs sei. Aus Eitelkeit hob ich den Finger und behauptete, ich sei in der Karosse mit dem Schmuckdeckel gereist. Argwöhnisches Staunen und Blicke, aus denen Enttäuschung sprach. Die Blicke ließen mich zum vermurksten Ding schrumpfen, das ich einst war, Schatten vom Schatten unseres Erzeugers.

Wir versammelten uns auf Deck, nachdem wir unsere Kabinen inspiziert hatten. Gelbweiß gestreifte Vorhängchen mit Anker und springenden Fischen in der Bordüre. Gelbweiß gestreifte Bettüberwürfe. Alles sehr manierlich zurechtgelegt für eine ruhige Nacht. In Metallpapier gewikkelte Pralinen, die den Eindruck von Marineorden erweckten, als Betthupfer. Vom Bauch des Schiffes her hörte man vertrauenerweckend die Maschinen. Langsam glitt die Fähre vom Ufer weg, die Schnelligkeit war ihr zunächst nicht anzumerken, was auch daran lag, daß das Schiff verhältnismäßig leise lief.

Wir nahmen ein üppiges Nachtessen ein, und schon währenddessen spürten wir, daß es unter uns sich zu regen begann. Iris sprang hoch mit einem fröhlichen *oje, oje, ich glaub', mir wird schlecht* und ward nicht mehr gesehen. Die ersten Witze über Seekrankheit fielen, dann suchten immer mehr Leute ihre Kabinen auf. Auch meine Schwester verabschiedete sich früh. Nur unser unerschütterlicher Chef saß mit einer Restrunde am Tisch und hatte den Arm über die Lehne des Rosenzüchters gebreitet. So groß und stabil die Fähre wirkte, es ging herzhaft auf und nieder, besonders unangenehm war das leicht verzitterte seitliche Auspendeln. Obwohl mir sonst überall schlecht wird, seetauglich bin ich. Und da es draußen ordentlich herging, wollte ich nicht versäumen, mir die Wühlerei anzusehen.

Wir wurden davor gewarnt, hinauszugehen, aber direkt verboten wurde es uns nicht. Es war auch kaum möglich, über Bord zu fallen, dichte Gitter hätten jeden aufgefangen, der aus dem Gleichgewicht kam. Aber man konnte ausrutschen oder sich beim Durch-die-Gegend-Torkeln verletzen. Wirklich, es war nicht ratsam, ohne festen Halt und mit Ledersohlen hier oben über Deck zu laufen.

Am Bug, nicht am äußersten Punkt, sondern nach hinten versetzt im Schutz des obersten Aufbaus, fand sich eine festgeschraubte Bank, feucht und übersprüht, trotzdem ein sicherer Platz, um in die erregte Nacht zu starren. Von oben sahen die aufgetummelten Wellen anders aus, das schäumte und brodelte und spritzte schwarz mit hellen Spitzen, zwar nicht ganz bis zur Bank, aber immerhin bis an die Reling.

Der Mond wurde in schnellem Wechsel verdeckt und freigezogen, die Wolken verdunkelten ihn immer wieder zur Gänze. Was an Sternen kurz zu sehen war, zitterte wie Nadeln. Ich fand das Herunterfallen des Schiffes, sein sattes Aufplatschen, das Gegurgel und den anschließenden Gischtriesel wunderbar.

Es dauerte nicht lang, da hatte ich einen Gast neben mir sitzen: Wolfi, der mit seiner Zigarre des Saales verwiesen worden war und hier zu Ende rauchen wollte. Im ersten Moment war mir jeder unangenehm, der Anspruch auf meine Bank erhob. Doch die Aufgewühltheit des Meeres hatte eine solche Kraft, daß neue Verhältnisse zwischen uns hergestellt wurden.

Darf ich? fragte Wolfi und saß auch schon.

Du bist seetauglich, da haben wir was gemeinsam.

Das sagte er nach einem längeren Zug aus der Zigarre, deren Rauch sofort nach hinten weggeblasen wurde.

Ich war zu überrascht über diese Eröffnung, als daß ich etwas Passendes hätte erwidern können. Wolfi half uns aus der Klemme, indem er ankündigte, er wolle was zu trinken besorgen. Er steckte die Zigarre zwischen die Zähne und schlingerte davon. Nach einiger Zeit kam er ohne Zigarre zurück mit einem Glas Bier und einem Glas Cola, die er vorsichtig gegen die Brust gedrückt hielt, um sich mit der anderen Hand abstützen zu können. Wolfi hatte sich gemerkt, daß ich keinen Alkohol trinke. In der Cola schwamm ein Viertelscheibchen Zitrone. Ich dankte gerührt.

Hier ist richtig was los, wir haben den optimalen Ausguck.

Haben wir, sagte Wolfi, so eine Nacht habe ich mir gewünscht.

Und sonst? Die Reise?

Mein Bruder ist ein Trottel, sagte Wolfi, kaum zu ertragen. Wir sehen uns nur alle paar Jahre, wenn es unumgänglich ist.

Er ist ein Volltrottel, sagte ich maliziös, aber wo bleibt die Bruderliebe? Die Zwillingsbruderliebe? Er fett, du dünn, wie kommt das?

Wolfi lachte, diesmal weniger abgehackt als sonst. Er hob zu längeren Sätzen an, den längsten, die bisher von ihm zu hören waren.

In der Pubertät war ich auch fett. Aber mein Bruder hat danach das Maß für immer überschritten. Mit seinem Mäusletick ging er mir schon mit fünfzehn auf die Nerven. Mein Bruder und seine Mäusle! Und seine doofen Kinder erst. Kinder, Familie, der ganze Kram wie aus einer Seifenoper. Er wollte einfach nicht wahrhaben, daß mich das kalt ließ, es – er machte eine versöhnliche Geste in meine Richtung – es interessiert mich auch heute nicht. Nichts zu machen. Der Trottel will es nicht wahrhaben. Deine Schwester ist übrigens auch ein Trottel, ein schickes Exemplar von einem Trottel, das nichts begreift.

Stimmt nicht, sagte ich, da liegst du daneben.

Als Kind habe ich euch beneidet, ich fand, ihr hattet es besser. Eure Mutter hatte was.

Mir fiel auf, daß ich in der Verteidigung meiner Schwester ziemlich lau geblieben war: Sie ist, na ja, sie hat so etwas Über-Über-Überverantwortliches und ist aus Verlegenheit manchmal etwas süßlich, aber täusche dich nicht, das Hirn meiner Schwester funktioniert gut.

Wolfi hob sein goldenes Glas zum Wohle des Mondes, dessen Scheibe für einen Augenblick frei und voll über uns leuchtete. Wir redeten und redeten und hauten dabei unsere Geschwister in die Pfanne, nebenbei den kompletten Bulgaren- und Schwabenverein gleich mit. Wobei Wolfi dazu neigte, die Bulgaren eine Spur milder zu sehen, ich die Schwaben. Wir waren vergnügt und wurden giftig, bodenlos giftig. Wolfi war der Unerschrockenere. Bis in die ekzembehafteten Speckfalten und zerfressenen Haare baute er das Horrorkabinett seiner Familie auf. Und – was ich ihm nie zugetraut hätte – er besaß die Gabe der Imitation. Herta, Lilo, unsere Mutter, er machte sie alle perfekt nach, besonders Lilo hatte er noch gut im Ohr, das runter- und wieder hochgezogene *Taba-ko-off am Appara-at* mit den doppelten o- und a-Schleifen.

Wieso hast du den Schuldienst quittiert?

Das geht dich nichts an, antwortete er rüde. Nach einer Weile fügte er milder hinzu: Ich habe mich in einen Siebzehnjährigen verliebt, und er sich in mich. Zufrieden?

Bin ich. Wobei – wenn deine Altersangabe stimmt, kann ich's nicht weiter schlimm finden. Vielleicht finde ich's nicht mal schlimm, wenn deine Altersangabe nicht ganz stimmt.

Schön für dich. Lassen wir's dabei.

Da war er wieder, der aggressive Bursche, mit dem schwer auszukommen war. Der Mond strahlte noch immer mit Kraft, Wolken fetzten und schleierten schwarz an ihm vorüber. Wir verstummten für eine Weile.

Wußtest du, daß unsere Väter zusammen im Knast waren?

Was? Wo denn?

In Sofia natürlich, wo sonst. Du wußtest das nicht?

Nein, keine Ahnung.

Daß er 46 nach Bulgarien fuhr, um nach seiner Familie zu sehen, und dann eine Zeitlang verschollen blieb?

Erinnere mich dunkel an die Geschichte.

Da haben sie ihn kassiert. Und meinen Vater zufällig auch, aber aus anderen Gründen. Schwarzhandel, wer weiß.

Wolfi erzählte bereitwillig. Sein Wissen war spärlich, aber selbst das wenige ließ mein Herz klopfen. Wolfi zufolge hatte unser Vater in Sofia nicht bei seinen Eltern, sondern bei den Tanten gewohnt, die sich eine größere Wohnung in der Innenstadt teilten. (Das mußten Mila und Zweta gewesen sein.) Die Tanten hielten in einer Kammer einen jungen deutschen Soldaten versteckt, den sie beim Einmarsch der Russen verletzt im Hausflur gefunden hatten. Das Versteck flog auf, alle Insassen der Wohnung wurden verhaftet. Die Tanten verschwanden im Lager, unser Vater geriet, weil er die letzten Jahre in Deutschland verbracht hatte, unter Spionageverdacht und kam ins Gefängnis.

Im Knast soll sich Wolfis Vater mit unserem Vater angefreundet und sich für ihn eingesetzt haben, offenbar hatte Zankoff die besseren Verbindungen. Nach einem knappen Jahr wurden beide entlassen, nachdem sie ein Papier unterschrieben hatten, welches sie zur Mitarbeit im Geheimdienst verpflichtete. Sie kehrten zusammen nach Stuttgart zurück, das heißt, unser Vater war der Rückkehrer, Zankoff war vorher nie in Deutschland gewesen. Flucht oder legale Ausreise? Wie sie über die Grenzen kamen und mit was für Papieren, da mußte Wolfi allerdings passen, auch wußte er nicht, ob der Geheimdienst nachgefaßt hatte, ob und wie die bulgarischen Familien wegen der Ausreißer gestraft wurden.

Ich habe Tabakoff danach gefragt, sagte Wolfi, er muß was wissen, aber er hält sich bedeckt.

In meinem Hirn tauchte das häßliche Wort Denunziant auf.

Dein Vater war ein netter Kerl, sagte Wolfi, aber etwas weich.

Wir saßen noch lang auf der Bank, bis wir vor Kälte schlotterten. Für den Rest der Reise verkehrten wir freundlich, aber oberflächlich miteinander, das Konspiratorische jener Nacht stellte sich nicht wieder ein. Es war ratsam, Wolfi gegenüber vorsichtig zu sein, er war kein Mensch der Freundschaft. Meiner Schwester erzählte ich nichts davon, vielleicht, weil ich mich schämte, so bodenlos von ihr gesprochen zu haben.

Langsam wird es hier kühl, abendlich. Ich komme mir allmählich vor, als wäre der Rost des Stuhls in meine Kno-

chen gewandert. Den Strand entlang gehen nur noch wenige Leute. Plastikflaschen liegen herum, Gummiteile, Kin-
derschaufeln, Sandalen, gestrandete Quallen, eine verende-
te Möwe mit sandverkrustetem Kopf. Das Meer ist ruhig,
es trägt um diese Stunde nichts an Land und nimmt nichts
fort. Keine verlockende Muschel, um sie aufzuheben. Ein
netter Anblick ist das vollkommen gereinigte, geharkte und
soeben gewässerte Gärtchen des Hotels. Auf der Terrasse
treffe ich den Wirt und die Wirtin, sie geben mir Käse und
Brot, wir plaudern ein bißchen auf Englisch, dann ziehe ich
mich zurück.

Heute habe ich Lust auf einen Buchabend. Bei offener
Balkontür liege ich im Bett und lese im Stalinbuch. Lese,
wie Martin Amis sich aufregt, daß die englischen Kommunisten, unter ihnen sein Vater, so lange an Stalin glauben
konnten, lese mich hinein in die hochgradige Psychose,
die 1937 bei der Februar-März-Sitzung des Zentralkomi-
tees geherrscht haben muß, wo sämtliche Redner um sich
schlugen mit den bekannten Vokabeln von der trotzki-
stischen Verschwörung, die mit schmutzigen Pfoten alles
unterwühlte. Niederschreien, Fäusteschwingen, Unterbre-
chen, hektisches Applaudieren. Alle mit Fieberaugen, nur
die enggezogenen Augen Stalins blieben klar. Die aben-
teuerlichsten Spezifikationen des Schädlingswesens tauch-
ten auf, Wörter, die komisch wirkten, wüßte man nicht,
welche Folgen sie für die damit Belegten hatten. *Doppel-
züngler* ist eigentlich ein hübsches Wort, bei dem man
Nattern sich ringeln und mit ihren Zünglein sich durch
die Welt lispeln sieht. Allein unter diesem Wort sind wohl
etliche hundert, wenn nicht Tausende von Parteikadern
gefoltert und erschossen worden. Für die Millionen anderer, die verreckten, standen andere Wörter zur Verfügung.
Geschickt, wie Amis das Ganze zusammenstellt, erzeugen
die Wörter einen heißkalten Schauer. Einer schweren kol-
lektiven Paranoia müssen die Genossen verfallen sein mit
anschließendem Tötungsrausch, keinem heißen, einem kal-

ten. Ein scheinvernünftiger Rausch, wo jeder jeden verriet und alle gegeneinander mörderisch wirkten. Die Psychose der kompletten Führungsschicht eines Landes entzieht sich dem Verstehen, sie wirkt immer sonderbarer, je tiefer man in sie eintaucht und desto mehr Details man ans Licht bringt.

Tiefsee. Für einen Moment denke ich an die bleichen Geschöpfe, die Kameraroboter unlängst in den Schründen und Spalten des Marianengrabens im Pazifik entdeckt haben, sie kommen mir plausibler vor als die sowjetischen Genossen von 1937, sympathischer sowieso.

Mit genüßlichem Grauen lese ich fort und fort, vielleicht, weil auf Nebenwegen meine Abscheu vor den slawischen Sprachen gekräftigt wird. *Fiskulturniki* – gibt's albernere Wörter, als sie in der Sowjetunion während der Herrschaft Lenins und Stalins erfunden wurden? Andererseits habe ich selbst mindestens vier Jahre lang an Lenin, Trotzki und Mao geglaubt. Mit diesem Teil der Vergangenheit kann ich nicht mehr in Verbindung treten, Mitglied bei Spartakus Bolschewiki-Leninisten ist ein fremder Mensch gewesen. Es kann nicht daran liegen, daß ich jung war, dreizehn, als es losging. Im selben Jahr haben mich die Bilder von James Ensor entzückt – helles, flammendes, jubilierendes Entzücken, es währt und währt und führt zu einer Glücksschwemme, wenn ich seinen Christuswuslern oder den verwunderten Masken in einem Museum begegne. Auch die Stimme von Bob Dylan wohnt seither in meinem Ohr, der Bursche mag singen, was er will. Diese beiden Leidenschaften und vielleicht noch zwei, drei mehr haben sich zu meiner seelischen DNA verschränkt.

Aber ein Blick auf den Kopf von Lenin hätte genügen müssen, um sicher zu sein: um Gottes willen, bloß nicht. Wie war's möglich, dem Brechttheater mit seiner öden Typenwirtschaft zu verfallen? Was sollten diese blumigen, idiotischen Maotexte? Und wieso Trotzki? Wegen des Eispickels? Als Gegenspieler von Stalin? Oder weil ich, wie die meisten Linkserregten damals, auf der Suche nach einem jüdischen Adoptivvater war und Adorno nicht verstand?

Weiter!

Frühstück auf der Terrasse mit besserem Kaffee als üblich. Ausnahmsweise kein Plastiktisch, sondern ein weißlich verwitterter Holztisch, weich abgegriffen, seine Maserung lädt dazu ein, ihr mit dem Finger zu folgen. Meine Mitfahrer erscheinen ordentlich gekämmt und wie mit Bürsten geschrubbt. In ihren Mienen bemerke ich Spuren von Irritation. Vielleicht haben sie sich ein bißchen gezankt. Vielleicht täusche ich mich, und sie leben schon so routiniert zusammen, als ob sie verheiratet wären. Das dünne Tuchjäckchen, das meine Schwester heute morgen trägt, wirkt ein wenig kindlich.

Kalt heute.

Rumen freut sich auf den Winter, sagt meine Schwester, weil es dann bitterlich kalt wird und er sich bewähren kann als Winterheld.

Rumen weiß nicht recht, was er darauf antworten soll, er kommt mir verfroren vor, jedenfalls eher wie ein Sommerheld. Er senkt die Lider und streichelt eine Katze, die ihren Kopf an seinem Schenkel reibt.

Wir verabschieden uns mit aufrichtig gefühltem Dank von den Wirtsleuten.

Meine Schwester benagt einen Apfel. Ich döse auf der Rückbank vor mich hin, zu lange habe ich gestern gelesen, die Erinnerung daran schwebt im Ungefähren. Ein aus dem Zusammenhang gerissenes Zitat taucht auf – *der Sex erfuhr die verdiente Anerkennung* –, wir passieren Blumenverkäufer, die versuchen, ihre Ware durch das Fenster hereinzureichen. Dumpfig ist's heute. Weder heiß noch kühl. Aus einem Versteck erleuchtet die Sonne das weithin gebreitete Grau.

Ungeheurer Druck der Vergangenheit.

Vielleicht haben die Sowjetleute so gräßlich versagt, weil sie Hilfe aus dem Reich der extramundanen Beamten verschmähten, Kirchen abrissen, Glocken einschmolzen, Priester erschossen. Hinter jedem natürlichen Beamten muß ein Engelhelfer stehen, sonst entartet der Staat, denke ich, habe aber keine Argumente auf Lager, wie diese These im Ernstfall zu verteidigen wäre. Ich glaube, ohne die heimlich geleistete Hilfe eines Engels wird kein Fisch gar und kein Schnitzel gut. Und zugleich, vielleicht mit dem leisen Erschauern ihrer Flügel, lehren sie uns die geheime Melancholie aller Lebewesen achten; es nützt nichts, jemanden umzubringen, lehren die Engel, denn keiner ist glücklich.

An der Küste zieht es sich hin, dieses trostlose, engelfreie Einerlei. Sinnlos, aus dem Fenster zu schauen. Ich nicke ein und sehe weiß bestäubte Körper vor mir, die sich am Boden winden, doch siehe da, unter ihren Bäuchen holen sie Flügel hervor, ich empfange den Hinweis, daß es bulgarische Flügel sind, die werden entknittert, und man hebt allgemein zu schüchternen Flugversuchen an. Dann sehe ich quadratische Brote aus einem Toaster springen, während im Nebenraum jemand im Arztkittel ein Lavabo reinigt.

Burgas. Ich muß ewig geschlafen haben. Mein Kopf hat Druckstellen. Im Genick knirscht's. Erbärmliche Casinos, wohin das Auge blickt. Wir parken vor einem Flachbau mit blinkender Roulettescheibe und stolpern lustlos aus dem Wagen. Touristen streifen herum, zu Suchtrupps zusammengeschlossen. Vielleicht wissen sie nicht, wonach sie suchen. Wir wissen es auch nicht und fassen den Entschluß weiterzufahren, und zwar nach Plovdiv.

Neben unserem Daihatsu hat ein schwarzer Geländewagen mit getönten Scheiben geparkt. Die Motorhaube ist offen, jemand hat den Kopf darunter gesteckt. Ein Junge steht daneben und zupft an der Kordel seines Anoraks. Eine Reihe Hirsche läuft um seine Brust. Rumen spricht ihn an, eine Antwort erhält er nicht.

Eigentlich wird mir die Fahrerei heute zu lang, aber jeder Kilometer, der mich Sofia und damit Berlin näher bringt, ist mir willkommen. Noch zwei Tage, und ich bin zu Hause. Wozu Meer, wenn es am Meer häßlicher ist als in Berlin. Zum wiederholten Male, aber dieses Mal ernster als sonst, fasse ich den Entschluß, nie wieder zu verreisen. Wozu verreisen. Wo doch alle Welt mürrisch in den Schlaf sinkt und sich mißgelaunt wieder erhebt. Was tun in widriger Lage, damit die Zeit schneller verstreicht? Dösen und nach einiger Zeit wieder –

aufwachen. Wir genehmigen uns einen Imbiß nahe der Autobahn. Wenn ich den Mut aufbrächte und einfach loswanderte, querfeldein, mit einem Brotbeutel über der Schulter, Jägerhütchen auf dem Kopf, mit einem Stecken hügelan und die Täler hinab, Marschrichtung Berlin, dann bräuchte ich mir keine Sorgen mehr zu machen, was war und was sein wird, weil sich eine grundlegende Bedeutung in mich gesenkt hätte, von der ich mein restliches Leben lang zehren könnte.

Sofort etwas tun, was kein Mensch tut.

Trotz wunder Füße wäre ich gerettet durch freisinniges Wald- und Feldschweben. Vielleicht würde ich sogar Singen lernen. Es ist aber nicht ratsam, eine Diskussion darüber anzuzetteln. Meine Mitfahrer scheinen unschlüssig zu sein, wie sie sich benehmen sollen, vom Singenwollen sind sie weit entfernt, sie kommen mir merkwürdig vor, wie Stillgestellte. Vielleicht verkörpern sie in einem Drei-Personen-Tableau die weibliche Langeweile mit Schminkspiegelauf- und Schminkspiegelzuklappen und die männliche Langeweile mit Zigarettenausdrücken und Hinter-der-Straßenkarte-Verschwinden. Ich bin auserkoren, das Entstehen und Verlöschen von Gefühlen zu behorchen, deshalb falte ich mir Segelohren aus Serviettenpapier.

Ein Rudel Hunde hilft aus der Verlegenheit. Junge, alte, alle häßlich, alle schweinern. Einer mit mehr Fell hält sich abseits, er wird sofort weggebissen, wenn er sich den

Gästen nähert. Ich werfe ihm etwas zu, aber ihm fehlt der Mumm. Die anderen reißen ihm den Brocken weg, und er weicht mit eingeklemmtem Schwanz weiter zurück.

Ein trotzkistischer Abweichler, sage ich zu Rumen, aber der hat für meine Späße kein Ohr und will aus seiner Karte gar nicht mehr heraus.

Bevor wir einsteigen, bitte ich meine Schwester, mich bis Plovdiv ausnahmsweise vorne sitzen zu lassen.

Aber gern, aber ja! Sie kramt eifrig ihre zwei, drei Habseligkeiten aus dem Handschuhfach und richtet sich hinten ein.

Rumen wird munter und schnallt mich fest, wie man es mit Kindern oder unbehülflichen Alten tut. Auf dem Kopilotensitz, da gehe es ernst zu. Trotzkistische Abweichler würden nicht geduldet. Dem Fahrer dürfe man nicht ins Lenkrad greifen. Auch mit der Karte ihm nicht vor den Augen herumfuchteln. Den Weg finde er im übrigen allein.

Der Grundgedanke des Fahrens ist, weiter geht's und immer weiter, doziert Rumen, ungefähr so wie mit den Fünfjahresplänen. Selbst in Bulgarien. Mit dem Unterschied, daß der Fahrer hier mit fünferlei Geschwindigkeiten zu kämpfen hat und der vollständigen Abwesenheit von Verkehrsregeln.

Im Moment muß nicht gekämpft werden, die frisch asphaltierte Straße ist wenig befahren. Verkehrsschilder gibt es so gut wie keine. Dafür sind am Straßenrand große Tafeln mit eindrucksvollem Wappen aufgepflanzt. Man könnte meinen, Bulgarien sei ein Ableger von Sachsen-Coburg. Es handelt sich um eine Firma, die von Simeon II. Sakskoburggotski gegründet wurde, dem wiedergefundenen Zaren, den sich die Bulgaren in ihrer Verzweiflung als Ministerpräsidenten ins Land geholt und schnell wieder abgewählt haben. Rumen haßt Simeon. Er hält ihn für einen Bankrotteur, einen Nichtsnutz, einen Zocker, der sich nur zwecks Übertragung von Liegenschaften auf das Bulgarien-Abenteuer eingelassen hat. Besser, ich frage ihn nicht, was genau sich hinter den Reklameschildern verbirgt.

Ist dir aufgefallen, zirpt meine Schwester von hinten, wie beherzt unser Mann das Steuer mit beiden Händen hält. Er ist ein bulgarischer Entschlossenheitsfahrer.

Er ist auch ein Entschlossenheitskämpfer. Wegen dir hat er sich gestern um ein Haar mit dem Wirt geprügelt.

Rumen kichert, er ist sehr einverstanden damit, daß wir uns so viel mit ihm beschäftigen. Heiterkeitswellen, Seelensalben, schmiegsamer Asphalt.

Es hat seine Gründe, daß ihr in Bulgarien nicht ans Steuer dürft. In Deutschland lasse ich mich gern von euch chauffieren.

Pause, in der ein rostiger Kleinlaster mit Zementmaschine überholt wird. Die Pause hält mehr oder minder an, bis wir in Plovdiv angekommen sind.

Die moderne Stadt im Tal ist häßlich. Der übliche zerfressene Plunder. Ich wollte schon vorschlagen, ob wir nicht einfach weiterfahren könnten, auf der Autobahn sei es doch schöner. Aber dann geht es steil hinauf, und siehe da, eine völlig andere Stadt kommt in Sicht. Wir bleiben in einer engen Gasse stecken, es geht weder vor- noch rückwärts, Rumen erlaubt uns auszusteigen, während er stockend, im Gehtempo, einem dreirädrigen Wägelchen hinterherfährt, das Farbeimer geladen hat.

Was sagst du jetzt? Meine Schwester steht mit überkreuzten Armen in einem Hofeingang und staunt.

Heilandzack!

Hoftore von imponierender Stattlichkeit, kräftig beschlagen, solide Unterbauten aus Natursteinen, und darüber sich herauswölbend die hölzernen Stockwerke. Eine ehrwürdige Schönheit reiht sich an die andere.

Oben auf dem Hügel findet sich ein Parkplatz.

Wirklich eine Freude, wohin man sich wendet. Die Häuser sehen überraschend anders aus, als wir sie aus gut erhaltenen westeuropäischen Städten kennen. Der raffinierte Oberbau aus Holz mit seinen Erkern, den Medaillons und Schmuckbändern, die zu Gevierten sich schließende Bebauung, die Farbenspiele – rostrot ausgeziertes Holzdunkel oben, Sandhelle unten, dazwischen ein kräftiges Blau –, eine Augenweide sind sie. Damit wir Plovdiv ungeschmälert genießen können, strahlt der Abendhimmel rötlich hell, nur am Rande hängen Wölkchen wie hingepafft. Gegenüber weist ein Pfeil auf ein Café mit überdachtem Garten an der Hinterseite. Rumen kennt es. Vom Garten aus kann man das ganze Tal überblicken.

Hier regiert als Wirtschaftsgrundlage die Improvisation, ein Gestückel, das uns aus Studententagen bekannt vorkommt. Zusammengeschleppte Stühle, wacklige Tische, Kisten, Kerzen, bärtige Männer, die diskutieren, Frauen in weiten Röcken mit indischem Klimbim und vielen, vielen Armreifen. Eine Ergänzung sind die Wasserpfeifen, die bei uns damals nicht üblich waren. Wahrscheinlich finden sich hier Leute zusammen, die einiges vom alten Plovdiv gerettet haben.

Vom nahegelegenen Turm streicht ein Falke ab. Ein Schwarm winziger Vögel strichelt nervöse Muster in den Himmel.

In Rumen zittert eine kleine Unruhe. Während meine Schwester der Toilette zustrebt, wendet er sich leise zu mir: Ich bin kein Idiot. Ich kenne den Unterschied der Lebensverhältnisse und was daraus folgt.

Herrje, da ist ein Beruhigungsspezialist vonnöten. Ich versichere ihm, daß ihn kein Mensch für einen Idioten hält. Meine Schwester nicht und ich erst recht nicht. Warum auch. Aber es verbietet sich, in ein Gespräch einzusteigen, das auf detaillierte Vergleiche zwischen dem Stadtteil Mladost und der Beethovenstraße hinausläuft. Manches erledigt sich heimlich, still und leise von selbst.

Auf der Suche nach einem Hotel geraten wir in eine pompöse Anlage, vor der Riesenkerzen in Riesengläsern brennen. Im Inneren ist der Kitsch von so flammender Tollheit, daß es schwerfällt, die Lachmuskeln unter Kontrolle zu halten. Klar, wir sind im First Mafia Place von Plovdiv gelandet. Eine bessere Filmkulisse ließe sich gar nicht finden für – sagen wir, der Boß verheiratet seine Tochter, ein abgeschlagener Kopf wird in die Hochzeitstorte geworfen, es kommt zur Riesenballerei mit Rotorgie an den Wänden und einem tropfroten Brautkleid. Müßte ein Heidenspaß sein, so ein Hotel zu versudeln. Wahrscheinlich hat man einen großen Haufen Geld in die Hände einer Kinderschar gelegt und sie beauftragt, den Schuppen zu garnieren. Gold, Gold, Gold, Schnörkel über Schnörkel, Zierleistchen über Zierleistchen, Teppich über Teppich, Wandbilder in zischenden Farben, herkuleische Sträuße mit Monstergladiolen – nur wenn man mit dem Finger an etwas rührt, wackelt's. (Ich sehe mich in einem Badezimmer um, tippe an Hähne und Gestänge, überall Gewackel und Gebrösel.) Nachts quellen bestimmt goldene Kakerlaken unter den Leisten hervor, und durch die Küche rennen Ratten mit vergoldetem Schwanz.

Beim nächsten Hotel haben wir Glück. Die Zimmer sind bezaubernd. Groß, mit herrlichen Holzböden, zierliche Möbel aus dem neunzehnten Jahrhundert stehen vor tapezierten Wänden – Sekretär, Tisch, Stühle, die an das deutsche Biedermeier erinnern, gekreuzt mit napoleonischen Einflüssen. Ich öffne die Fenster und blicke auf einen idyllischen Innenhof, da tritt meine Schwester herein, angeblich, um sich mein Zimmer anzuschauen. Sie zeigt mir ein baumartig sich auszweigendes Korallenstämmchen, das Rumen ihr geschenkt hat.

Ich lobe es gebührend. Seit wir in Plovdiv sind, hat das Mienenspiel meiner Schwester etwas Kleintragödinnenhaftes angenommen. Vermutlich wird sie das in der Beethovenstraße für mindestens zehn Tage beibehalten. Sie ist drauf und dran, ein Geständnis abzulegen. Das bebt, das klopft, das will raus und kann nur durch entschlossene Themenabkehr verhindert werden. In diesen Dingen bin ich altmodisch. Sei untreu, wer will, aber er schweige eisern. Ich lobe das Zimmer, lobe den Flur, lobe das Bad, beuge mich erneut aus dem Fenster und schlage vor, wir sollten heute abend unbedingt das Restaurant unten im Hof ausprobieren.

Und jetzt, Schwesterchen, muß ich in Ruhe aufs Klo.

Der Hinterhof hält, was er verspricht. Keine Musik, bequeme Sessel, hübsche Beleuchtung, tadelloses Essen, guter Wein. Wahrscheinlich haben wir das einzig rundum angenehme Hotel im ganzen Land erwischt. Wir plaudern und plaudern, beleben den alten Grabenkrieg Dostojewski versus Tolstoi, wobei Rumen einsam und tapfer die Festung Dostojewski verteidigt, während wir Schwestern unter der Flagge Tolstois aus allen Rohren feuern. Wir plaudern über den Hitler-Stalin-Pakt, über Tante Luise, über Hüpfbohnen und den Vampyrotheutis infernalis, den schröcklichsten aller schröcklichen Tiefseekraken.

Kurzum, es geht uns gut.

Beim Nachtspaziergang lockt eine Bar, in die ich meine Verliebten entlasse. Ihnen bleibt nur dieser eine Abend noch, da bin ich im Wege.

Buchlos ins Bett. Der Schlaf schleicht unbemerkt heran, und noch ehe allzuviel gedacht und sich herumgewälzt werden kann, bin ich weg.

Sofia

Heute vormittag bleibt uns noch Zeit, um wenigstens eines der berühmten Plovdiv-Häuser aufzusuchen. Wie dumm, daß wir nicht früher hergefunden haben. Kleine Paläste von ingeniöser Anlage sind zu besichtigen. Allein die Innenhöfe mit ihrer Steinpracht laden zum Bleiben ein, überall stehen Pflanzenkübel, aus denen es mit einer Verzweiflung blüht, als wären unser aller Tage gezählt. Von außen nach innen, vom Schutzraum des Hofes in die Privatsphäre des Hauses vollzieht sich der Übergang wie in Traumwandelei. Welch ein Feinsinn. Was für eine Harmonie zwischen gehegter Natur und Architektur. Haben die Bauleute gesungen, als sie die Balken aufrichteten? Hatten die Holzschnitzer das Paradies vor Augen, als sie Stechbeitel und Schnitzmesser führten? Schönheit entzieht sich der Beschreibung, sie lebt im Zusammenhang.

Alle bulgarischen Engel müssen beim Bau geholfen haben. Einige von ihnen sind geblieben und hauchen dem Besucher das Herz warm.

Die innere Aufteilung des Hauses entspricht einem vielgliedrigen Familienkosmos mit bedeutenden repräsentativen Aufgaben. Wandschränke, denen man glaubt, daß es einen Haussegen gibt und die gute Ordnung. Entzückende Salons, mit Fresken ausgemalt, die von der Sehnsucht nach Versailles und den französischen Sitten erzählen. Der Hortus conclusus ist französisch. Die reichen, wiewohl in die Provinz verbannten Kaufleute wünschten sich eine Synthese aus Paris, Wien und dem Goldenen Horn, und siehe da, geboren ward eine bulgarische Schöne, zum Fortleben bestimmt aus eigener Kraft und mit eigener Grazie. Es muß ein glücklicher Moment in der bulgarischen Geschichte gewesen sein. Was hätte das für ein redliches Land werden können. Ich wüßte gerne mehr über das Vielvölkergemisch, das Plovdiv einst besiedelt hat.

Es nützt nichts, wir müssen fort.

En piste! Auf dem alten Trajanweg nach Sofia. Die bewährte Sitzordnung stellt sich wieder her, insofern ist alles beim alten, nur unsere Seelen sind weich und empfindlich, selbst meine, und in den Augen meiner Mitfahrer liegt ein sanftes Leiden.

Vor wenigen Tagen sind wir schon einmal nach Sofia gefahren, damals von Griechenland herkommend, meine Schwester in robuster Verfassung, ich müde. Unsere erste Station auf bulgarischem Boden war Melnik. Bis Melnik schlief ich in das Eschervorhängchen meiner Limousine gewickelt, weil ich während der Nacht auf der Fähre keinen Moment zur Ruhe gekommen war.

In Melnik erlitt Tabakoff seine erste Gemütsverfinsterung auf heimatlichem Boden. Melnik weigerte sich, so zu sein, wie sich Tabakoff das von Melnik erwartet hatte. Zwar war der Ort inmitten von aufregend gezackten Felsen malerisch gelegen, und das eine oder andere zwischen die schroffen Steine gebaute Haus machte Eindruck, der mächtigen Balkone wegen und wie es da so auf den Fels geklebt stand, doch die Weine und das Essen, die in Melnik auf den Tisch kamen, ärgerten Tabakoff. Wir hielten uns vornehm zurück. Wir zahlten ja nicht. Nach all dem Luxus, der uns bisher zuteil geworden war, nahmen wir es heiter, daß uns die bulgarischen Wirte eine kleine Abreibung verpaßten. Tabakoff aber war verletzt. So gut hatte er alles vorbereitet, so tief in die Tasche zu greifen war er bereit gewesen. Wir mußten einen grollenden Chef beruhigen, sahen ihm zu, wie seine faltige Gurgel mit widrigen Schlucken kämpfte, er eine Flasche nach der anderen zurückgehen ließ.

Demütig schlugen wir die Augen nieder und lächelten unser hintersinniges Bulgarenkinderlächeln.

In Melnik blieben wir nur kurz, und weiter ging's Richtung Sofia. Ich schlief wieder ein. Aufgewacht bin ich, weil sich die Lautstärke des Gesprächs um mich herum plötzlich steigerte. Inzwischen saßen der Rosenzüchter und seine Frau und der Sohn von Koljo Wuteff in meiner Limousine.

Pernik hatte sie aufgescheucht.

Wir fuhren an riesigen Industrieruinen vorüber. Kilometer über Kilometer zog sich eine katastrophale Landschaft hin aus halb zusammengebrochenen Gebäuden, zerworfenen Scheiben, durchwühlter Erde, Müllhalden, rostigen Kränen, sinnlos in die Höhe gereckten Baggerschaufeln, herumliegenden Maschinenteilen. Ungelogen: kilometerlang. Ein Industriegedärm außer Funktion, wie es keiner von uns je gesehen hatte, wo vereinzelt, gottverlassen wie in einem üblen Traum, ein Mensch auftauchte, ein Wachmann mit Hund etwa, oder einer, der im Abfall kramte.

Das Lachen des Rosenzüchters hörte sich an, als würden Zahnstocher geknickt. Er war untröstlich, denn er kannte die Gegend aus seiner Kindheit.

Kein Vergleich mit der Industrielandschaft des Ruhrgebietes, ihren Zechen, den Monumentalbauten aus der vorigen Jahrhundertwende, die eine titanische Schönheit besitzen. Böse und leer ist Pernik, verloren in einem Traum, der keine Gnade gewährt, eine Kombinatspest aus Schrott, versetzt mit Leichtmetallbauwerken neueren Datums, alle kläglich ramponiert. Unmöglich, mit Ach und Weh über das Vergehen der Zeit zu sinnieren, über Menschenwerk, das in den Schoß der Natur zurücksinkt – die Pionierpflanzen haben das Terrain noch nicht aufgebrochen, Birkenstämmchen die Dächer noch nicht beflaggt.

Bedrückt und stumm fuhren wir in Sofia ein.

Unsere Sternlimousinen mit dem Schmuckdeckel obenauf scherten bald aus, um die Toten zur Weiterbehandlung in einem Vorort zu deponieren, während wir ins Zentrum fuhren und am Eingang des Hotels abgeliefert wurden.

Das Grand Hotel Sofia, ein blitzblanker neuer Kasten mit gläsernem Aufbau, das Vorzeigehotel Bulgariens mit fünf Sternen, empfing uns, als wären wir die ersten wahrhaft ernstzunehmenden Gäste, auf die es seit seiner Eröffnung gewartet hatte. Dunkle Holztäfelung. Zierliche Palmen in Kübeln. Begrüßungsworte in verschiedenen Sprachen. Tabakoff hatte natürlich vorgesorgt, aber anders als in Melnik gehorchte man ihm hier aufs Wort. Wir mußten uns nicht einmal an der Rezeption namentlich eintragen. Ein geheim bleibender Hotelagent hatte es bereits erledigt. Unsere Koffer durften wir nicht anfassen. Jünglinge in schicken Uniformen geleiteten uns auf die Zimmer, mir wurde ein großes beschert, ein riesengroßes sogar. Ein wenig verlegen stand ich auf dem grünen Teppichboden, während mich der Page erwartungsvoll ansah. Leider mußte ich ihn unentlohnt ziehen lassen, da ich außer Fünfzig-Euro-Scheinen kein Geld bei mir hatte.

Ein grünes Teppichmeer mit goldenem Plankton. Vom Saugen stand die Wolle noch in die Höhe. Jemand mit symmetrischem Gewissen mußte sich hier zu schaffen gemacht haben, denn die Saugstreifen verliefen erstaunlich parallel. Damenhafte Nachttischlämpchen gab es, die ich zur Abwechslung recht gern habe. Die Rückwand des Bettes war mächtig, vor allem dick gepolstert, wie es sich für ein Prunkbett gehört; die eingezogenen Knöpfe ließen die Polsterung in rautenförmigen Wulsten hervortreten. Über das Bett war eine beigefarbene Steppdecke gebreitet und in einem koketten Dreieckszipfel zurückgeschlagen. Irisierendes Silberfluidum auf dieser Decke. Eine Hollywoodschöne aus den Fünfzigern hätte sich hier tummeln können, bäuchlings in einer Illustrierten blätternd, im roséfarbenen Kostüm, die Unterschenkel hochgestellt, mit an den Zehen baumelnden Pumps.

Und herrje, neben dem Bett stand ein lang vermißtes Möbelstück aus Kindertagen: ein lederner Puff. Hier allerdings ein brandneues Exemplar aus hellem Leder (Doris Day hätte sich darauf wohl gefühlt), während es sich bei meinem Kinderpuff um ein indianerhaft zerschlissenes, rotgrünbraun gemustertes Ding handelte, auf dem ich gemeinsam mit dem Dackel herumgeturnt war oder ihn durch Kratzen und Scharren verlockt hatte, ins Leder zu beißen.

Ich zog die Vorhänge zurück, nein, ziehen oder gar zerren mußte man an ihnen nicht, allein durch Berührung glitten sie in ihren Schienen wie geschmiert hin und her. Einige Male spielte ich Vorhang auf, Vorhang zu, verwundert, daß es in Bulgarien Schienen gab, in denen Röllchen tadellos liefen, und kam dabei ins Grübeln, ob ich vielleicht falsch von dem Land dachte.

Der Blick auf die Stadt vom Fenster im neunten Stock war erfreulich, der Platz mit dem gelben Pflaster darunter nicht übel.

Ich packte meinen Koffer aus und stellte eine soldatische Ordnung im Badezimmer her. Sehr praktisch, sehr üppig alles. Viel freie Fläche. Sauber. Das blendend weiße Waschschüsseloval lag in eine dunkle, graugrüne Marmorplatte gesenkt. Außerdem ein bodenfrei schwebender Toilettensitz und ein bodenfrei schwebendes Bidet, wie neuerlich sehr beliebt, und, wie mir meine Erfahrung als Expertin sagte: putzpraktisch.

Für den Abend und die nächsten zwei Tage hatten wir frei, weil die meisten von uns Verwandte treffen wollten. Wir Schwestern gingen aus, um die Cousinen zu besuchen. Dort lernten wir Rumen kennen, der uns schon vorher von Atanasia als Reiseführer empfohlen worden war. Sprachlich abenteuerten wir vergnügt vor uns hin in einem erregten Mischmasch aus Deutsch, Englisch, Französisch. Rumen sprach fabelhaft Deutsch, er schien sich in Europa West wie Ost gut auszukennen. Meine Schwester, die zu wohldosierten theatralischen Übungen neigt, erhob sich eigens für eine kleine Ansprache, förmlich, aber herzlich. Wie froh wir seien, daß er sich bereit erklärt habe, so viel von seiner kostbaren Zeit für uns zu opfern!

Wie wunderbar Sie Deutsch sprechen, konnten wir natürlich nicht ahnen, sagte meine Schwester und legte die Fingerspitzen aneinander, öffnete sie dann wieder für einen angedeuteten Applaus. Jetzt schämen wir uns natürlich um so mehr, daß wir kein Bulgarisch können, fügte sie in ihrer allersüßesten Verlogenheit hinzu. Schon damals fiel mir auf, wie Rumen ihren Bewegungen mit glänzenden Augen folgte. Noch in der Nacht trat er in unseren Dienst, indem er uns ins Hotel zurückfuhr. Und ja, wir waren mit ihm zufrieden und wechselten rasch von Sie auf Du über.

Das war letzten Mittwoch. Und heute? Heute regiert die Melancholie. Meine Verliebten sitzen vorne wie die Schwermutsleichen, schweigend, nicht einmal rauchend, nur hin und wieder legt meine Schwester ganz zart ihre Hand auf Rumens Knie. So langsam ist Rumen noch nie gefahren. Er schleicht geradezu.

Ich bin ebenfalls zum Schweigen verdammt. Es wäre mehr als taktlos, wollte ich von hinten Frohsinn verbreiten, etwa davon plappern, daß ich es kaum erwarten kann, wieder in Berlin zu sein.

Dabei fing alles so munter zwischen uns dreien an. Rumen war am nächsten Morgen in der Hotellobby erschienen, um uns in den Stadtteil Bojana am Fuße des Vitoscha zu kutschieren. Er hatte einen dunkelgrauen Anzug an, und um seinen Hals flatterte – flott, flott – ein braungrünes Seidenschälchen mit Lilienmuster.

Ins Nationalhistorische Museum ging unsere erste Fahrt, zu den Goldschätzen der thrakischen Prinzessin. Schon damals kam zwischen Rumen und mir eine verkorkste Stimmung auf, weil ich lauthals über den Bau zu lästern anfing. Es handelte sich um eine der vielen ehemaligen Residenzen Schiwkows, die heute ein Museum ist. Flach wie ein eckiger Fladen, sehr breit, sehr häßlich und mit einer elend langen Treppe davor. Ein pompöses, arg heruntergewirtschaftetes Gebäude in niedriger Diwanbauweise, beeinflußt vom Aufmarschstil Mussolinis.

Allein die Treppe! Mit einer Legion Schwarzhemden hätte man hier gut trainieren können, und zwar den gebremsten Sturmangriff (falls es so etwas gibt). Ich sah mich im Geiste Befehle schreien: Rennen! Steigen! Rennen! Steigen! Hopphopp!

Vielleicht zieht mich das Häßliche an, weil ich unaufhörlich nach Beweisen suche, wie verrottet und verderbt die Welt ist. Das Häßliche zog mich zuerst nach links und die anderen hinter mir drein. Da standen Blöcke zuhauf herum, unangenehm weiße Marmorblöcke, lauter neu geschaffene Heldenmonumente, die aber noch keinen passenden Friedhof gefunden hatten, wie wir von Rumen erfuhren. Jeder Marmorblock ein Grabstein für einen bulgarischen Helden, wobei diese Steine mehr der Verspottung als der Verehrung dienten, so roh, wie die Blöcke ausgesägt, so dilettantisch, wie die Schriftmulden ausgefräst waren. Das fransig aufgetragene Buchstabengold wirkte geradezu erschütternd lächerlich.

In der niederen Eingangshalle konnte man das Fürchten lernen. Ich erlitt eine Schädelpressur. Vom Gebäudetyp her hätten quer über die Wand gezogene Sprüche gepaßt – *Das bulgarische Volk braucht die Freundschaft der Sowjetunion wie die Lebewesen Licht und Sonne* –, aber solche Spruchkunst war inzwischen außer Mode. Immerhin, es gab das berühmte Plakat von John Heartfield mit einem riesenhaften, glotzäugigen Dimitroff darauf, der sich über den kleinen Göring in Pluderhosen beugt.

Doch die thrakischen Schätze waren hinreißend. Noch nie hatte ich so feine Goldarbeiten gesehen. Das Wort Arbeit führt hier in die Irre – in den Vitrinen lagen Gebilde, die in ihrer Fragilität verblüfften, zarter als Oblaten, lauter Wunder, von denen man glauben konnte, sie seien in einem Hauch erschaffen worden und nicht mit Hilfe von Werkzeugen.

Wenn man zum hinteren Ausgang hinaustrat, kam man in einen terrassenförmig angelegten Garten mit verschiedenen Wasserbecken. In diesen Becken mochte das Wasser einst gesprudelt haben oder von zischenden Fontänen in die Höhe gesprüht worden sein, jetzt ragten aus den modrigen Bassins verrostete, verkrümmte Gestänge. Die Pflanzen, die am Hang kauerten, boten das Bild von Versehrten – ein staubbedecktes Heer aus Krüppelkiefern, zerschlissenen Buchsbäumen, fahlen Gräsern, alles, was größer als einen halben Meter war, zum Umfallen müde. Auf der Terrasse verkündeten zwei einsame Plastiktische und drei Plastikstühle, wenn man unbedingt wolle, dürfe man sich hinsetzen. Aus einem verborgenen Winkel des Gebäudes trieb Rumen eine Bedienerin auf und bestellte Tee. Sie kam eine halbe Stunde später herangeschlurft, brachte lauwarmes Wasser und drei mumifizierte Kommunistenteebeutel auf einem schmierigen Tellerchen.

Zu später Stunde trafen wir erstaunlich viele Mitfahrer in der Zigarrenbar des Hotels wieder. Dunkles Holz, dunkelbraune Ledersofas, einige Sessel wie weiche Tiere. Die Stimmung war hochprozentig. Man zog über Bulgarien her und war dabei bester Laune. Vom Besuch bei den Verwandten hatte jeder einen Sack voll Mafiageschichten mitgebracht. Auch wenn man die rege Phantasie der Bulgaren in Rechnung stellte und die Hälfte davon abzog, blieb immer noch genug Schlimmes übrig. Recht und Ordnung? Lachhaft. Abgeordnete verprügelten Verkehrsteilnehmer, die ihnen in die Quere kamen, auf offener Straße. Im Fernsehen durfte verkündet werden, Juden und Zigeuner seien zum Seifemachen gut. Augenärzte vergaßen bei Operationen die Nähte herauszunehmen, und niemand zog sie zur Verantwortung. Geldgier, Pfusch und Schlamperei zum Gotterbarmen.

Weil wir den Chef nicht verärgern wollten, hielten meine Schwester und ich uns zurück. Aber Tabakoff schimpfte selbst wie ein Rohrspatz. So verrottet sei ihm Sofia

noch nie vorgekommen, es sei eine Schande. Der Rosenzüchter verfluchte die maroden Bürgersteige, man fluchte
über die bis an die Hauswände geparkten Autos, fluchte
über die Unterführungen, wo überall die Deckenverklei-
dung herabbaumelte oder schon abgefallen war, fluchte
über die entsetzlichen Denkmale und den schauerlichen
Kulturpalast, fluchte über den Dreck und werweißwas-
nochalles.

Der Sohn von Koljo Wuteff wandte schüchtern ein, er sei
an einem Markt vorbeigekommen und habe schönes Obst
gesehen.

Tonnenweise Pestizide drauf, fertigte Stefan Gitzin ihn
ab: Das kontrolliert keine Sau.

Meine Schwester wurde mit einem Mal lebendig. Sie hatte zwar keine Zigarre zwischen den Zähnen, aber den Cognac schwenkte sie wild herum und schüttete ihn regelrecht
in sich hinein. Ihr Gesicht färbte sich rot. Sie behauptete,
ein Mittel im Gepäck zu führen, das einen gegen die bulgarischen Zumutungen immunisiere. Einen dicken amerikanischen Roman. Ballonfahrer über den Schlachthäusern
von Chicago, lesende Hunde. Ein sprechender Kugelblitz.
Balkanverwicklungen der amüsantesten Sorte.

Kugelblitz – gibt es nicht, erklärte der Energiewirt kate-
gorisch. Sein Gesicht, ebenfalls vom Alkohol gerötet, ruhte
wie ein Euter auf seiner Brust.

Und ob! rief Tabakoff. Ganz Florida ist voll davon. Ich
habe selbst einen am Strand gesehen. Tolle Sache!

Funktioniert, sagte meine Schwester. Funktioniert, weil
der Kugelblitz Skip heißt. Den Namen des Kerls, der mit
ihm spricht, habe ich vergessen.

Sie nahm einen tüchtigen Schluck Cognac und strahlte,
obwohl ihr in die Welt der amerikanischen Romane niemand folgen wollte.

Wolfi erzählte, er habe reichlich Kugelblitzartiges in der
Nationalen Gemäldegalerie gesehen. Solange die Bulgaren
sich damit begnügt hätten, den französischen Impressio-

nismus zu kopieren, sei alles leidlich gut gegangen, aber dann!

Explodierende Erdbeermarmelade überm Weizenfeld. Iris rührte bei der Beschreibung eines Bildes mit beiden Händen in der Luft herum.

Die grundvernünftige Frau des Rosenzüchters schaltete sich ein und bekundete Mitleid mit den vielen armen Leuten in den Straßen. Wir sollten nicht so viel schwätzen, sondern etwas tun.

Das wiederum brachte Tabakoff in Rage, den noch die harmloseste sozialfürsorgliche Bemerkung an die Diktatur der Roten erinnerte: Mein Leben lang habe ich versucht, meinen Landsleuten beizubringen, wie man Geschäfte macht, krähte er, diesen Idioten habe ich meine besten Jahre gewidmet! Alles umsonst. Ist das etwa kein Dienst an der Gesellschaft? Was?

Alexander lenkte das Gespräch ins unbedenklichere Fahrwasser der Kunst zurück: Diese bulgarischen Künstler haben eine unheilvolle Manie mit Auroren, rotgelben Auroren. Ich weiß nicht, wer ihnen das beigebracht hat. Die Futuristen?

Stefan schlug vor, den Bulgaren Pinsel und Farben wegzunehmen. Für hundert Jahre mindestens.

Moment mal, sagte Wolfi und brachte mit der aufgehobenen Hand alle zum Schweigen: Die Portraits aus dem achtzehnten Jahrhundert, noch nach den Gesetzen der Ikonenmalerei verfertigt und doch völlig anders und völlig neu, sind absolut bezaubernd.

Wolfi beugte sich vor und stellte behutsam sein Glas ab. Er verfüge nicht über die Worte, um präzise zu beschreiben, was daran anders sei, aber er sei sich sicher, daß es sich um außerordentliche Malerei handele, um berückend schöne (er sagte tatsächlich *berückend schöne* und setzte mich damit nicht zum ersten Mal in Verwunderung).

Sie sollen ein erstaunliches Gemälde in ihrem Depot verwahren, behauptete meine Schwester: *Hundert bulgarische*

Ammen reichen Stalin die Brust. Da hatte sie bereits den dritten Cognac intus.

Urteilen wir nicht zu schnell, ermahnte uns Wolfi und hatte damit die Ehre der Nationalen Gemäldegalerie erfolgreich verteidigt.

Gegen zwei schlug ich die Bettdecke zurück. Beim sanftmütigen Schein der Nachttischlampe schaute ich noch eine Weile auf die dunkle Fensterfront. Geduldige Stille. Wenn man ihn nicht jeden Tag genießt, hat Luxus etwas ungemein Beruhigendes.

Frühmorgens wachte ich auf, weil Regen gegen die Scheiben geweht wurde. Ich spürte eine leichte Reizung im Hals, und als eingefleischter Hypochonder, der jeden Vorwand begrüßt, um im Bett zu bleiben, zumal in einem erzbequemen Paradebett, beschloß ich, den Tag darin zu verbringen. Wozu in einer Stadt herumlaufen, die man nicht leiden kann? Vielleicht war an dem Kratzen im Hals das Herannahen des Tages schuld, an dem die Reste des Vaters zur Ruhe kommen sollten.

Ich will ein leeres Blatt werden, sagte der Vater, mich nicht länger hinter Vorhängen und Wolken verstecken.

Wer's glaubt, wird selig, dachte ich. Mir würde genügen, wenn du mit dem blöden Seiltrick aufhören könntest.

Ich mochte die hauseigenen Pantoffeln an meinen Füßen. Das Do-Not-Disturb-Schild war rasch an den Türknauf gehängt. Ich beschloß, für alles Weitere nicht mehr in Frage zu kommen, und schlief unter der warmen Decke alsbald wieder ein.

Alles Weitere bleibt geheim

Der Freitag war ein strahlend schöner Tag. Der Regen hatte den Schmutz von den Scheiben gewaschen. Draußen glänzte alles wie frisch geputzt. Weil ich so lange im Bett gelegen hatte, kam ich mir vor wie verholzt.

Die meisten von uns erschienen dunkel gekleidet zum Frühstück. Wir waren erregt und zugleich gehemmt, versuchten der Gärung der Gemüter durch frivole Sprüche Herr zu werden, aber an der Umständlichkeit, mit der wir uns winzige Rühreiportionen von den Kellnern ausbaten und dabei grundlos ins Lachen fielen, war zu merken, daß etwas Unheimliches in uns hineingriff.

Am Nebentisch flog ein knallendes Tischtuch durch die Luft. Man hörte die abgeplatzten Stärkepartikel förmlich rieseln. Neue Gäste setzten sich, nicht zu uns gehörig.

Stefan Gitzin erzählte von dem sagenhaften Begräbnis eines Zigeunerbarons, das vor mehr als dreißig Jahren in Bulgarien stattgefunden hatte. Der Baron hatte sich eine riesige Grabkammer nach ägyptischem Vorbild bauen lassen, und diese Kammer war mit Möbeln und Vorhängen und sogar einem Farbfernseher ausstaffiert worden.

Stefan nahm ein Stück Rührei mit der Gabel auf, das wieder herunterglitschte. Der Zigeunerbaron ließ ihn nicht los. Er sei auf ein Prunkbett gelegt worden, seine Nachtmütze habe er auf dem Kopf getragen. Hausschuhe, Hausmantel, Zigaretten, Whiskey, für alles habe man gesorgt.

Und? fragte der Energiewirt. Keine Mädchen?

Dochdoch. So an die zwanzig, dreißig, wahrscheinlich alle vergiftet oder erwürgt.

Wir setzten ein Allzwecklächeln auf und wechselten das Thema.

Außer Tabakoff, der tagsüber mit seinem neuen bulgarischen Bestattungsgeschäft befaßt gewesen war, hatte sich niemand von uns um die Reste der Toten gekümmert. Und Tabakoff ging nicht in Einzelheiten, er beschränkte sich darauf, uns zu versichern, alles sei in bester Ordnung.

Nekrologe? erlaubte sich der Rosenzüchter zu fragen. Ja, Nekrologe seien gedruckt und überall aufgehängt worden, an Bäumen, in den Wohnblocks, wo noch Verwandte lebten, und an den Plätzen, wo es sich eingebürgert hatte, die schwarzumrandeten Totenzettel mitsamt Photo anzubringen.

Für die Messe hatte Tabakoff Sveta Nedelja ausgesucht, vom Hotel aus zu Fuß in etwa zehn Minuten zu erreichen. Tags zuvor im Bett hatte ich genügend Zeit gehabt, etwas über die Kirche zu lesen. Um so mehr erstaunte mich Tabakoffs Wahl, und nicht weil die Kirche eine architektonische Besonderheit gewesen wäre. Was heute von ihr zu sehen war, ging auf einen Baukörper aus dem Mittelalter zurück, doch Ende des neunzehnten Jahrhunderts war Sveta Nedelja umgestaltet worden.

Unheimlich war die Kirche wegen des sechzehnten April 1925. Ein entsetzlicher Tag. Zu einer Trauerfeier hatten sich Prominente aus Regierungskreisen, dem Militär, vom Hof in großer Zahl eingefunden. Man erwartete den Zaren. Da ging eine Bombe hoch. Schreie, zerfetztes Fleisch, die mittlere Kuppel stürzte ein. Schutt, Staub, Blut, Knochensplitter, etwa hundertfünfzig Menschen waren sofort tot, Hunderte verletzt, viele von ihnen trugen schwere Verstümmelungen davon.

Das Attentat hatte Boris III. gegolten, der aber verschont geblieben war, weil er an der Feier nicht teilgenommen hatte. Schon damals waren die Sprengfanatiker keineswegs zimperlich, in diesem Falle Kommunisten, wie sich bald herausstellte. 1931 wurde die Kirche von Grund auf renoviert. Als die Kommunisten an die Macht kamen, sollte Sveta Nedelja zugunsten eines monumentalen Lenin abgerissen werden. Vielleicht war den neuen Machthabern der Gedanke an das brutale Attentat mit so vielen Toten und Verletzten insgeheim peinlich. Doch die Denkmalschützer protestierten, und die Kirche konnte vor dem Abriß bewahrt werden.

Auf einer verkehrsumflossenen Insel liegt Sveta Nedelja. Als wir uns vom Hotel aus in Marsch setzten und Sofias berühmtes gelbes Pflaster betraten, merkte ich, daß ich meine Brille vergessen hatte, wagte aber nicht, mich von der Gruppe zu lösen, um sie zu holen.

Vom Nachtregen war alles erfrischt. Die Sonne hatte die Pfützen aufgesogen, nur hie und da sah man noch feuchte Stellen. Man hatte uns vor dem gelben Pflaster gewarnt, feucht sei es extrem rutschig. Es war aber schon trocken. Wir gingen am Zarenpalast und an der Rückseite des Archäologischen Museums vorüber.

Ich kam mir vor wie ein Gegenstand, der mechanisch die Beine hebt, und bewunderte die Geschmeidigkeit und Eleganz meiner Schwester. Sie trug ein dunkelgraues Kostüm mit schwarzem Besatz, dazu schwarze Strümpfe, gemustert in raffinierten Längsstreifen, und schwarze Lackschuhe. Die durchbrochenen schwarzen Handschuhe und die Handtasche, die diese Durchbrochenheit in einem ledernen Gewirk wiederholte, waren vielleicht eine Spur übertrieben, aber ich fand sie hinreißend. Schwarz uniformiert wie üblich, tappte ich hinterdrein.

Eins, zwei, eins, zwei, Bein hoch, Bein runter, wirklich, ich ging wie der Golem persönlich.

Zigeunerfrauen bewimmelten den Eingang der Kirche und boten Handlesedienste an. Bettler streckten uns ihre Mützen entgegen. Wir hielten uns dicht hinter Tabakoff, ein zusammengeleimtes Grüppchen, von dem keiner ausscherte, um nach einer Münze zu kramen. Anstelle der bei Trauermessen üblicherweise hochgestellten Sargdeckel standen rechts und links vom Eingang schwarzlackierte Bretter, auf denen die Namen der Toten verzeichnet waren. In meinem steifen Zustand entging mir der Name des Vaters.

Tabakoff und der alte Gitzin schlugen dreimal das Kreuz, als sie in die Kirche eintraten. Wir anderen senkten ein wenig die Köpfe wie zu einem angedeuteten Gruß.

Im Inneren war es zugleich dunkel und hell, im vorderen Bereich flammten Hunderte von Kerzen, aber zu den Fenstern fiel kaum Licht herein. Der Raum hatte eine Haube aus Nacht. Tabakoff händigte uns allen Kerzen aus, zündete sie an und führte uns nach vorn. Umrahmt von einem Kerzenmeer, standen auf einem Podest schwarzlackierte Kisten.

Die Kisten waren nur wenig größer als Schuhkartons. Man hätte edle Stiefel in ihnen verpacken können; auf dem schwarzen Lack prangten, ein wenig hervortretend, goldene Aufschriften. Soviel war von weitem zu erkennen. Neunzehn Kisten waren es wohl, siebzehn Männerkisten und zwei Frauenkisten, akkurat auf schwarzen Samt gestellt in drei Fünferreihen und einer Dreierreihe, und zwar in einer leichten Schräglage, wahrscheinlich mit Stoppbrettchen versehen, damit das Zeug nicht herunterrutschte.

Die Kirche füllte sich rasch, und nicht nur mit Verwandten. Mehr und immer mehr Neugierige drängten herein, die von der ungewöhnlichen Totenreise gehört haben mochten. Ich stand mit meiner Kerze etwas unbeholfen herum und fürchtete, es könne eng werden, da hob aus dem unsichtbaren Raumdunkel oben der Chor an.

Mir war, als würde in jede Haarwurzel das Leben fahren.

Die Handlungen während der Messe konnte ich mangels Brille nur im Ungefähren verfolgen. Gewedel, Geschwenk, viel Auf und Zu, jede Menge Hin und Her und Rein und Raus.

Auf und zu gingen die Türen des Ikonostas, prächtig gekleidete Priester kamen und gingen, sangen, lasen, schwenkten die Weihrauchfässer, Dinge wurden hereingetragen und wieder weggetragen, gesegnet wurden die geheiligten Gerätschaften, gesegnet wurden die Kisten, und immer wieder ertönte Gesang. Sprechen und Singen, Singen und Sprechen, perfekt ineinander verwoben, das Sprechen (dessen Wortsinn ich nicht verstand) zog unter das Singen so etwas wie einen Felsen, von dem es sich lösen konnte, während das Singen das Sprechen in Höhen hob, in welche die Vernunft nicht zu folgen vermochte. Der Raumklang war einzigartig. Niemals dröhnte der Gesang, nie wurde er schrill, er schwoll im Feinen und zog sich wieder in die Stille zurück, um sich von neuem zu sammeln, und glich darin der Ebbe und Flut eines ruhigen Meeres.

Pssst, der Vater schläft. Fürchte dich nicht.

Obwohl ich Mühe habe, länger an einem Fleck zu stehen, schnell zusammensacke oder zu zappeln anfange, muß diesem Gesang eine belebende Kraft für Knochen und Muskeln innegewohnt haben, denn ich stand während der ganzen Messe still.

Tabakoff gab uns einen Wink, denn nun war die Zeit gekommen, an den Kisten vorbeizudefilieren.

Tatsache, Stoppbrettchen. Auf den Samt genagelt.

Aber es war wie verhext. Ich konnte den Namen des Vaters nicht finden. Lag es an der fehlenden Brille? Ihn hätte ich auch in kyrillischen Zeichen herauskennen müssen. Dafür sprang mir Lilos Kiste ins Auge, vielleicht weil auf ihr der Name in beiden Schriften geführt wurde: *Lieselotte Amalie Tabakoff* stand da, *geb. Wehrle, 1921-1981*. Ihre Kiste nahm eine prominente Stelle ein, vorne inmitten der Dreiergruppe.

Eine elegante Schuhkiste war für Lilo gewiß das passende Behältnis, vielleicht wäre Rot noch passender gewesen, dachte ich, auftrumpfendes Glanzrot inmitten schwarzer Behälter. Kummer überflog mich. Es war so unwahrscheinlich, daß Lilo nicht mehr die Immerselbe war; wie früher wollte ich meine Kinderwange an ihren warmen Hals legen.

Wir gingen durch einen Korridor hinaus, der sich inmitten der Menschenmenge öffnete. Draußen an der Sonne Entspannung. Erleichterte Gesichter ringsum. Zigaretten wurden geraucht und Witze erzählt. Der Verkehr rauschte um uns her. Wir waren froh, daß der erste Teil so erhebend über die Bühne gegangen war.

Tabakoff hatte uns nicht verraten, wie es hinaus zum Zentralfriedhof gehen sollte. Auf der linken Seite standen unsere Limousinen bereit, nur die Schmuckdeckelwagen fehlten. Statt dessen wartete am Straßenrand ein Trauergerüst auf Rädern mit schwarzem Baldachin, um und um mit Troddeln behängt, Baldachin, der von vier blumenumwundenen Säulen getragen wurde.

Aus einem Seiteneingang der Kirche sah man nun, angeführt von einem Popen, unsere behandschuhten Chauffeure kommen, in einer Reihe; die Totenkisten trugen sie mit gebührender Vorsicht in Händen und setzten sie auf dem Trauergefährt nieder. Wer von ihnen das teure Gut abgeliefert hatte, ging auf gleichem Wege zurück, um ein neues zu holen.

Dann die erste Kalamität. Beim Anblick der Pferde war Tabakoff bleich geworden. Sie stimmten nicht! Tabakoff hatte Rappen bestellt. Schwarze, glänzende, mustergültige Pferdeschönheiten hatte er gewollt, bekommen hatte er einen dürren Braunen mit drei Schweifhaaren und einen kleinen Grauschimmel.

Auf offener Straße, umringt von lauter neugierigen Menschen, die den großen Amerika-Bulgaren anschauen gekommen waren, konnte sich Tabakoff keinen Ausbruch leisten. Aber er war außer sich, man sah es ihm an.

Ich fand den Grauschimmel hübsch. Zugegeben, er war ein bißchen klein geraten, aber seine Proportionen waren tadellos. In munterer Erwartung schüttelte er den Kopf. Mitten im Satz mußte ich aufhören, das Schimmelchen zu loben. Tabakoff sah mich bohrend an und wandte sich weg. Komisch an den Pferden wirkten ihre Federbüsche. Sie sahen aus wie eine Gemüsedekoration, die man in schwarzen Lack getaucht hat.

Wir stiegen in die Limousinen. In die erste setzte sich Tabakoff mit drei Priestern, die etwas Mühe hatten, ihre üppigen Gewänder beim Einsteigen sicher unterzubringen. Bei uns hatte sich die ursprüngliche Ordnung wiederhergestellt, wir Schwestern und die Zankoff-Brüder waren vereint. Allerdings hatten wir Rumen als neuen Gast in unserer Mitte. Im Schrittempo setzte sich die Kolonne in Bewegung und fuhr dem pferdegezogenen Baldachinwagen hinterher.

Stadtauswärts ging's, hinaus zum Zentralfriedhof, auf dem Boulevard Maria Luisa, entlang der Straßenbahnlinie. Wir fuhren auf den Gleisen. Nicht allein wegen der Pferde ging es langsam voran. Immer wieder bildete sich ein Stau. Fußgänger überquerten in Scharen die Straße und sahen neugierig zu den Fenstern herein, ohne etwas zu erkennen. Es war bestimmt nicht der Triumphzug, wie ihn Tabakoff sich ausgemalt hatte, es war ein Chaos. Weil es gar zu lahm vorwärtsging, stiegen einige von uns aus und liefen nebenher. Eine Zeitlang fuhr eine Straßenbahn den Pferden voraus, was eine interessante neue Kolonne ergab. Auf der Löwenbrücke kamen wir zügiger voran, alle stiegen wieder ein, die Pferde legten an Geschwindigkeit zu. Dann bogen wir links ab und hatten von da an bis zum Friedhof freie Fahrt.

Marco, der in einem riesigen schwarzen Anzug steckte und darin wie ein Magnat aussah, den eine Schar Diener dickgefüttert hat, ließ die Scheibe hinuntergleiten und winkte den Leuten auf der Straße zu. Sommerluft vermischt mit Abgasen wehte herein.

So was Schönes, murmelte er. Wenn des die Mutti sehen könnt'!

Wolfi verzog wie üblich keine Miene, sondern goß sich einen Whiskey ein und entnahm der Kühlurne einen Eiswürfel, und zwar vorbildlich, mit Hilfe der am Henkel des Behälters hängenden Zange.

Noch wer?

Ich könnte auch einen gebrauchen, sagte meine Schwester und ließ sich von Wolfi bedienen.

Neulich habe ich einen Film über Blattfetzenfische gesehen, sagte Wolfi. Sahen aus wie durchlöchert und irgendwie zerkrümelt. Die ganze Zeit während der Messe dachte ich, da sind lauter Blattfetzenfische drin.

Ich liebe Blattfetzenfische, sagte ich.

Meine Schwester lachte so heftig, daß sie fast ihren Whiskey ausspuckte. Fiel mir schwer, während der Messe überhaupt an was zu denken, sagte sie, als sie sich wieder gefangen hatte. An Blattfetzenfische bestimmt nicht.

Rumen lächelte verlegen.

Da waren wir angekommen und konnten das Thema nicht weiterverfolgen.

Die Luft war wie Glas, blaues, flüssiges Glas. Ein erstklassiges Friedhofswetter. Die Pferde brachten den Baldachinwagen, dessen Aufbau wegen der Unebenheit des Weges gefährlich schwankte, sicher durchs Tor, wobei der kleine Graue immer munter mit dem Köpfchen nickte. Allerdings hatte sich ein Teil seines Kopfbüschels gelöst und hing an der rechten Seite herunter.

Grün, grün, grün, wohin man blickte. Der Friedhof war offenbar ein Dschungel; schwer zu bändigen, was da alles wuchs und wie es wuchs. Stengel schossen in die Höhe, Bäume und Sträucher schienen an doppelter Laublast zu tragen. Nur die Hauptwege und die ganz frischen Gräber waren pflanzenfrei.

Die Popen wanderten hinter dem Wagen her und schwenkten dabei unentwegt die Weihrauchgefäße. Tabakoff verteilte wieder Kerzen und zündete sie an. Die meisten Grabstätten wirkten kleiner als Gräber auf unseren Friedhöfen. Es gab Blechchristusse unter verwitterten Eisendächlein, Engel mit merkwürdigen Rohren in der Hand – waren es schreibende Engel? –, Engel mit aneinandergelegten Händen, überall standen Öllämpchen, und man sah alte Frauen mit Ölflaschen, die die Lämpchen nachfüllten.

Abseits des Hauptweges lagen die Gräber noch enger beieinander. Auf einem der Sofioter Friedhöfe soll ein junger Mann in seinem Porsche beerdigt worden sein; in den Reihen, an denen wir vorbeikamen, war kein Platz für einen Porsche. Weiter hinten, im katholischen Teil des Friedhofs, zeigten sich Gevierte mit alten Grabhäusern, die nicht nach der Ost-West-Richtung ausgerichtet waren wie die orthodoxen Gräber.

Emaillierte Photos erinnerten hie und da an die Verstorbenen. Ich sah ein kleines Steinmedaillon mit dem Profil eines Mannes und mußte an das Rundsiegel auf dem Philatelisten-Esperantisten-Mäppchen unseres Großvaters denken. Neuerdings hatte eine grauenhafte Mode Einzug gehalten: Photos, die im Computer verwandelt und als schwarzweiße Strichtechnik direkt auf den polierten Stein aufgetragen wurden.

Auch die Engel hatten inzwischen aufgerüstet.

Und da kam es auch schon in Sicht, das Monument eines jüngst verstorbenen Gangsters. Mannshoch war er auf seiner polierten Stele abgebildet, mit zusammengewachsenen Augenbrauen, das Handy ans rechte Ohr gehoben. Hinter ihm lugte die Vorderseite eines Mercedes hervor, *SIMO* stand auf dem Nummernschild, wahrscheinlich sein Spitzname, denn der junge Mann, der da mit dreiunddreißig Jahren ins Gras gebissen hatte, hieß Simeon Valentinow Angelow. (Rumen half mir beim Entziffern, mit etwas Geduld hätte ich es auch selbst geschafft.)

Angelow – der Engelsname kommt häufig in Bulgarien vor. Wir führten in unserem Troß gleich drei davon mit, einen in der Kiste, zwei lebendig, allerdings mit flottem *ff* am Schluß, jener alten Umschrift, die dem Namen mehr Dynamik verleiht. Ein Engel mit *w* am Ende wirkt schlapp, fliegt nicht; kaum vom Boden losgekommen, landet er weich und plump im Schmodder.

Er hat unter dem Pullover weibische Brüstchen, sagte ich zu meiner Schwester, findest du nicht?

Hat er, sagte meine Schwester. Allerliebst finde ich die gespreizte Energiehand mit der umgeschnallten Rolex. Ob die noch tickt?

Der Grabstein war oben sinuskurvig gewellt, rechts und links hatte man zwei leicht zurückgesetzte Ausleger angebracht, etwa wie langgezogene Ohren, der linke trug auf weißem Grund ein schwarzes Kreuz.

Natürlich hatte der telefonierende Simo alle Aufmerksamkeit auf sich gezogen, viele von uns waren stehengeblieben, und nun mußten wir unseren Wagen im Geschwindschritt wieder einholen. Die Pferde zockelten an modernen, aber völlig ramponierten Urnenwänden vorüber, staubiger Plastikschmuck lag in den Nischen. Dann folgte eine Gruppe kreuzloser Gräber, betont schlicht. Rumen flüsterte mir ins Ohr, das seien Gräber von ehemaligen Politbüromitgliedern. Bei denen seien Kreuze verpönt gewesen.

Rumen und ich wanderten eine Zeitlang nebeneinander her, vom Politbüro kamen wir ab und auf unsere Familien zu sprechen, wobei mir klar wurde, daß er uns Schwestern von Kindesbeinen an aus Erzählungen kannte, vielleicht nicht immer aus zutreffenden. Wir waren uns sogar während meiner ersten Sofiareise begegnet, woran ich mich, peinlich genug, überhaupt nicht erinnern konnte.

Aus der Klemme half Tabakoffs Monument.

Ist es das, was ich glaube, daß es ist? fragte überflüssigerweise meine Schwester.

Addio für immer, sagte ich. Da steckt man sie rein.

Groß, weiß und je nach Gemütslage des Betrachters albern oder imposant. Es hatte einen fast drei Meter hohen und ziemlich breiten Sockel, in den die Namen der Stuttgarter Bulgaren gemeißelt waren, darüber erhoben sich in versetzter, vor- und zurückspringender Bauweise die Grabnischen. Wie schon in der Kirche bestand die Ordnung aus drei Reihen oben mit jeweils fünf, aus einer Reihe mit drei

Nischen unten. Unter jeder Höhlung dürfte noch einmal der Name des künftigen Nischenbewohners gestanden haben, in kleiner Schrift, was ich allerdings nur vermutete.

Wenn das Gebilde aus Adobe gewesen wäre, hätte man an einen Miniaturpueblo denken können, zu Schauzwecken im Hof eines Indianermuseums errichtet. Nicht zu einem Pueblo paßten allerdings die Messingtürchen in durchbrochenem Flechtmuster, die zu den Grabnischen gehörten. Ihre Flügel standen einladend offen.

Die überleben keine drei Tage hier, sagte Rumen.

Wer? fragte meine Schwester.

Die Messingteile. Viel zu kostbar. Werden sofort abmontiert.

Und wieder traten die Chauffeure in Aktion, die sich bisher diskret abseits gehalten hatten. Hinter dem Monument holten sie Leitern hervor und stellten sie zurecht, die Wendigsten von ihnen kletterten auf halbe Höhe und nahmen von ihren Kollegen jeweils eine Kiste in Empfang. Die Chauffeure mußten das geübt haben, sie agierten geschickt wie in einem Ballett, und selbst ein kleiner Korpulenter, der dabei ziemlich ins Schwitzen gekommen war, vollführte seine Aufgabe mit Grazie. Am meisten verwunderte mich, daß sie es fertigbrachten, ohne Zögern die richtige Kiste ins richtige Obdach zu verfrachten, angefangen bei der obersten Reihe, von links nach rechts. War die Kiste drin, erklomm der Schlüsselchef die Leiter – er war einer der Fahrer der Sternlimousinen, ein gesetzter, älterer Herr –, machte die Messingflügel zu und schloß ab. Er tat es sorgsam, rüttelte zur Probe noch einmal am Knopf des nunmehr verschlossenen Türchens und strich am Schluß mit der Handschuhhand sanft darüber hin. Danach trat der Öllämpchenmann, ebenfalls ein Chauffeur, in Aktion, setzte eine Lampe vor die Nische und zündete sie an.

Zu alldem wurden die Weihrauchgefäße geschwenkt, die Popen beteten und sangen im Wechsel. Dann übergab ein zittriger Tabakoff seine Kerze dem Rosenzüchter und las eine Rede vom Blatt, geplant war sie zweisprachig, ein Teil auf deutsch, der andere auf bulgarisch. Bei etwas wie *urewig unsrigem Territorium* verhedderte er sich dermaßen, daß er vollends alle deutschen Sätze übersprang und Zuflucht zu seiner Muttersprache nahm.

Wunderte ich mich, daß sich kein Vater blicken ließ? Nicht hinter den grünen Büschen, nicht in der Helle des Himmels und auch nicht in weiter Ferne auf dem Gipfel des Vitoscha.

Es war wohl einer jener Tage, an denen nichts, aber auch gar nichts meine wundersüchtigen Neigungen hervorlocken konnte. Der Himmel wird von Abermillionen Vätern gebildet, dachte ich noch, ihrem Rotz, ihren Tränen, ihrem Samen, und deshalb ist es idiotisch, den eigenen da herausfinden zu wollen. Obwohl die Idee allem widersprach, was ich bisher vom Vater gewohnt war, hatte ich eine Denksperre und konnte mich nicht weiter damit befassen.

Wenn man verholzt ist, gibt's keine Scherereien.

Nicht mal in welche Nische der Vater kam, hatte ich mitgekriegt, so sehr war ich vom Schauspiel der kletternden Chauffeure abgelenkt. Blumenlos mußte er in sein Gehäus. Einige von uns ließen die Chauffeure blutnasse Rosen oder Lilien auf den Sockel legen. Wir Kristotöchter nicht.

Meine Schwester fiel nicht gerade durch andächtiges Benehmen auf, sondern allenfalls durch nervöses Taschengekrame und mehrmaliges Kerze-an-Rumen-Abgeben und Kerze-ihm-wieder-Abnehmen. Ich schaffte es, unauffällig mit meinem Lichtlein dazustehen.

Auf meinem Zeigefinger landete kein Schmetterling und lispelte: Ich bin's.

Ihr könnt mich mal kreuzweise, sagte der abwesende Vater, nein, natürlich nicht er, sondern ich stellvertretend für ihn, lautlos wie immer, irgendwer mußte zu diesem Anlaß ja so tun, als gebe es den Vater, und etwas Väterliches sagen, wobei das mit dem kreuzweise können eine bösartige Erfindung war, weil unser Vater solchen Worten – wie heißt es so schön? – immer abhold gewesen war.

Vielleicht, dachte ich noch, läuft für mich alles wie geschmiert, Räder unter Tabakoff, Räder unter den Chauffeuren, Räder unter uns allen, weil – ja wieso eigentlich? – weil weniger als wenig von ihm übriggeblieben ist, nämlich nichts. Vielleicht ist das mit dem Weckglas voller Vaterkrümel nur ein Hirngespinst. In der Kiste mochte Dreck liegen oder das kryotechnisch zerrüttelte Schienbein eines Grabnachbarn, das man versehentlich auf die Schaufel genommen hatte.

Tränen?

Nö.

Bißchen Tüchleingeschnief?

Auch nicht.

Zwei, drei labsalige Sätze?

Keine.

Das war's, sagte ich zu meiner Schwester, und sie echote: Das war's.

Sie ist wirklich meine Schwester, dachte ich, denkt in wesentlichen Dingen genau wie ich.

Da flog was, ein Hut. Aber nein, es war bloß der Hut eines Leichenschmausgängers, der sich uns angeschlossen hatte in der Hoffnung auf ein tüchtiges Mittagessen.

Leichenschmaus, den gab's natürlich, mit vielen, vielen Gästen, und üppig war er auch, wie bei Tabakoff nicht anders zu erwarten gewesen war.

Sollten wir vorm Abflug noch zusammen etwas essen? Obwohl ich ein bißchen Hunger verspüre, sage ich lieber nichts. Vielleicht wirkt ein so profaner Gedanke deplaziert, nun, da der Kummer meiner Verliebten locker den Sofioter Flugplatz füllen könnte mitsamt Lande- und Abflugbahnen. Wie sie die letzten beiden Stündchen zubringen wollen, ist allein ihre Sache.

Und da sind wir auch schon am Stadtrand inmitten von

Wohnblöcken, vor denen ich pietätvoll die Augen schließe, denn dieses Schreckbild von Sofia will ich nicht mit ins Flugzeug nehmen. Wir biegen nach links und haben die Straße erreicht, die zum Airport führt.

Jetzt sind meine Augen wieder offen, und siehe da, auf der Überholspur schiebt sich ein schwarzer Geländewagen auf gleiche Höhe mit uns und hält die Höhe. Wie von Zauberhand werden die getönten Scheiben durchsichtig. Vorne sitzt der Vater am Lenker und die Mutter neben ihm, beide schauen stur geradeaus, er hat sein Käppi auf wie eh und je, wir Töchter hocken regungslos und wie gemalt im Fond.

Die Toten warten auf ihre Stunde, sie kommen höchstselbst und nicht nur im tintigen Pfuhl der Nacht. Ich aber bewahre kühlen Mut. Immerhin habe ich es geschafft, länger zu leben als der Vater und ein freundlicheres Leben zu führen als die Mutter. Nicht die Liebe vermag die Toten in Schach zu halten, denke ich, nur ein gutmütig gepflegter Haß.

Inhalt

suhrkamp taschenbücher
Eine Auswahl

Isabel Allende
- Fortunas Tochter. Roman. Übersetzt von Lieselotte Kolanoske.
  st 3236. 483 Seiten
- Das Geisterhaus. Übersetzt von Anneliese Botond.
  st 1676. 500 Seiten
- Paula. Übersetzt von Lieselotte Kolanoske. st 2840. 496 Seiten
- Porträt in Sepia. Übersetzt von Lieselotte Kolanoske.
  st 3487. 512 Seiten
- Zorro. Roman. Übersetzt von Svenja Becker. st 3861. 443 Seiten

Jurek Becker. Jakob der Lügner. Roman. st 774. 283 Seiten

Louis Begley
- Ehrensachen. Roman. Übersetzt von Christa Krüger.
  st 3998. 444 Seiten
- Schmidt. Roman. Übersetzt von Christa Krüger.
  st 3000. 320 Seiten

Thomas Bernhard
- Alte Meister. Komödie. st 1553. 311 Seiten
- Holzfällen. st 1532. 336 Seiten
- Wittgensteins Neffe. st 1465. 164 Seiten

Ketil Bjørnstad
- Villa Europa. Roman. Übersetzt von Ina Kronenberger.
  st 3730. 535 Seiten
- Vindings Spiel. Roman. Übersetzt von Lothar Schneider.
  st 3891. 347 Seiten

Lily Brett. Chuzpe. Übersetzt von Melanie Walz.
st 3922. 334 Seiten

Lizzie Doron. Warum bist du nicht vor dem Krieg gekommen? Übersetzt von Mirjam Pressler. st 3769. 130 Seiten

Marguerite Duras. Der Liebhaber. Übersetzt von Ilma Rakusa. st 1629. 194 Seiten

Hans Magnus Enzensberger. Josefine und ich. Eine Erzählung. st 3924. 147 Seiten

Louise Erdrich
- Der Club der singenden Metzger. Roman. Übersetzt von Renate Orth-Guttmann. st 3750. 503 Seiten
- Die Rübenkönigin. Roman. Übersetzt von Helga Pfetsch. st 3937. 440 Seiten

Max Frisch
- Homo faber. Ein Bericht. st 354. 203 Seiten
- Mein Name sei Gantenbein. Roman. st 286. 304 Seiten
- Stiller. Roman. st 105. 438 Seiten

Carole L. Glickfeld. Herzweh. Roman. Übersetzt von Charlotte Breuer. st 3541. 448 Seiten

Philippe Grimbert. Ein Geheimnis. Roman. Übersetzt von Holger Fock und Sabine Müller. st 3920. 154 Seiten

Katharina Hacker
- Die Habenichtse. Roman. st 3910. 308 Seiten

Marie Hermanson
- Der Mann unter der Treppe. Übersetzt von Regine Elsässer. st 3875. 269 Seiten
- Muschelstrand. Roman. Übersetzt von Regine Elsässer. st 3390. 304 Seiten

Yasushi Inoue. Das Jagdgewehr. Übersetzt von Oskar Benl.
st 2909. 102 Seiten

Uwe Johnson. Mutmassungen über Jakob. Roman.
st 3128. 298 Seiten

James Joyce. Ulysses. Roman. Übersetzt von Hans Woll-
schläger. st 2551. 1008 Seiten

Daniel Kehlmann. Ich und Kaminski. Roman. st 3653. 174 Seiten

Magnus Mills. Die Herren der Zäune. Roman. Übersetzt von
Katharina Böhmer. st 3383. 216 Seiten

Cees Nooteboom. Allerseelen. Roman. Übersetzt von Helga
van Beuningen. st 3163. 440 Seiten

Elsa Osorio. Mein Name ist Luz. Roman. Übersetzt von
Christiane Barckhausen-Canale. st 3918. 424 Seiten

Amos Oz. Eine Geschichte von Liebe und Finsternis. Roman.
Übersetzt von Ruth Achlama. st 3788 und st 3968. 829 Seiten

Ralf Rothmann. Junges Licht. Roman. st 3754. 236 Seiten

Hans-Ulrich Treichel
- Anatolin. Roman. st 4076. 188 Seiten
- Menschenflug. Roman. st 3837. 234 Seiten

Mario Vargas Llosa. Das böse Mädchen. Roman. Übersetzt
von Elke Wehr. st 3932. 395 Seiten

Carlos Ruiz Zafón. Der Schatten des Windes. Übersetzt von
Peter Schwaar. st 3800. 565 Seiten